INTENSO

SYLVIA DAY

INTENSO

Tradução de Tatiana Leão
e Carlos Szlak

Hamelin

Título original: *A passion for him*

Edição brasileira

Diretor editorial	*Pedro Almeida*
Coordenadora de produto	*Daniella Tucci*
Editor-assistente	*André Fonseca*
Marketing	*Ana Carolina F. Lopes*
Tradução	*Tatiana Leão e Carlos Szlak*
Capa e projeto gráfico	*Osmane Garcia Filho*
Diagramação	*Kleber Ribeiro de Sousa*

Dados Internacionais de Catalogação na Publicação (CIP)
(Câmara Brasileira do Livro, SP, Brasil)

Day, Sylvia
Intenso / Sylvia Day ; tradução de Tatiana Leão e Carlos Szlak – São Paulo: Hamelin, 2013.

Título original: A passion for him
ISBN: 978-85-8186-147-0

1. Ficção Inglesa. 2. Romance. 3. Romances Eróticos. I. Título.

12-11293 CDD-823

Índice para catálogo sistemático:
1. Ficção: Literatura Inglesa 823

Hamelin é um selo da Editora Lafonte criado para abrigar os livros de ficção.

1ª edição brasileira: 2013
Direitos de edição em língua portuguesa, para o Brasil, adquiridos por Editora Lafonte Ltda.

Av. Profa. Ida Kolb, 551 – 3º andar – São Paulo – SP – CEP 02518-000
Tel.: 55 11 3855-2294 / Fax: 55 11 3855-2280
atendimento@editoralafonte.com.br • www.editoralafonte.com.br

Às minhas queridas amigas,
Shayla Black e Annette McCleave.
Agradeço a elas pela amizade, pelo apoio e pelas ótimas ideias que compartilharam comigo enquanto escrevia este livro.
Foram inestimáveis e muito apreciadas.

Agradecimentos

A Kate Duffy, pela paciência e orientação. Quando precisei de ajuda, ela não faltou. Só consegui terminar este livro por causa de Kate.

A Nadine Dupont, pela ajuda com as palavras em francês usadas neste livro. Todo e qualquer erro é de minha inteira responsabilidade.

Às fantásticas garotas de língua ferina do meu grupo de bate-papo, pelo auxílio e amizade.

A Patrice Michelle, Janet Miller e Mardi Ballou, pela compaixão.

Sou grata a todas vocês. Muito obrigada!

1.

Londres, 1780

O HOMEM USANDO A MÁSCARA BRANCA A estava seguindo.

Amélia Benbridge não sabia há quanto tempo aquilo estava acontecendo, mas, sem dúvida, ele a estava seguindo.

Atentamente, Amélia circulou em torno do salão de Langston, sintonizada nos movimentos dele, girando a cabeça e simulando interesse no ambiente para que pudesse observá-lo melhor.

Cada olhar dissimulado que Amélia dava na direção dele tirava seu fôlego.

Em meio à tanta gente, outra mulher provavelmente não teria notado aquele interesse cheio de entusiasmo. Um baile de máscaras é uma fonte inesgotável de visões, sons e cheiros capazes de desviar a atenção: a deslumbrante variedade de tecidos e rendas, a multiplicidade de vozes que se misturavam com a música tocada pela orquestra, a combinação de aromas dos diversos perfumes e da cera queimada das velas dos grandes candelabros.

Mas Amélia não era como as outras mulheres. Ela viveu seus primeiros dezesseis anos de vida sob estrita vigilância, com cada um de seus movimentos observados com muita atenção.

Era uma sensação única ser alvo de tamanho interesse. E, sobretudo, por um homem tão tentador.

Sim, ele era muito tentador, apesar da distância entre os dois e da máscara branca. A silhueta dele bastava para chamar a atenção dela. Ele era alto e bem proporcionado, com as roupas feitas sob medida para destacar coxas musculosas e ombros largos.

Amélia alcançou um canto do salão e se virou, obtendo uma melhor visão do homem. Ela aproveitou a oportunidade para erguer a máscara e cobrir os olhos, com as fitas coloridas que enfeitavam a vareta caindo sobre o braço enluvado. Fingindo observar os convidados que dançavam, ela, na realidade, estudava o homem. Era mais do que justo, em sua opinião. Se ele podia desfrutar de uma visão desimpedida, ela também podia.

Ele estava vestido de preto dos pés à cabeça, exceto as meias, a gravata e a camisa, que eram brancas como a neve. E a máscara. Muito simples. Sem enfeites de pinturas ou penas. Presa à cabeça por uma fita de cetim preto. Enquanto os outros homens usavam trajes com uma variedade infinita de cores para chamar a atenção, a austeridade dele parecia elaborada para se misturar às sombras, para torná-lo pouco notável, o que jamais seria o caso. Sob a luz de centenas de velas, seus cabelos escuros brilhavam, cheios de vida, pedindo para que uma mulher os acariciassem.

E também havia a boca dele... Era o pecado encarnado. Esculpida pela mão de um mestre, com lábios nem carnudos, nem finos, porém firmes. Despudoradamente sensuais. Emoldurados por um queixo forte e de traços bem-definidos, e pela tez morena. Um estrangeiro, talvez. O rosto inteiro dele só podia ser imaginado. Devastador para a tranquilidade de uma mulher, ela desconfiava.

Mas não eram somente os atributos físicos dele que a fascinavam. Também era o modo como ele se movia, semelhante a um predador, um modo decidido e sedutor, com a atenção intensamente concentrada. Ele não caminhava a passos miúdos, nem adotava a aparência de enfado tão valorizada pela alta sociedade. Aquele homem sabia o que queria e carecia da paciência para fingir o contrário.

Naquele momento, parecia que o que ele queria era segui-la. O olhar dele era extremamente quente e sedutor. Ela o sentia se movendo sobre seu corpo, percorrendo seus cabelos e se detendo por um instante em sua nuca descoberta. Sentia o olhar deslizar pelos seus ombros nus e descer ao longo de sua espinha. *Cobiçoso.*

Amélia não conseguia entender por que havia atraído a atenção dele. Sabia que era bastante atraente, mas não mais do que a maioria das outras mulheres ali presentes. Seu vestido, apesar de encantador, com elaboradas anáguas de renda prateada e delicadas flores feitas de fitas cor-de-rosa e verdes, não era o mais chamativo do salão. Além disso, ela, em geral, era ignorada pelos homens que buscavam uma ligação romântica, pois a amizade de longa data que mantinha com o estimado conde de Ware dava a impressão de que acabariam no altar.

Assim, o que aquele homem queria com ela? Por que não se aproximava dela?

Amélia baixou a máscara e o olhou fixamente, não dando margem à dúvida de que o estava observando. Ela ficou na expectativa de que ele se aproximasse, retomando seu andar a passos largos. Queria sentir todos os detalhes dele: o som de sua voz, a fragrância de sua água-de-colônia, o impacto da proximidade com seu físico viril.

Amélia queria saber o que ele desejava. Órfã da mãe, ela viveu toda a infância sendo levada de um lugar para outro. As governantas eram trocadas com frequência, impedindo a criação de qualquer vínculo emocional. O contato com a irmã foi cortado, assim como com qualquer pessoa que pudesse se importar com ela. Por isso, ela desconfiava do desconhecido. O interesse daquele homem era uma anormalidade e precisava de uma explicação.

O desafio silencioso lançado por Amélia provocou uma tensão súbita e visível no homem. Ele devolveu o olhar, com os olhos brilhando através das sombras da máscara. Um longo instante se passou, um tempo que ela mal registrou, pois estava muito concentrada na reação dele. Os convidados passavam por ele, obstruindo momentaneamente a visão dela, mas depois o revelavam de novo. Ela observa o peito dele encorpar depois de uma respiração profunda, quando esbarraram com certa força nela.

— Desculpe-me, senhorita Benbridge.

Surpresa, ela tratou de identificar a pessoa responsável por aquele encontrão e viu um homem de peruca e com trajes de cetim castanho escuro. Ela balbuciou um resmungo breve à preocupação dele, conseguiu dar um rápido sorriso e apressadamente voltou a atenção para o homem mascarado.

Ele sumira.

Sim, o homem sumira. Nas pontas dos pés, ela vasculhou aquele mar de gente. Ele era alto e tinha ombros muito largos. A ausência de uma peruca oferecia um meio a mais de identificação, mas ela não conseguiu encontrá-lo.

Aonde ele teria ido?

— Amélia.

Aquele modo arrastado e cultivado de falar era muito familiar e querido para ela. Amélia lançou um olhar rápido na direção do belo homem, que se aproximou para ficar ao lado dela. — Sim, meu lorde?

— Você está procurando alguém? — O conde de Ware imitou a postura dela, e estendeu o pescoço de modo muito semelhante. Qualquer outro homem teria parecido ridículo, mas não Ware. Era impossível ele não parecer perfeito, desde a cabeça guarnecida com peruca até os saltos cravejados de diamantes, um metro e oitenta abaixo. — Seria demais esperar que você estivesse à minha procura?

Com um sorriso tímido, Amélia abandonou a caçada visual e enlaçou o braço dela com o dele. — Eu estava à procura de um fantasma.

— Um fantasma? — Através das aberturas da máscara pintada, os olhos azuis dele revelaram um sorriso. Ware tinha duas expressões: uma de enfado temerário e uma de deleite acolhedor. Amélia era a única pessoa na vida dele capaz de inspirar esta última. — Era um espectro assustador? Ou algo mais interessante?

— Não tenho certeza. Ele estava me seguindo.

— Todos os homens lhe seguem, meu amor — disse ele com leve ironia. — No mínimo com o olhar, se não com as pernas.

Amélia apertou o braço dele num gesto de delicada censura. — Você está caçoando de mim.

— De jeito nenhum. — Ele disse, de modo altivo — Você muitas vezes parece perdida em um mundo que você mesma criou. É muito atraente os homens verem uma mulher satisfeita consigo mesma. Desejamos nos envolver e nos unir a ela.

O tom de intimidade da voz de Ware não passou despercebido para Amélia. Ela lançou um olhar de soslaio para ele. — Que homem malicioso.

Ware riu, e os convidados ao redor cravaram os olhos nele. Ela também. A alegria ruidosa transformou o conde do exemplo típico de um aristocrata afligido pelo tédio em um homem extremamente atraente.

Ware começou a andar pelo salão e conduziu Amélia consigo com habilidade. Ela o conhecia havia seis anos, desde quando ele tinha dezoito anos. Ela o viu amadurecer e se transformar no homem atual. Observou-o dar os primeiros passos nas relações amorosas, e como os relacionamentos o modificaram, embora nenhuma das amantes prendesse a atenção dele por muito tempo. Elas enxergavam somente o exterior e o título de marquês que ele obteria após a morte do pai. Talvez ele tivesse conseguido conviver com um interesse dessa profundidade se não tivesse conhecido Amélia primeiro. No entanto, eles se conheceram e se tornaram amigos muito próximos. Agora, ligações menores o desagradavam. Ele tinha amantes para satisfazer as necessidades físicas, mas a mantinha por perto para satisfazer as emocionais.

Eles se casariam, Amélia sabia. Era algo não explícito entre eles, mas subentendido. Ware só aguardava pelo dia em que ela finalmente estaria pronta para ultrapassar os limites da amizade e ir para a cama dele. Amélia amava Ware por ter esta paciência, embora não estivesse *apaixonada* por ele. Amélia queria estar; desejava isso todos os dias. No entanto, amava outro homem, e, embora a morte o tivesse roubado dela, o seu coração permanecia fiel.

— Onde estão os seus pensamentos agora? — perguntou Ware, enquanto inclinava a cabeça respondendo à saudação de outro convidado.

— Em você.

— Ah, que adorável — ele murmurou, com uma expressão de prazer. — Conte-me tudo.

— Estou pensando que seria bom ser sua esposa.

— É uma proposta?

— Não tenho certeza.

— Hummm... Bem, estamos chegando mais perto. Esta ideia me reconforta.

Ela o estudou com cuidado. — Você está ficando impaciente?

— Eu posso esperar.

A resposta foi vaga, e Amélia mostrou desagrado.

— Sem lamúrias — advertiu Ware com delicadeza, guiando-a através de uma porta envidraçada que levava a um terraço lotado. — Estou satisfeito por enquanto, desde que você também esteja.

Amélia sentiu a brisa refrescante da noite em sua pele e respirou fundo.

— Você não está sendo totalmente sincero.

Amélia se deteve diante do amplo parapeito de mármore e o encarou. Havia diversos casais por perto, conversando, mas todos lançavam olhares curiosos na direção deles. Apesar das sombras criadas pela lua encoberta pelas nuvens, o paletó e a calça creme de Ware brilhavam como marfim e atraíam a admiração dos convidados.

— Este não é o lugar para se discutir algo tão auspicioso quanto o nosso futuro — Ware disse, desfazendo o laço que prendia a sua máscara. Ele a removeu e revelou um perfil tão nobre que deveria adornar uma moeda.

— Você sabe que não me fará mudar de opinião.

— E você sabe que é por isso que gosto tanto de você. — O sorriso dele a provocava. — A minha vida é muito organizada. Tudo tem de estar no lugar. Conheço meu papel e cumpro as expectativas sociais perfeitamente.

— A não ser pelo fato de me cortejar.

— Sim, exceto pelo fato de lhe cortejar. — Ware concordou. A mão enluvada dele encontrou a dela e a enlaçou. Ele ajustou sua postura para ocultar dos curiosos o contato escandaloso. — Você é a minha bela princesa, resgatada de sua pequena torre por um pirata infame. A filha de um visconde enforcado por traição e irmã de uma verdadeira *femme fatale*, uma mulher que muitos julgaram ter matado dois maridos antes de se casar com um homem perigoso demais para se assassinar. Você é minha loucura, minha aberração, meu pecado.

Ware roçou o polegar na palma da mão dela, o que a fez sentir um arrepio. — No entanto, sirvo a um propósito oposto na sua vida. Sou sua âncora. Você se agarra a mim, porque sou seguro e confortador. — Então, ele dirigiu o olhar para as outras pessoas presentes no terraço. Em seguida, inclinou-se na direção dela e murmurou, bem próximo: — Mas, de vez em quando, lembro-me da jovem que me pediu um primeiro beijo de forma tão ousada, e penso que deveria ter reagido de maneira diferente.

— É mesmo?

Ware concordou com um gesto da cabeça.

— Mudei tanto assim desde então?

Com a máscara pendurada em uma mão e a mão dela segura na outra, Ware se virou abruptamente e a conduziu escadas abaixo até o jardim dos fundos. Uma trilha de cascalho ladeada por arbustos baixos que, por sua vez, delimitavam um exuberante gramado central e uma fonte impressionante.

— A passagem do tempo muda todos nós — Ware disse. — Mas acho que foi a morte de seu amado Colin que a mudou de modo extremo.

Ao escutar o nome de Colin, Amélia sentiu um pesar profundo. Ele fora o melhor amigo dela e, tempos depois, tornou-se sua paixão. Era sobrinho do cavalariço e cigano, mas, no mundo protegido dela, eles eram pessoas iguais. Brincaram juntos quando crianças, mas depois perceberam que o interesse de um pelo outro mudou. Aprofundou-se. Tornou-se menos inocente.

Colin tinha amadurecido e se tornado um jovem cuja beleza exótica e força de caráter mexeram com ela de uma maneira pela qual não estava preparada. Pensamentos a respeito dele dominavam seus dias, e sonhos de beijos roubados atormentavam suas noites. Ele foi mais sábio do que ela, entendendo que era impossível a união entre a filha de um nobre e um cavalariço. Colin a rejeitou, fingiu não sentir nada por ela, partindo seu coração adolescente.

Entretanto, no fim, morreu por ela.

Amélia suspirou quase silenciosamente. Às vezes, pouco antes de adormecer, ela se permitia pensar nele. Abria o coração e liberava as memórias: beijos roubados na mata, anseios impossíveis e um desejo crescente. Ela nunca sentira tal profundidade de emoções outra vez e sabia que nunca sentiria. Algumas paixões infantis se desvaneciam. O amor dela por Colin fora construído sobre uma base mais sólida e permanecia com ela. Não era mais uma paixão avassaladora, mas sim uma ternura mais suave. Uma adoração acentuada em reconhecimento pelo sacrifício dele. Encurralado entre os homens de seu pai e os agentes da Coroa, ela poderia ter morrido se Colin não a tivesse feito desaparecer misteriosamente. Um resgate imprudente movido pelo amor, que a deixou a salvo ao preço da preciosa vida dele.

— Você está pensando nele de novo. — Ware murmurou.

— Sou assim tão transparente?

— Tanto quanto vidro. — Ele apertou a mão dela, e ela sorriu afetuosamente.

— Talvez você ache que a minha relutância se origine de meu afeto persistente por Colin, mas é o meu afeto por você que me contém.

— Ah?

Amélia percebeu que o tinha surpreendido. Então, eles pegaram o caminho de volta para a mansão. A iluminação feérica e a melodia sedutora dos instrumentos de cordas transpunham as diversas portas e janelas da residência, atraindo para a festa os convidados que andavam à toa pelos jardins.

— Sim, meu lorde. Temo que talvez roube você de seu grande amor.

Ware sorriu timidamente. — Como você é fantasiosa. — Ele, então, deu um sorriso largo e pareceu tão bonito que ela parou para admirá-lo. — Permito-me fazer reflexões curiosas quando você adota este olhar sonhador, mas são uma extensão de meu interesse nos assuntos do coração.

— Você não tem ideia do que está perdendo.

— Perdoe-me por ser insensível, mas, se o que estou perdendo é a melancolia a qual você está ligada, não quero nada disso. É atraente em você e lhe dá um ar de mistério que considero irresistível. Infelizmente, temo que não me cairia tão bem. Desconfio que eu pareceria um pobre coitado, e não posso admitir uma coisa dessas.

— O Conde de Ware, um pobre coitado?

— Bastante improvável, é claro.

— Bastante.

— Portanto, veja bem, você é perfeita para mim, Amélia. Gosto de sua companhia. Gosto de sua sinceridade e de nossa capacidade de conversarmos livremente a respeito de praticamente tudo. Não há incerteza ou receio de represálias por causa de algum ato descuidado. Você não pode me ferir, e eu não posso feri-la, porque não atribuímos ações a emoções que não existem. Se eu for imprudente, não será porque desejo machucá-la, e você sabe disso. Nossa ligação é algo que apreciarei e valorizarei até o meu último suspiro.

Ware fez uma pausa quando alcançaram o degrau que os levaria de volta até o terraço. Aquele breve período de intimidade estava quase no fim. O desejo de Amélia de passar um tempo sem interrupções ao lado dele era um estímulo a mais para o casamento. Era somente ao encontro sexual que finalizaria as noites deles que ela resistia.

A memória dos beijos apaixonados trocados com Colin a assombrava, e Amélia não conseguia se colocar na posição de arriscar a se desapontar com Ware. Temia a possibilidade de que o constrangimento invadisse a intimidade deles. O conde era atraente, encantador e perfeito. Qual seria a aparência dele quando estivesse corado e desgrenhado? Que sons emitiria? Como se moveria? O que esperaria dela?

Era a apreensão que incitava estas considerações, e não a expectativa.

— E quanto ao sexo? — Amélia perguntou.

Ware girou a cabeça na direção dela, e ficou paralisado, com o pé suspenso sobre o degrau. Os olhos azuis dele brilhavam de alegria. Ware recuou da escada e a encarou diretamente. — O que é que tem?

— Você não teme que será...? — Ela se esforçou para encontrar a palavra correta.

— Não. — Havia muita segurança na negação.

— Não?

— Quando penso em fazer amor com você, não há nenhum temor envolvido. Ânsia, sim. Ansiedade, não. — Ele chegou mais perto de Amélia e sussurrou: — Não hesite por este motivo. Somos jovens. Podemos nos casar e esperar, ou podemos esperar e depois nos casar. Mesmo com o meu anel em seu dedo, não vou lhe pedir que faça algo que não deseja. Ainda não. — A boca dele se contorceu. — Daqui a alguns anos, no entanto, posso não ser tão complacente. No devido tempo, preciso procriar, e realmente a acho extremamente atraente.

Amélia refletiu por um instante e, em seguida, concordou com um gesto de cabeça.

— Ótimo — disse Ware com evidente satisfação. — O progresso, mesmo que gradual, é sempre bom.

— Talvez seja a hora de publicar os proclamas de casamento.

— Por Deus, isto é mais do que um progresso gradual! — Ware gritou com um entusiasmo exagerado. — Estamos de fato chegando a algum lugar.

Amélia sorriu, e ele piscou maliciosamente.

— Seremos felizes juntos. — Ele prometeu.

— Eu sei.

Ware começou a vestir novamente sua máscara. Enquanto isso, o olhar dela percorreu o ambiente. Ao seguir a linha do parapeito de mármore, Amélia descobriu uma profusão de heras escalando os tijolos. Esta trilha visual levava a outro terraço, mais abaixo, sem iluminação, em uma artimanha óbvia para impedir que os convidados passassem tempo demais distantes do salão de baile. Aparentemente, no entanto, a falta de bom acolhimento por parte do anfitrião era sutil demais para aqueles dois homens ali presentes, ou talvez eles simplesmente não tivessem vontade de dar importância ao fato. Independentemente do motivo da presença deles ali, não era o que chamava a atenção de Amélia. Ela estava mais interessada em quem estava ali.

Apesar das sombras que obscureciam o segundo pátio, ela reconheceu o fantasma que a tinha seguido por meio do branco imaculado de sua máscara e pelo modo como seus trajes e seus cabelos se misturavam com a noite à sua volta.

— Meu lorde — murmurou ela, estendendo a mão cegamente para agarrar o braço de Ware. — Vê aqueles dois cavalheiros ali?

Amélia sentiu a atenção de Ware se desviar segundo a orientação dela.

— Sim.

— O cavalheiro todo de preto é aquele que demonstrou interesse em mim mais cedo.

O conde olhou para ela com uma gravidade absoluta. — Você tratou o fato como algo pouco importante, mas agora estou preocupado. Este homem a importunou em algum momento?

— Não. — Ela apertou os olhos quando os dois homens se separaram e partiram em direções opostas: o fantasma se afastando dela, e o outro homem se aproximando dela.

— No entanto, algo nele a incomoda. — Ware afirmou. — E a presença dele ali é estranha.

— Sim, eu concordo.

— Apesar dos anos que se passaram desde que você se libertou dos cuidados de seu pai, acho que seria sensato ter cautela. Quando alguém se relaciona com um criminoso de má reputação, todo desconhecido é um suspeito. Não podemos admitir que figuras estranhas a sigam. — Ware a conduziu rapidamente degraus acima. — Talvez você devesse permanecer próxima de mim pelo resto da noite.

— Não tenho motivo algum para ter medo dele — argumentou ela, com frieza. — Acho que o que mais me surpreende é a minha reação a ele, e não o interesse dele por mim.

— Você reagiu a ele? — Ware parou bem ao lado da porta e puxou-a para que ela liberasse o caminho de quem entrava e saía. — Que tipo de reação?

Amélia recolocou a máscara. Como explicar que admirara a constituição física e a presença poderosa do homem, sem dar mais importância ao sentimento do que ele merecia? — Eu fiquei curiosa. Queria que ele se aproximasse de mim e se revelasse.

— Devo me preocupar com o fato de outro homem ter capturado a sua imaginação tão rapidamente? — A fala arrastada do conde estava entremeada de ironia.

— Não. — Ela sorriu. O bem-estar da amizade deles era inestimável para ela. — Assim como não me preocupo quando você se interessa por outras mulheres.

— *Lorde Ware.*

Amélia e Ware se viraram para encarar o cavalheiro que se aproximava, um homem cuja baixa estatura e aspecto corpulento a tornava reconhecível, apesar da máscara: sir Harold Bingham, magistrado da Bow Street.

— Sir Harold. — Ware o saudou em resposta.

— Boa noite, senhorita Benbridge — o magistrado afirmou, sorrindo de maneira cordial. Ele era conhecido por suas sentenças rigorosas, mas era considerado justo e sábio por muitos.

Amélia gostava bastante dele, e a cordialidade das gentilezas retribuídas refletia isso.

Ware se inclinou na direção de Amélia e baixou a voz para que apenas ela o escutasse. — Poderia me dar licença um instante? Gostaria de conversar com ele a respeito de seu admirador. Talvez consigamos descobrir sua identidade.

— Claro, meu lorde.

Os dois cavalheiros se afastaram um pouco dela, e o olhar de Amélia percorreu o salão, em busca de rostos familiares. Ela localizou um grupo de conhecidos ali perto e seguiu naquela direção.

Depois de dar alguns passos, Amélia se deteve. Ela queria saber quem estava por trás da máscara branca. A curiosidade a consumia, deixando-a inquieta. A maneira como ele a observou foi muito intensa, e o momento em que eles se entreolharam permaneceu em seu pensamento.

Ela deu meia-volta, desceu as escadas e alcançou o jardim dos fundos. Muitos outros convidados estavam ali, todos em busca de um alívio da multidão. Em vez de pegar o caminho que seguira com Ware ou para a direita, onde estava o segundo terraço sem iluminação, ela virou à esquerda. Alguns metros adiante, numa posição lateral, uma reprodução em mármore de Vênus adornava um espaço semicircular ocupado por um banco em meia-lua. A área era delimitada pelos mesmos arbustos baixos e perfeitamente aparados que ladeavam o gramado e a fonte, e estava desocupada naquele momento.

Amélia parou perto da estátua e emitiu um assobio inconfundível, num sinal de advertência para os homens de seu cunhado. Ela continuava a ser vigiada e suspeitava que sempre seria. Era consequência inevitável de ser a cunhada de um notório pirata e contrabandista como Christopher St. John.

Às vezes, Amélia se ressentia da falta de privacidade advinda da observação de cada um de seus movimentos. Ela só queria que a vida fosse simples o bastante para que tais precauções fossem desnecessárias. No entanto, em outras ocasiões, como aquela noite, Amélia encontrava algum alívio na proteção invisível. Ela nunca ficava exposta, o que lhe permitia observar o seu fantasma sob um prisma diferente. Ter os homens de St. John por perto também lhe dava a oportunidade de obter ajuda para saciar sua curiosidade.

Amélia batia o pé impacientemente no cascalho enquanto aguardava. Por isso não escutou a aproximação do homem. No entanto, sentiu a aproximação sob a forma de um arrepio. Conscientes da chegada dele, virou-se rapidamente, com um leve suspiro de surpresa.

Ele estava parado muito próximo da entrada do círculo; um vulto alto e moreno, que vibrava com uma energia poderosa que parecia ser contida com algum esforço. Sob a luz pálida da lua, os cabelos escuros do homem resplandeciam como a asa de um corvo, e os olhos dele brilhavam com a mesma intensidade que a estimulou a procurá-lo. Ele usava uma capa completa, com o forro de cetim cinzento proporcionando um fundo marcante para seus trajes negros, permitindo que Amélia apreciasse plenamente o tamanho e o poder de sua constituição.

— Eu estava à sua procura — Amélia afirmou, suavemente, erguendo o queixo.

— Eu sei.

2.

PROFUNDA E GRAVE, A VOZ DO FANTASMA TINHA um sotaque peculiar, estrangeiro, o que complementava sua tez morena.

— Não tenha medo de mim — ele disse. — Quero somente me desculpar pelos meus modos.

— Não estou com medo — Amélia respondeu, lançando um olhar na direção de onde os outros convidados estavam visíveis.

Ele se pôs de lado e fez uma reverência, saudando-a com um rebuscado movimento do braço.

— Isto é tudo o que você tem a me dizer? — Amélia perguntou ao perceber que ele pretendia se afastar.

— Deveria haver mais? — ele perguntou, sorrindo com o lábio contraído.

— Eu... — Amélia desviou o olhar por um instante, procurando organizar os pensamentos em palavras coerentes. Tamanha proximidade com aquele homem a impedia de pensar com clareza. O que fora atraente à distância, naquele momento era quase irresistível.

— Não quero prendê-la — ele murmurou, num tom reconfortante.

— Seus modos. — Amélia repetiu.

— Sim. Eu estava a observando.

— Eu percebi — ela afirmou, de maneira seca.

— Perdoe-me.

— Não há necessidade. Não me aborreci.

Amélia esperou que ele tomasse alguma iniciativa. Quando ele saiu do pequeno círculo e deu a impressão de pretender pegar o rumo da parte principal do jardim dos fundos, ela fez um gesto negativo com a cabeça, reprovando a aparente pressa dele em se livrar dela.

— O meu nome é senhorita Amélia Benbridge.

O homem se acalmou, detendo-se. Após um momento de hesitação, usou uma das pernas em uma saudação refinada e disse — É um prazer, senhorita Benbridge. Sou o conde Reynaldo Montoya.

— Montoya — ela murmurou, ao experimentar o nome em sua língua. — Espanhol, mas seu sotaque é francês.

Montoya ergueu a cabeça e a analisou de perto, percorrendo com o olhar todo o corpo de Amélia, desde o penteado elaborado até o sapato de pelica. — O seu sobrenome é inglês, mas as suas feições são realçadas por um toque estrangeiro — ele frisou.

— A minha mãe era espanhola.

— E você é encantadora.

Amélia se assustou com a forma pela qual aquele elogio simples a afetou. Ela ouvia tais banalidades diariamente, e significavam tanto quanto um comentário sobre o clima. No entanto, a maneira de falar de Montoya alterou o sentido das palavras, impregnando-as de sentimentos e força.

— Acho que devo voltar a pedir perdão — o conde disse, com um sorriso autodepreciativo. — Permita-me acompanhá-la de volta antes de eu me fazer de tolo novamente.

Amélia estendeu a mão para ele, mas logo se conteve e agarrou a vareta da máscara com ambas as mãos. — A sua capa... você está de partida?

Montoya fez que sim com a cabeça, elevando a tensão no ar entre os dois. Não havia nenhuma razão para que ele ficasse. Mas algo o estava retendo.

— Por que você já está de partida? — perguntou ela baixinho. — Você ainda não me tirou para dançar nem flertou comigo, tampouco fez um comentário casual sobre onde pretende estar no futuro para que possamos voltar a nos encontrar.

Montoya reentrou no pequeno círculo. — Você é ousada demais, senhorita Benbridge — ele advertiu de maneira ríspida.

— E você é um covarde.

Rapidamente, Montoya avançou, ficando a poucos centímetros dela.

A brisa fresca da noite soprou e moveu um dos longos e elaborados cachos de Amélia. O olhar do conde se concentrou naquele cacho reluzente e, em seguida, desviou-se para os seios dela.

— Você olha para mim como um homem olha para a sua amante – Amélia disse.

— É mesmo? — A voz de Montoya tinha ficado mais baixa, mais suave, o sotaque mais evidente. Era o tom de um amante ou de um sedutor. Ela saboreava a experiência. Parecia como a de sair de uma casa aquecida em um dia gelado. O impacto súbito da sensação era espantoso. De tirar o fôlego.

— Como você conhece tal olhar, senhorita Benbridge?

— Conheço muitas coisas. No entanto, como você decidiu não se inteirar da minha pessoa, nunca saberá quais são.

Os braços de Montoya estavam cruzados na altura do peito. Era uma postura desafiadora, mas que a fez sorrir, porque sinalizava a intenção dele em ficar. Ao menos por um pouco mais de tempo. — E quanto ao lorde Ware? — ele questionou.

— O que tem ele?

— Vocês são, para todos os efeitos, noivos.

— Somos mesmo. — Amélia percebeu certa tensão tomar conta de Montoya. — Você tem alguma queixa em relação ao lorde Ware?

O conde não respondeu.

Amélia recomeçou a bater o pé. — Estamos reagindo de maneira muito visceral um ao outro, conde Montoya. Atraente como você é, ousaria dizer que está acostumado a conquistar o interesse das mulheres por meio de ardis. Da minha parte, posso dizer, com absoluta certeza, que uma situação semelhante nunca me ocorreu. Homens muito bonitos não me seguem por aí...

— Você me lembra alguém que conheci. — Ele a interrompeu. — Uma mulher que eu gostava muito.

— Ah. — Por mais que tentasse, Amélia não conseguiu esconder a decepção. Ele a tinha confundido com outra mulher. O interesse dele não residia *nela*, mas em uma mulher que se parecia com ela.

Depois de se afastar alguns metros, Amélia se sentou num pequeno banco, arrumando distraidamente a saia em busca de conforto. Em seguida, passou a girar a máscara entre os dedos enluvados.

— É a minha vez de lhe pedir desculpas. — Amélia afirmou, com a cabeça voltada para trás, de modo que os olhares de ambos se encontrassem. — Eu o coloquei em uma posição embaraçosa e o estimulei a ficar quando você desejava ir embora.

Amélia queria muito poder enxergar as feições dele sob a máscara branca. Apesar da ausência de uma visão completa, ela o achava extremamente atraente: o mumúrio grave da voz... O formato sedutor da boca... A confiança inabalável do porte...

No entanto, Montoya não era tão inabalável assim. Amélia o estava afetando de uma forma que uma estranha não deveria ser capaz de afetar. E ele a afetava igualmente.

— Não era isso que você desejava ouvir — Montoya afirmou, aproximando-se.

O olhar de Amélia se fixou nas botas de Montoya, observando a capa flutuar em torno delas. Vestido daquela maneira, ele era imponente, mas ela não sentia medo.

Amélia ficou sem saber o que dizer. Ele tinha razão; ela era muito audaciosa. No entanto, não era atrevida o suficiente para admitir sem rodeios que achava agradável a ideia do interesse dele. — Espero que você encontre a mulher que está procurando. — Ela disse.

— Receio que não seja possível.

— Por quê?

— Eu a perdi há muitos anos.

Ao reconhecer a nostalgia nas palavras dele, Amélia se compadeceu. — Lamento pela sua perda. Eu também perdi alguém que me era querido e sei como é isso.

Montoya se sentou ao lado dela. O banco era pequeno, fazendo que a saia dela tocasse na capa dele. Tal proximidade era inadequada, mas Amélia não protestou. Em vez disso, respirou fundo e descobriu que ele cheirava a sândalo e cítrus. Um perfume revigorante, natural e viril. Como o homem em si.

— Você é jovem demais para sofrer como eu — Montoya murmurou.

— Você subestima a morte. Ela não tem escrúpulos e desconsidera a idade das pessoas que ficam para trás.

As fitas que adornavam a vareta da máscara dela se agitaram levemente com a brisa suave e foram parar em cima da mão enluvada dele. A visão do cetim cor de alfazema, cor-de-rosa e azul-claro em contraste com o negro intenso chamou a atenção dela.

Qual era a aparência deles para aqueles que por ali passavam? As rendas prateadas e volumosas de Amélia, além das flores multicoloridas e alegres, ao lado da ausência completa de qualquer cor.

— Você não deveria estar aqui sozinha — Montoya afirmou, esfregando as fitas entre seus dedos polegar e indicador. Ele não conseguia senti-las através das luvas, o que tornava a ação algo sensual, como se fosse irresistível a tentação de afagar algo que pertencia a ela.

— Estou acostumada à solidão.

— Você a aprecia?

— É familiar.

— Isso não é uma resposta.

Amélia olhou para ele, notando os diversos detalhes que só podem ser percebidos com a proximidade extrema. Montoya tinha cílios longos e espessos em torno dos olhos amendoados. Eram lindos, exóticos, acentuados por sombras que vinham tanto de dentro, como de fora.

— Como ela era? — Amélia perguntou. — A mulher com quem você me confundiu.

A mera sugestão de um sorriso denunciou a possibilidade da existência de covinhas. — Eu lhe fiz uma pergunta primeiro — Montoya afirmou.

Amélia suspirou de modo dramático, só para poder ver mais um pouco a curvatura sedutora da boca de Montoya. Ele nunca sorria plenamente. Ela sentiu curiosidade de descobrir o porquê e se perguntou como conseguiria um sorriso pleno. — Muito bem, conde Montoya. Em resposta à sua pergunta: sim, aprecio a solidão.

— Muitas pessoas consideram a solidão insuportável.

— Elas não têm imaginação. Eu, por outro lado, tenho muita.

— Ah, sim? — Montoya inclinou o corpo na direção dela, fazendo que sua calça de couro se esticasse firmemente ao longo das coxas. Em contraste com o cetim cinza da capa espalhado debaixo dele, ela conseguia ver todas as nuanças, superfícies e extensões firmes dos músculos. — O que você imagina?

Engolindo em seco, Amélia percebeu que não conseguia tirar a atenção daquela visão. Ela mantinha um olhar lascivo, denotando um interesse cem por cento carnal.

— Humm... — Com esforço, ela ergueu o olhar, impressionada com o rumo dos próprios pensamentos. — Histórias. Contos de fadas e coisas parecidas.

Com a máscara ocultando metade do rosto de Montoya, Amélia ficou em dúvida, mas achou que ele expressou certa surpresa. — Você escreve essas histórias?

— Às vezes.

— O que faz com elas?

— Você já fez perguntas demais e ainda não respondeu a minha.

Os olhos escuros de Montoya brilharam, calorosos e galhofeiros. — Estamos numa competição?

— Você estava — Amélia assinalou. — Estou simplesmente seguindo as regras que você definiu.

Nossa! Uma covinha. Amélia a viu.

— Ela era audaciosa, como você — Montoya murmurou.

Amélia corou e desviou o olhar, impressionada com aquela minúscula ranhura no rosto dele. — Você gostava da audácia dela?

— Gostava muito.

O tom intimista na voz dele fez Amélia sentir um calafrio.

Montoya se levantou e ofereceu a mão para ela. — Está frio, senhorita Benbridge. Você deveria entrar.

Amélia ergueu os olhos na direção do conde. — Você pretende me acompanhar?

Ela estendeu o braço e deixou que Montoya a ajudasse a ficar de pé. A mão dele era grande e acolhedora, com uma pegada forte e segura. Já de pé, ela relutou em soltar a mão dele, e gostou quando ele também hesitou. Ficaram assim por algum tempo, tocando-se, o silêncio só quebrado pela respiração... Até que a melodia doce e melancólica do minueto os alcançou, trazida pelo vento fresco da noite.

Montoya apertou a mão de Amélia. Ela sabia que os pensamentos dele percorriam o mesmo caminho que os dela. Depois de cobrir o rosto com a máscara, Amélia se inclinou, numa reverência sincera.

— Uma dança — Amélia insistiu. — Dance comigo como se eu fosse a mulher que você perdeu.

— Não. — Montoya hesitou por um instante e depois se curvou sobre a mão dela. — Prefiro dançar com você.

Comovida, Amélia sentiu um nó na garganta, que a impossibilitou de dar uma resposta. Ela só conseguiu iniciar os passos da dança, aproximando-se dele e depois recuando. Girando lentamente e depois circulando em torno dele. O ruído do cascalho sob os pés abafou a música, mas Amélia era capaz de ouvi-la em sua mente e cantarolava as notas. Montoya se juntou a ela, com sua voz grave criando um acompanhamento melodioso, que a encantou.

O ventou carregou as nuvens para longe, permitindo que o luar iluminasse o pequeno espaço. Os arbustos ficaram prateados, e a máscara de Montoya ficou cor de pérola. A fita de cetim preto se misturou aos fios escuros dos cabelos dele. A saia de Amélia roçou a capa esvoaçante dele, com o perfume dos dois criando um novo perfume. Juntos, eles se perderam em um momento único. Amélia estava presa ali, dominada, e desejou – brevemente – nunca se libertar.

Então, um assobio inconfundível irrompeu no ar. Era o aviso dos homens de St. John.

Amélia tropeçou, e Montoya a segurou. Ela abaixou o braço, tirando junto a máscara do rosto. Sentiu o hálito quente e o aroma de conhaque de sua boca. A diferença de altura deixava os seios dela nivelados com a parte superior do abdome dele. Ele teria de se inclinar para beijá-la. Ela queria muito um beijo, desejando experimentar a sensação daquela boca tão bela.

— O lorde Ware está à sua procura — Montoya sussurrou, sem tirar os olhos dela.

Amélia concordou com um gesto de cabeça, mas não fez nenhum esforço para se soltar. Os dois ficaram se entreolhando. Aguardando.

Exatamente quando Amélia teve certeza de que ele não a beijaria, Montoya aceitou o convite silencioso dela e a beijou. Ele suspirou. Amélia soltou a máscara de seus dedos sem forças, que caiu sobre o cascalho.

— Adeus, Amélia.

Então, Montoya saiu correndo. Saltou uma cerca e se misturou às sombras. Não se dirigiu aos fundos da mansão, mas para a frente dela, e sumiu na escuridão. Atordoada pela partida repentina, Amélia virou a cabeça lentamente em direção ao jardim. Ela notou Ware se aproximando rapidamente, seguido por diversos homens.

— O que você está fazendo aqui? — Ware perguntou de maneira ríspida, examinando os arredores. — Eu estava ficando doido à sua procura.

— Eu sinto muito. — Amélia não foi capaz de dizer nada além disso. Os seus pensamentos estavam em Montoya, um homem que evidentemente reconhecera o assobio de advertência.

Montoya fora real por um momento, mas não mais. Como o fantasma que ela gostou, ele era ardiloso.

E totalmente suspeito.

— Você pode me explicar o que aconteceu ontem à noite?

— Explicar o quê? – Amélia suspirou, mas dando um sorriso radiante.

Christopher St. John – pirata, assassino e traficante prodigioso – devolveu o sorriso, mas seus olhos cor de safira estavam atentos e não deixavam escapar nada. — Você sabe muito bem do que estou falando. — Ele fez um gesto negativo com a cabeça. — Às vezes você é tão parecida com a sua irmã que chega a ser alarmante.

Alarmante era o que o divinamente belo St. John era, considerando o quão diabolicamente sua mente funcionava. Apesar de todos os anos em que morara na casa dele, Amélia ainda se surpreendia com a sua beleza toda vez que o via.

— Ah, que coisa adorável para se dizer — Maria disse, acentuando cada palavra. — Obrigada.

— Insolente. Agora fale.

Qualquer outro homem teria dificuldade para obter informações que Amélia não desejava compartilhar. No entanto, quando o pirata de voz rouca queria alguma coisa, era impossível resistir. Com os cabelos louros, a pele rosada, a boca fina, mas carnuda, St. John lembrava um anjo, pois seguramente apenas um ser celestial poderia ser tão perfeito em suas formas, da cabeça aos pés.

O único sinal exterior de sua mortalidade eram as rugas em torno da boca e dos olhos, sinais de uma vida repleta de tensões. Suavizaram-se desde que ele se casou com a irmã dela, mas nunca desapareceram por completo.

— Percebi o interesse incomum de um homem. Ele percebeu que eu havia percebido e se aproximou de mim para se explicar.

Christopher se recostou na cadeira de couro preto. Atrás dele havia uma grande janela que dava para o jardim dos fundos, ou o que teria sido um jardim dos fundos se houvesse um. Em vez disso, havia um gramado plano e aparado, impossibilitando uma aproximação furtiva até a mansão. Quando a pessoa tem tantos inimigos, como St. John tinha, nunca se podia baixar a guarda, sobretudo por motivos estéticos supérfluos. — Que explicação ele deu?

— Eu lhe trouxe à memória um amor perdido.

St. John soltou um ruído estranho, semelhante a um riso de deboche. — Um ardil inteligente e sentimental que quase constrangeu Ware e causou um escândalo terrível. Não consigo acreditar que você caiu na armadilha dele.

Ruborizada pela culpa, Amélia, no entanto, protestou. — Ele foi sincero! — Ela não acreditava que alguém pudesse fingir tão bem o sentimento de melancolia. O que não queria dizer que não tinha consciência de que algo estava errado, mas ela acreditou na reação emocional dele por ela.

— Os meus homens o seguiram ontem à noite.

Amélia não tinha dúvidas de que aquilo tivesse acontecido. — E o que houve?

— Eles o perderam.

— Como isso é possível?

St. John sorriu diante do espanto de Amélia. — É possível se tal pessoa tiver consciência de que está sendo seguida e souber como se evadir nas sombras. — O sorriso dele desapareceu. — Este homem não é um inocente apaixonado, Amélia.

Ela se levantou, obrigando St. John a fazer o mesmo. A saia dela, com estampa de flores, ajustou-se em torno das pernas, e ela se virou para o outro lado do recinto, perdida em pensamentos. As aparências podem enganar. Aquele aposento e o criminoso dono dele eram excelentes exemplos. Decorado em tons de vermelho, creme e dourado, o escritório poderia pertencer a um nobre, assim como a mansão da qual fazia parte. Não havia nada ali que denunciasse o seu principal objetivo: quartel-general de uma enorme rede de contrabando ilegal.

— O que ele poderia querer comigo? — Amélia perguntou, lembrando-se dos acontecimentos da noite anterior com muita clareza. Ela ainda conseguia sentir o perfume exótico da pele de Montoya e ouvir o leve sotaque dele, o que fez seu interior vibrar. A boca dela latejou com a pressão do beijo dele, assim como seus seios, ante a lembrança da firmeza do abdome dele.

— Qualquer coisa, desde um simples aviso para mim até algo mais sinistro.

— Por exemplo? — Amélia olhou para St. John, que a observava com uma expressão sagaz.

— Por exemplo, seduzi-la e afastá-la de Ware. Ou seduzi-la e atraí-la para usá-la contra mim.

O uso da palavra "seduzir" em conjunto com o misterioso e mascarado Montoya provocou nela sensações estranhas. Talvez isso devesse assustá-la, mas não foi o que aconteceu.

— Você sabe tão bem quanto eu o quão afortunado foi seu encontro com Ware durante a prisão de seu pai, e que ele está disposto a ignorar seu passado infame e suas ligações familiares. — Os dedos de St. John tamborilavam de leve o tampo da escrivaninha. — Um de seus filhos será um marquês e os outros terão todos os benefícios. Qualquer coisa que coloque em risco o seu futuro é motivo de preocupação.

Amélia fez que sim com a cabeça e voltou a desviar o olhar, querendo ocultar seus sentimentos em relação à redução de seu relacionamento com Ware a meros benefícios materiais. Amélia tinha bastante consciência de que ela é quem teria mais a ganhar com aquela união. Como amiga de Ware, ela queria somente o melhor para ele. Casar-se com ela era tudo, menos isso.

— O que você quer que eu faça?

— Não se aventure sozinha. Se o homem se aproximar de você novamente, mantenha-o a uma distância considerável. — A severidade da expressão de St. John se abrandou. Naquele dia, ele estava vestido de azul da cor do céu, uma cor que ornava tanto com o tom rosado de sua pele, quanto com o colete ricamente bordado que circundava a cintura fina. — Não quero puni-la. Quero apenas mantê-la a salvo.

— Eu sei. — No entanto, Amélia passou toda a sua vida em gaiolas de ouro. Ela se dividia entre gostar da segurança daquela situação e se sentir mal por causa das restrições. Procurava se comportar, tentando seguir as regras estabelecidas para ela, mas às vezes era difícil se conformar. Suspeitava que esta característica se devia ao sangue do pai que corria em suas veias. Era a coisa que ela mais desejava mudar em si mesma. — Posso me retirar? Ware vai chegar em breve para me levar para passear no parque, e preciso me trocar.

— É claro. Divirta-se.

Christopher observou Amélia sair do escritório e, em seguida, voltou a se sentar em sua cadeira, apenas para se levantar momentos depois, quando sua mulher entrou usando uma saia rosa-claro. Como sempre, a visão dela fez o coração dele disparar com uma mistura de atração e alegria.

— Você está alucinante esta tarde — St. John disse, dando a volta na escrivaninha para abraçá-la. Como faziam desde o momento em que se conheceram, Maria e ele fundiram-se num abraço quente e luxuriante.

— Você diz isso todos os dias — Maria murmurou, mas o seu sorriso estava repleto de prazer.

— Porque é verdade todos os dias. — St. John pegou as costas de Maria com firmeza e moldou as curvas dela de acordo com a firmeza de seu corpo. Eles se encaixavam como duas peças de um quebra-cabeça, apesar da diferença de altura.

Maria tinha os mesmos cabelos negros e lustrosos da irmã mais nova, mas as semelhanças físicas entre as duas acabavam aí. Amélia puxou ao pai, o falecido visconde de Welton, com os seus olhos verde-esmeralda e porte alto e esguio. Maria, que era grata por ser filha de outro pai, puxou à mãe de sangue espanhol, com os olhos negros como jabuticabas, baixa estatura e curvas generosas.

St. John e a esposa formavam um casal impressionante; as aparências antagônicas se complementavam de uma maneira que muitas vezes provocava comentários. No entanto, eles chamavam mais a atenção por suas reputações. A ex- lady Winter ainda era conhecida como a "Viúva Invernal", uma mulher cujos muitos boatos a respeito afirmavam que havia assassinado seus dois primeiros maridos. Christopher era o terceiro e último marido, o marido do coração dela, e era frequentemente louvado por continuar vivo.

Você sobreviveu a mais uma noite na cama da sua esposa, gracejavam.

Christopher sorria e ficava calado. Não era verdade, mas ele preferia não refutar o equívoco. Poucos entenderiam como ele morria nos braços dela todas as noites e depois renascia.

— Ouvi por acaso o final da sua conversa com Amélia — Maria disse. — Acho que você está considerando a situação da perspectiva errada.

— Como assim? — Eis onde residiam as verdadeiras semelhanças entre eles. Por mais diferentes que fossem exteriormente, interiormente eram assustadoramente parecidos. Os dois tinham uma mente criminosa e eram muito astutos. — O que estou deixando escapar?

— Você está enxergando só o interesse do homem mascarado em Amélia. E o interesse dela por ele? A origem de minha preocupação é essa.

St. John admirou distraidamente os cachos que caíam sobre as orelhas e ombros de Maria, assim como os seios volumosos que se sobressaíam do corpete. — Ela sempre foi curiosa. Foi assim que ela conheceu Ware.

— Sim, mas ela permitiu que esse homem a beijasse. Um estranho. Por quê? Durante todos esse anos, Amélia ficou sentindo saudades do cigano, e impede uma aproximação maior de Ware. O que a fascinou tanto nesse homem?

— Humm... — Abaixando a cabeça, St. John deu um beijo longo e voluptuoso em Maria. — Você prantearia por mim com tanta devoção se eu morresse? — ele perguntou, com a boca se movendo sobre a dela.

— Não. — Maria sorriu com o toque de mistério que o mantinha infinitamente encantado por ela.

— Não?

— Nada nem ninguém poderia tirá-lo de mim, meu bem. — As mãos pequenas de Maria roçaram de leve o peito dele. — Morrerei junto com você. Será a única maneira que permitirei sua partida.

Tais declarações de amor provocavam em Christopher uma sensação de arrebatamento. — Então, nossa jovem Amélia se sentiu atraída por este homem como nunca se sentiu por mais ninguém. O que você sugere que façamos a respeito?

— Que a observemos com mais atenção e encontremos aquele homem. Quero conhecê-lo e as suas intenções.

— Certo — St. John disse. — Você tem planos para o resto desta tarde?

— Sim. Estou muito ocupada.

St. John esperava ter ocultado a decepção. Embora tivesse muitas coisas a fazer, não teria se importado de passar uma ou duas horas na companhia da esposa. Era bom fazer amor no meio do dia, com as cortinas abertas e o sol brilhando. Sobretudo, quando Maria ficava por cima e se contorcia sobre o corpo dele.

Com um suspiro dramático, Christopher a soltou. — Divirta-se, meu amor.

— Isso depende de você. — Os olhos escuros dela reluziram de maneira maliciosa. — Olha só, minha agenda diz "fazer amor" das duas às quatro. Preciso de sua ajuda para cumprir essa tarefa.

Num piscar de olhos, Christopher ficou excitado. — Estou às suas ordens, senhora.

Maria recuou um passo e deu uma olhada no volume formado na calça dele. — Sim, percebo que está. Devemos nos recolher?

— Eu gostaria disso — St. John murmurou, com entusiasmo.

Alguém bateu na porta aberta. Os dois olharam naquela direção.

— Olá, Tim — Maria disse, sorrindo para o gigante, que tinha de abaixar a enorme cabeça para não batê-la no batente da porta.

Tim se curvou em reverência e, depois, disse com voz grossa e retumbante — O senhor ainda quer falar comigo?

— Sim. — Tim era um dos lugares-tenentes mais confiáveis de Christopher. Era também muito paciente e sabia lidar com as mulheres. Sua predileção pelas mulheres era evidente. Elas sentiam isso e eram muito mais abertos com ele do que com outros homens. Elas o ouviam e confiavam nele, o que facilitaria o controle de Amélia.

Christopher baixou o olhar para o rosto erguido de Maria. — Não se dispa — sussurrou ele nos ouvidos dela. — Eu mesmo quero desembrulhá-la.

— Como se eu fosse um presente. — Maria provocou.

— Você é o meu presente mais precioso. — Depois de beijar a ponta do nariz de Maria, St. John se afastou dela. — Preciso discutir a nova tarefa de Tim. Como ele deve vigiar Amélia.

O sorriso que Maria deu em resposta era maravilhoso. — Você é muito hábil em prever minhas preocupações. Nunca precisa de minha contribuição nas questões.

— Claro que preciso — St. John refutou. A voz dele ficou mais grave, cheia de promessas. — Em breve lhe mostrarei o quanto.

Maria roçou as pontas dos dedos na mão do marido ao se separar dele. — Vejo você no jantar, Tim — Ela disse, esbarrando levemente nele no momento em que ele entrou no aposento.

— Sim, senhora.

Tim olhou para Christopher com um sorriso irônico. — Conheço aquele olhar. Nossa conversa vai ser rápida, não?

— Sim. Muito. Quero que você siga a senhorita Benbridge .

— Fiquei sabendo de ontem à noite. Não se preocupe. Ela está em boas mãos comigo.

— Eu não pediria se não tivesse confiança nisso.

Christopher deu um tapinha no ombro de Tim enquanto se dirigia para a porta. — Vejo você no jantar.

— Maldito sortudo — disse Tim depois que Christopher passou.

O patrão deu um sorriso largo e desceu correndo as escadas.

3.

França, um mês antes

— CHEGOU A HORA — DISSE SIMON QUINN, deixando o garfo de lado.

— Chegou. — E já não era sem tempo, na avaliação de Colin Mitchell. Ele esperara anos por aquele dia. Agora que chegara, descobriu que ficar confortavelmente sentado à mesa para jantar era quase impossível. Em poucas horas zarparia para a Inglaterra e para o amor da sua vida. Queria já estar lá. Com ela.

Ao redor deles, a folia corria solta. Apesar de ter sido criado em um agitado acampamento cigano, Colin preferia as noites calmas. Era Quinn quem procurava aqueles locais barulhentos. Quinn sustentava que tais lugares tornavam a bisbilhotice impossível, e contribuíam para cristalizar seu semblante cuidadosamente artificial de tédio e indiferença, mas Colin desconfiava que o motivo da predileção de Quinn era outro. Ele não era um homem feliz, e, cercado de folia, era mais fácil fingir contentamento.

Mesmo assim, Colin tolerava aquele lugar melhor que a maioria dos outros. Era limpo e bem iluminado, com uma comida deliciosa. Havia três enormes lustres pendurados no teto de vigas de madeira, e o ar recendia ao aroma de pratos apetitosos e aos perfumes das garçonetes robustas. As gargalhadas estridentes e as inúmeras conversas se misturavam com o som da orquestra que tocava de modo frenético num canto mais distante. Ali, Simon e Colin desfrutavam de uma relativa privacidade em meio ao barulho; apenas dois cavalheiros bem-trajados que se deleitavam com um jantar fora de casa.

— Achei que você tivesse se livrado dos sentimentos que nutria pela bela Amélia — Quinn afirmou, com um leve sotaque irlandês ainda evidente. Ele levou uma taça de vinho até a boca e estudou Colin atentamente. — Você mudou muito. Não é mais o mesmo jovem que me procurou há muitos anos em busca dela.

— É verdade. — Colin sabia que Quinn não queria que ele partisse. Ele era um participante muito importante dos jogos de Quinn. Conseguia se tornar qualquer pessoa, em qualquer lugar. Os homens confiavam nele e as mulheres o achavam irresistível. Criaturas observadoras, as mulheres sentiam que Colin havia fechado seu coração, fazendo-as se esforçarem ainda mais para conquistá-lo. — Mas esta é uma parte de mim que não mudou.

— Talvez *ela* tenha mudado. Ela era uma menina quando você a deixou.

— Ela mudou durante todo o tempo em que a conheci. — Colin fez um gesto de impaciência com os ombros. — Isso aprofundou ainda mais meus sentimentos. — Como ele poderia explicar todas as facetas que viu nela ao longo dos anos?

— Que fascínio é este que ela possui que o escraviza tanto? A condessa o adora e, mesmo assim, ela é apenas uma diversão para você.

Uma visão da adorável Francesca veio à sua mente, e Colin sorriu. — E vice-versa. Ela gosta do jogo, sem saber quem aparecerá na porta de sua casa ou sob qual disfarce estarei escondido. Combino bem com as tendências impulsivas dela, mas só com aquelas que se estendem ao leito. Ela é uma mulher orgulhosa demais para aceitar que um homem com a minha criação ocupe a posição que ocupo atualmente.

Certa vez, durante um baile, em uma missão para Quinn, Colin estava sendo perseguido, e entrou na primeira porta aberta que encontrou. O aposento estava ocupado por Francesca, que cuidava da sua aparência e aproveitava para descansar um pouco. Ele fez uma reverência, sorriu e começou a se despir da peruca e das roupas, virando pelo avesso os trajes especialmente adaptados. A condessa achou bastante divertido a metamorfose de um cavalheiro de cabelos grisalhos e vestido todo de preto em um ladino de cabelos escuros e vestido de branco. Ela assumiu com entusiasmo a farsa de ser a sua acompanhante, saindo do aposento de mãos dadas com ele, o que, de fato, desnorteou os dois cavalheiros de expressão ameaçadora, que esbarraram neles no corredor.

Naquela noite mesmo, Francesca o levou para sua cama, e o manteve ali durante os últimos dois anos, indiferente ao fato do trabalho dele obrigá-lo a deixá-la por semanas ou meses seguidos. Era uma relação amorosa de conveniência e compreensão mútua.

Às vezes, invejo a mulher que tem um domínio tão tenaz sobre o seu coração, Francesca disse a Collin certa vez.

Rapidamente, Colin direcionou seus pensamentos a outro lugar. Ele não conseguia suportar pensar em Amélia enquanto estava na companhia de outra mulher. Parecia uma traição, e ele sabia, por experiência, que Amélia se magoaria profundamente.

— Amélia exerce o mesmo fascínio sobre mim que a irmã dela exerce sobre você — Colin afirmou, encararando os olhos arregalados de Quinn. — Talvez se você conseguisse me explicar por que ainda sente saudades de Maria, isso me ajudaria a responder à sua pergunta com respeito aos meus sentimentos por Amélia.

O irlandês deu um sorriso autodepreciativo . — Entendo o que você quer dizer. Você voltará para ela como Colin Mitchell ou como uma de suas outras identidades?

Colin passou os olhos pela sala de jantar. Para Amélia, ele fazia parte do passado dela... Uma parte morta do passado. Um amigo de infância que cresceu e se tornou um jovem que a amava muito. Ela o amara da mesma forma, com a mesma paixão selvagem, intensa e desenfreada de adolescente. Ele tentou ficar longe dela, tentou afastá-la, tentou se convencer de que os dois superariam aquelas aspirações impossíveis. Como ele era um cigano e um cavalariço a serviço do pai dela, não havia possibilidade de um futuro para os dois.

No fim, Colin fora incapaz de manter distância. O pai de Amélia, o falecido visconde de Welton, era o pior tipo de monstro. Welton usara Amélia como influência contra a irmã, vendendo a belíssima Maria aos nobres que desejavam se casar, a quem matava em seguida para obter os benefícios da viuvez. Quando as maquinações de Welton colocaram Amélia em perigo, Colin tentou executar um resgate ousado, no qual foi baleado e dado como morto.

Como se levantar do túmulo? E, depois de conseguir realizar essa tarefa, Amélia o aceitaria de volta em sua vida, no papel que ele desejava ocupar: o de amante e marido?

— Se ela me aceitar, será a condessa Montoya — Colin disse, referindo-se ao título que inventara especialmente para ela. Ao longo dos anos, ele criara e fortalecera as raízes desta nobreza fictícia, adquirindo propriedades e consolidando sua riqueza sob esse disfarce. Ele não a faria se casar com o vulgar Colin Mitchell. Ela merecia mais do que isso. — Mas talvez seja a ligação com Colin que conquistará seu coração.

— Vou sentir sua falta — Quinn revelou, cabisbaixo. — Na verdade, não sei como vou conseguir continuar sem você.

Quinn fora recrutado pelos agentes da Coroa da Inglaterra para cuidar de missões que agentes mais cautelosos não cuidariam. Ele não era reconhecido "oficialmente", nem Colin, o que os liberava das restrições sob as quais os outros agentes trabalhavam. Em troca daqueles esforços sem reconhecimento oficial, conservavam a maior parte das pilhagens, o que os tornava extraordinariamente ricos.

— Você vai encontrar um jeito — Colin afirmou, com um sorriso. — Você sempre consegue. Você ainda tem Cartland. Sob certos aspectos, ele é muito mais talentoso do que eu. Ele tem um faro melhor que o de um cão. Se algo está sumido, ele é o melhor homem para encontrar.

— Tenho meus receios em relação a ele. — Quinn apoiou os cotovelos nos braços esculpidos em madeira da cadeira.

— Como? Você nunca me disse isso antes.

— Você ainda era meu empregado. Agora posso falar para você como um amigo que compartilha um passado comum.

Aquela lógica era estranha, mas Colin fingiu que concordava. — O que o preocupa?

— Aparentemente, muita gente morre em torno de Cartland.

— Achei que era intencional.

— Às vezes — Quinn admitiu. — Ele não sente o remorso que a maioria sente ao tirar uma vida.

— Você quer dizer que *eu* sinto — Colin afirmou, com certa ironia.

Quinn abriu um sorriso e atraiu a atenção de uma mulher na mesa ao lado. Seu sorriso galhofeiro passou para um de promessa sensual. Colin desviou o olhar para esconder a risada. Ele ficava pasmo que um um homem tão elogiado por sua beleza conseguisse ocultar um meio de vida tão secreto.

— Você nunca gostou dessa parte de seu trabalho. — Quinn continuou.

Colin ergueu a taça simulando um brinde e depois engoliu o conteúdo vermelho-sangue num gole grosseiro. — Sempre tive medo de que cada vida que tirasse acabasse por me macular, e que, mais à frente, me tornasse inadequado para Amélia.

— Que romântico. — Quinn zombou com ternura. — Uma das qualidades que mais gostava em Maria era a capacidade que ela tinha de sobreviver na sarjeta. Eu não conseguiria viver com uma mulher imaculada. O peso da fachada rapidamente me exauriria.

— Você acha que o homem que agora está aqui diante de você é o Colin real, e aquele que sente saudades de Amélia é a fachada. Talvez o contrário seja verdadeiro.

— Então, mantenha o disfarce um pouco mais. — Quinn afirmou, semicerrando os olhos.

Tenso, Colin deixou de lado a taça vazia e ouviu com atenção. — O que você quer?

Ele faria qualquer coisa por Quinn, mas o súbito presságio de perigo o deixou nervoso. Suas malas já estavam a bordo do navio. Em poucas horas, ele zarparia e começaria a sua verdadeira vida, aquela que interrompera seis anos antes para se tornar um homem de posses. Um homem com um título, prestígio, riqueza. Um homem digno de Amélia Benbridge.

— Disseram-me que Cartland tem se encontrado com frequência com informantes do agente-geral Talleyrand-Périgord.

Colin assobiou. — Cartland é um dos homens mais ímpios que já conheci.

— Por isso a associação com o igualmente ímpio agente-geral é preocupante. Quero vasculhar os aposentos dele esta noite — disse Quinn —, enquanto você ainda está aqui para garantir a minha segurança. Apenas preciso que você o retenha caso ele queira ir dormir mais cedo.

— Mas ele sabe que partirei ao amanhecer. Cartland achará estranho se eu me aproximar dele.

— Dissimule. O mais provável é que ele não lhe causará problemas. Ele não é conhecido por viver recluso.

Concordando com um gesto de cabeça, Colin analisou o cenário proposto e não encontrou nada que interferisse em sua partida da França. Algumas poucas horas de seu tempo, e ele aliviaria o sentimento de culpa por abandonar Quinn. Cartland passava mais tempo acordado à noite do que durante o dia. Colin só teria de ficar sentado dentro de uma carruagem vigiando a porta de um estabelecimento ou outro e, em seguida, iria direto para o cais.

— É claro que lhe ajudarei. — Colin concordou.

— Excelente. — Quinn chamou uma garçonete, pedindo mais vinho. — Sou muito grato a você.

— Bobagem. — Colin disse. — Jamais poderei retribuir tudo aquilo que você fez por mim.

— Espero ser convidado para o casamento.

— Nunca duvide disso.

Quinn ergueu a taça novamente cheia para um brinde. — À bela senhorita Benbridge.

Cheio de expectativas em relação ao futuro, Colin bebeu avidamente a isso.

* * *

— O que você vai fazer? — Colin murmurou para si mesmo apenas algumas horas depois, enquanto se mantinha sob as sombras de um beco e seguia Cartland a uma distância discreta.

O homem saira de casa da amante havia uma hora e andava à toa desde então. Como ele continuava a se mover na direção de sua residência, Colin o seguia. Ele não podia deixar Cartland voltar enquanto Quinn talvez ainda estivesse lá.

A noite estava agradável, com o céu claro, exceto por algumas nuvens. Uma lua cheia proporcionava bastante iluminação quando não era obstruida por uma construção. Ainda assim, Colin preferiria muito mais estar em seu camarote naquele momento, dormindo por horas, até poder ficar de pé na proa e respirar profundamente o ar fresco do mar.

Cartland virou uma esquina e Colin ficou para trás, contando em silêncio a passagem correta do tempo, para que ele também pudesse contornar o prédio e continuar a perseguição.

Colin fez o movimento e parou, surpreso de encontrar um pátio particular mais à frente. Cartland estava ali, absorto em uma discussão com alguém que parecia ter estado à sua espera. Dois postes de tijolo com lamparinas marcavam a entrada para o recuo ao ar livre. Uma pequena fonte e um gramadinho bem aparado eram os únicos outros elementos do espaço.

Colin retraiu-se, cobrindo-se com a capa para melhor se ocultar na escuridão. Algo nada fácil, ante seus mais de um metro e oitenta de altura e seus mais de cem quilos, mas ele aprendera a arte do ocultamento e a praticara bastante.

Surpreendentemente, embora Colin pudesse atribuir seu tamanho aos seus pais, que foram trabalhadores braçais, Cartland também era bastante grande e a criação dele foi mais refinada. Ele trabalhava para seu sustento só porque o pai falira, mas fazia questão de deixar claro que estava acima de determinadas tarefas. Matar não era uma delas. Era um serviço que Cartland apreciava demais para o gosto de Colin, e, por isso, eles só atuavam juntos quando obrigados pela necessidade.

Movendo-se lentamente junto à parede úmida de pedra, Colin se aproximou dos dois homens, na expectativa de ouvir algo que pudesse ajudar a explicar aquele encontro.

"... você pode dizer ao agente geral..."

"... esqueça do seu lugar! Você não é..."

"... cuidarei disso, Leroux, desde que eu seja recompensado..."

A discussão parecia ficar cada vez mais acalorada, com Cartland gesticulando rudemente com uma mão, enquanto o outro cavalheiro começava a andar de um lado para o outro. O som dos saltos dos sapatos batendo sobre as pedras da pavimentação ajudou a disfarçar a aproximação furtiva de Colin. As roupas de Cartland eram cobertas por uma capa curta, presa com um broche cravejado de joias que brilhavam à luz da lamparina. O outro homem estava sem chapéu, sem capa e era muito mais baixo. Ele também estava bastante agitado.

— Você não cumpriu sua parte do nosso acordo! — Leroux falou. — Como você ousa me abordar para pedir mais dinheiro quando ainda não cumpriu a tarefa pela qual recebeu adiantado!

— Fui mal pago — Cartland zombou, o rosto oculto debaixo da aba do tricorne.

— Informarei ao agente geral quanto às suas exigências ridículas, e o aconselharei a procurar alguém mais confiável para trabalhar em seu nome.

— Ah, é? — Havia uma presunção no tom de Cartland que alarmou Colin, mas, antes que pudesse agir, foi tarde demais. A lâmina do punhal refletiu a luz da lua e, em seguida, sumiu, bem entranhada no intestino de Leroux.

Houve um suspiro de dor e, em seguida, um gorgolejo denso.

— Você pode informar outras coisas também — Cartland disse, removendo o punhal e o cravando novamente. — Não sou um lacaio a ser desprezado depois de perder a utilidade.

De repente, um homem saído das sombras atacou Cartland, derrubando o chapéu dele no chão e fazendo o punhal cair sobre as pedras do calçamento. Leroux caiu de joelhos, com as mãos tentando estancar a hemorragia. Cartland e o outro homem lutaram de forma brutal, rolando no chão e trocando socos que ecoavam nas construções próximas. Palavrões eram trocados. Depois de imobilizar o agressor no chão, Cartland estendeu a mão e pegou o punhal que estava caído nas proximidades.

— Cartland! — Colin gritou e, em seguida, correu até o local da briga, jogando o manto por cima do ombro para expor o punho de seu espadim.

Surpreso, Cartland recuou, revelando uma expressão sedenta de sangue. O homem debaixo dele aproveitou a oportunidade e, com o punho, golpeou Cartland na têmpora, atirando-o para o lado.

— Você tem muita coisa a dizer! — Colin disse, puxando seu espadim.

— Não vai ser a você — Cartland gritou, desferindo um pontapé.

Evitando o ataque, Colin avançou sobre Cartland, cravando seu espadim no ombro dele. Cartland urrou como um animal ferido e se debateu em fúria.

Enquanto circulava ao redor de Cartland, Colin se virou para observar o desventurado Leroux. O homem que era o porta-voz de Talleyrand-Périgord estava morto.

Novamente, uma sensação do mau augúrio se abateu com força sobre Colin. Distraído, ele não conseguiu antecipar o golpe que o atingiu na parte de trás do joelho e que o levou ao chão. Por instinto, rolou para o lado para evitar o ataque de Cartland, mas encontrou o cadáver de Lerox e a poça de sangue que rapidamente se espalhava em torno dele.

Cartland estendeu a mão para agarrar o punhal, mas o outro homem chegou lá antes e, com um chute bem dado, o fez deslizar através das pedras. Então, gritos soaram da rua próxima. Os três viraram as cabeças.

— Uma armadilha! — Cartland disse, correndo até um muro baixo de pedra e o pulando.

Colin também saiu correndo.

— Pare! — Um grito veio do beco.

— Corra mais rápido! — incitou o outro homem, fugindo ao lado de Cortland.

Juntos, os dois pegaram um beco diferente daquele pelo qual Colin chegara, que, naquele momento, estava lotado das autoridades que os perseguiam com as lamparinas bem erguidas.

— Pare!

Quando alcançaram à rua, Colin correu para a esquerda, na direção da carruagem que o aguardava, enquanto o outro homem fugiu pela direita. Após a explosão de atividade no pequeno pátio, a relativa quietude da noite pareceu anormal.

Ainda correndo, Colin atravessou diversos edifícios e ruas, pegando becos sempre que possível, para diminuir as chances de ser capturado.

Por fim, chegou à casa da amante de Cartland e foi notado pelo cocheiro, que se aprumou e se preparou para soltar os freios.

— Para a casa de Quinn — Colin ordenou, entrando na carruagem. A carruagem se pôs em movimento. Colin arrancou a capa encharcada de sangue e jogou-a no chão do veículo. — Droga!

Como uma tarefa tão simples conseguiu escapar tanto de seu controle?

Não deixe Cartland voltar para casa cedo demais. Uma tarefa simples, sem dúvida, que não deveria envolver testemunhar um assassinato e puxar seu espadim.

Quando a carruagem parou diante da porta da casa de Quinn, Colin saltou. Bateu várias vezes no portão, praguejando, até que um mordomo desgrenhado a abriu, segurando uma vela na mão. — Pois não, senhor?

— Quinn. *Agora.*

A urgência no tom de voz dele era evidente e inegável. Ao recuar, o criado abriu passagem para que Colin entrasse e o levou até a sala inferior. Ele foi deixado sozinho. Então, alguns instantes depois, Quinn entrou vestindo um robe de seda multicolorido e com a pele corada. — Mandei buscá-lo há algumas horas. Como você não respondeu, achei que tivesse embarcado no navio e ido dormir.

— Se você estiver com uma mulher lá em cima, acho que eu mato você. — Colin disse, com raiva.

— O que aconteceu? — Quinn perguntou, observando a aparência de Colin.

Diante da lareira, Colin informou os acontecimentos da noite.

— Maldição! — Quinn passou a mão nos cabelos negros. — Cortland vai ficar desesperado, fugindo tanto de nós quanto deles.

— Não existe "nós". — Colin falou com rispidez. Ele apontou para o relógio de pêndulo no canto. — Meu navio parte daqui a algumas horas. Vim apenas para lhe desejar boa sorte. Se eu tivesse sido capturado esta noite, talvez precisasse adiar a viagem por semanas ou meses, esperando a solução dessa confusão.

Naquele momento, ouviram batidas na porta. Ambos fizeram uma pausa, mal se atrevendo a respirar.

O mordomo entrou correndo. — Uma dúzia de homens armados — ele avisou. — Eles revistaram a carruagem e tiraram algo lá de dentro.

— Minha capa, ensopada com o sangue de Leroux. — Colin se lembrou.

— O fato de eles terem vindo até aqui atrás de você sugere que Cartland o entregou. — Quinn disse, enquanto ordens eram berradas do lado de fora. — Atenda-os — Ele falou ao mordomo à espera. — Retenha-os o máximo possível.

— Sim, senhor. — O mordomo partiu e fechou a porta da sala atrás de si.

— Sinto muito, meu amigo — Quinn murmurou, encaminhando-se até o relógio e o empurrando para o lado, revelando um painel giratório existente atrás dele. — Isso o levará até a cocheira. Talvez você encontre dificuldades no cais, mas, se conseguir embarcar no navio, faça-o. Eu cuidarei das coisas para você aqui e limparei seu nome.

— Como? — Colin disse, correndo na direção da passagem secreta. — Cartland estava a serviço dos franceses em alguma função. Devem ter algum nível de confiança nele.

— Encontrarei uma maneira. Não se preocupe. — Quinn apoiou uma mão no ombro dele quando vozes foram ouvidas no vestíbulo. — Boa sorte.

Em seguida, Colin entrou na passagem, cujo painel foi imediatamente fechado atrás dele. Rangidos acompanharam o movimento do relógio de volta à posição original. Ele não ouviu nada além disso, pois se movia cegamente através do túnel escuro, com as mãos estendidas para ambos os lados para encontrar o caminho com o tato.

Com o coração acelerado, a respiração difícil, Colin lutava contra um pânico crescente. Não porque a captura estava próxima, mas porque ele nunca estivera tão perto de recuperar Amélia. Era como se ela estivesse ao alcance dele e que, se ele não conseguisse embarcar no navio, a perderia novamente. Ele mal sobreviveu à primeira vez e duvidava da própria capacidade de sobreviver a outra.

O túnel ficou úmido, com um cheiro muito desagradável. Colin chegou ao que parecia ser um beco sem saída e praguejou violentamente. Em seguida, o som de cavalos ariscos alcançou seus ouvidos, e ele ergueu o olhar, percebendo o leve contorno de um alçapão acima dele. Ele perambulou sem rumo até encontrar um banquinho baixo. Então, o puxou para perto e subiu em cima dele.

Com o máximo de silêncio possível, Colin ergueu o alçapão apenas o suficiente para olhar através da palha que o ocultava. A cocheira estava tranquila, embora os animais ali alojados tivessem se agitado com o alvoroço. Abriu o alçapão, saiu e o fechou. Colin pegou o cavalo com rédeas mais próximo e, em seguida, abriu as portas da cocheira.

Ele guiou a montaria até o lado de fora, os olhos bem abertos e os ouvidos atentos conforme vasculhava ao redor à procura dos homens que poderiam estar atrás dele.

— Ei, você! Pare! — gritou uma voz vinda da esquerda.

Agarrando a crina sedosa do cavalo, Colin montou no dorso desnudo do animal. — Vamos! — Colin incitou o animal com um chute no flanco, que disparou, afastando-se dali.

Colin se curvou sobre o pescoço do cavalo, que galopou pelas ruas contra o vento matinal. Colin sentia um nó no estômago por causa da ansiedade. Seria um milagre chegar até o navio sem incidentes. Ele estava tão perto de deixar aquela vida para trás, droga! Tão perto...

Colin chegou o mais próximo possível do cais e desmontou do cavalo. Ele soltou o animal. Em seguida, percorreu a distância restante a pé, desviando-se de diversos caixotes e barris. Estava coberto pelo suor, apesar da brisa gelada do mar e da falta de agasalho.

Tão perto.

Posteriormente, Colin não se lembraria da subida pela prancha de embarque, nem do trajeto do convés até a cabine. No entanto, nunca se esqueceria do que encontrou dentro dela.

Colin abriu a porta, entrou e engoliu em seco diante do que viu e ouviu.

— Ah, aí está você — sussurrou a voz melíflua de um desconhecido.

Ao parar na soleira da porta, Colin encarou o homem alto e magro, que segurava um punhal contra a garganta do camareiro. Um dos criados de

Cartland ou, quem sabe, alguém trabalhando para os franceses.

O camareiro olhava para Colin com um olhar amedrontado e tinha a gravata sobre a boca como mordaça. Amarrado a uma cadeira, tremia de medo, e o cheiro de urina denunciava o quão assustado estava.

— O que você quer? — Colin perguntou, erguendo as duas mãos para mostrar sua disposição de cooperar.

— Você tem de vir comigo.

Aquilo partiu o coração de Colin. *Amélia*. Na mente dele, ela estava escapando. Estava desvanecendo.

— É claro. — Colin afirmou, fazendo que sim com a cabeça.

— Excelente.

Antes que Colin pudesse piscar, o homem empurrou a cabeça do camareiro para trás e cortou sua garganta.

— *Não*! — Colin se lançou para frente, mas era tarde demais. — Meu Deus, por quê? — ele gritou, em desespero.

— Por que não? — O homem retrucou, dando de ombros. Os olhos dele eram pequenos e azuis-claros, semelhantes a gelo. A cor morena e a barba por fazer davam-lhe uma má aparência, embora os trajes simples parecessem limpos. — Saia.

Colin tropeçou ao passar pela porta da cabine, certo de que morreria naquela noite. A tristeza que sentia não era tanto devido à perda de sua vida, mas, sim, pela vida que sonhara dividir com Amélia.

As mãos de Colin tremiam quando ele agarrou o corrimão da escada que levava ao convés. Um golpe seco e um gemido atrás dele o fizeram dar um pulo e se virar rapidamente. Ele tropeçou e caiu de traseiro sobre o penúltimo degrau. A seus pés, estava seu captor, de bruços e com um galo que inchava rapidamente na parte de trás da cabeça.

Colin desviou o olhar do corpo de barriga para baixo e viu o homem que brigara com Cartland no pátio mais cedo. Era baixo, atarracado e musculoso, e estava vestido com trajes comuns, em vários tons de cinza. As feições do homem eram grosseiras, com olhos escuros encarquilhados e embotados.

— Você salvou a minha vida — o homem afirmou. — Eu estava em dívida com você.

— Quem é você? — Colin perguntou.

— Jacques.

Apenas esse nome, não mais do que isso.

— Obrigado, Jacques. Como você me encontrou?

— Segui este homem. — Ele chutou o corpo caído com a ponta da bota. — Você não estará a salvo se permanecer na França, *monsieur*.

— Eu sei.

O homem fez uma reverência. — Se tiver algo de valor, sugiro que ofereça ao capitão para seduzi-lo a zarpar imediatamente. Eu cuidarei dos corpos.

Exausto, Colin respirou fundo, tentando combater sua esperança vacilante. As chances de que ele realmente pisasse em solo inglês eram mínimas.

— Vá. — Jacques insistiu.

— Eu o ajudarei. — Colin se pôs de pé com alguma dificuldade. — Depois, desembarque antes que o associem a mim.

— É tarde demais para isso — o francês disse. — Ficarei com você até que tudo tenha se ajeitado e essa questão da morte do meu mestre esteja resolvida.

— Por quê? — perguntou Colin, cansado demais para discutir.

— Arranje nossa partida agora — Jacques afirmou. — Teremos muito tempo para conversar durante a viagem.

Inacreditavelmente, dali a uma hora, zarpariam. No entanto, o Colin Mitchell que estava na proa coberta de neblina não era o mesmo que havia compartilhado um jantar de despedida com Quinn.

A cabeça daquele Colin estava a prêmio, e o preço para pagá-lo poderia ser sua vida.

4.

A CERCA ESTAVA LOGO À FRENTE. DEPOIS DE TER *certeza que o guarda estava a uma distância incapaz de enxergá-la, Amélia correu na direção da barreira. Mas ela não viu o homem escondido do outro lado de uma grande árvore. Quando ele a apanhou, Amélia se apavorou, com o grito sufocado pela mão que cobriu sua boca.*

— Quieta — Colin sussurrou, enquanto seu corpo musculoso a segurava contra o tronco.

Com o coração disparado, Amélia bateu nele com os punhos, furiosa por ele ter lhe dado um susto tão grande.

— Pare com isso — Colin pediu, afastando-a da árvore. — Me desculpe por tê-la assustado, mas não tive outra escolha. Você não quer me ver, não quer falar comigo...

Amélia parou de se debater quando Colin a envolveu em um abraço.
— Vou tirar minha mão de sua boca. Mas fique quieta, ou você atrairá os guardas para cá.

Colin soltou Amélia, e recuou com rapidez, como se ela cheirasse mal ou outra coisa igualmente desagradável. Quanto a ela, imediatamente sentiu saudades do cheiro de cavalos e homem trabalhador que se desprendia de Colin.

A luz do sol iluminou os cabelos pretos e as belas feições de Colin. Amélia odiou o fato de sentir um nó na garganta e uma palpitação no coração ao vê-lo mais uma vez. Vestido com um pulôver cor de areia e calça marrom, ele estava muito másculo. Perigosamente másculo.

— Quero lhe dizer que sinto muito. — Colin afirmou, com a voz rouca e grave.

Amélia o encarou.

— Ela não significa nada. — Colin prosseguiu.

Naquele momento, Amélia percebeu que ele não estava se desculpando por quase matá-la de susto. — Sinto-me tão contente de saber que aquilo que partiu o meu coração não significou nada para você.

Colin retraiu-se e estendeu as mãos ásperas de trabalhador. — Amélia, você não compreende. Você é muito jovem, muito fechada.

— Sim, bem, você encontrou uma mulher mais velha e menos fechada para compreendê-lo. — Ela se calou por um instante. — Eu encontrei alguém mais velho que me compreende. Estamos todos felizes. Assim...

— O quê?

O tom grave e ameaçador a assustou, e Amélia soltou um grito quando Colin a agarrou com força. — Quem? Aquele rapaz que mora perto do rio? Benny?

— Que diferença faz?

— É por isso que você está vestida deste jeito? É por isso que você prende o seu cabelo agora? Para ele?

Por considerar a ocasião adequada, Amélia usava um dos seus vestidos mais bonitos, de tecido azul-escuro salpicado com minúsculas flores vermelhas bordadas. — Sim! Ele não me vê como uma criança.

— Porque ele é uma! Você já o beijou? Ele já tocou em você?

— Ele é só um ano mais novo do que você. E ele é um conde. Um cavalheiro. Não seria pego atrás de uma loja fazendo amor com uma garota.

— Aquilo não era fazer amor — disse Colin, furioso, segurando Amélia pelos braços.

— Foi o que pareceu para mim.

— Porque você não sabe de nada.

— E devo supor que você sabe?

A tensão tomou conta de Colin em resposta ao desprezo de Amélia.

Ah, isso doeu! Saber que havia alguém por aí a quem ele amava. O seu Colin.

— Por que estamos falando sobre isso? — Amélia tentou se soltar com um puxão, mas sem sucesso. Colin a segurava com firmeza. Ela precisava se afastar dele. Não conseguia respirar quando ele a tocava, mal conseguia pensar. Sentia apenas uma dor opressiva e uma tristeza profunda. — Eu esqueci você, Colin. Fiquei fora do seu caminho. Por que você precisa voltar a me incomodar?

Colin puxou Amélia para mais perto de si. Com o peito dele pressionado contra o dela, Amélia sentiu seus seios incharem e doerem. Ela parou de se debater, preocupada a respeito de como seu corpo reagiria se continuasse.

— Eu vi sua expressão. — Colin disse com rispidez. — Eu lhe magoei. Nunca quis lhe magoar.

As lágrimas tomaram conta dos olhos de Amélia, e ela piscou rapidamente, decidida a impedi-las de cair.

— Amélia. — Colin encostou seu rosto no dela, a voz carregada de um tom dolorido. — Não chore. Não consigo suportar.

— Então me solte. E fique longe de mim. — Amélia engoliu em seco. — Ou melhor, talvez você encontre um trabalho de maior prestígio em outro lugar. Você é um trabalhador esforçado...

O outro braço de Colin envolveu a cintura dela. — Você me mandaria embora?

— Sim — Amélia sussurrou, com as mãos postas sobre no pulôver dele. — Sim, eu mandaria. — Qualquer coisa para evitar vê-lo com outra garota.

— Um conde... Deve ser o lorde Ware. Maldito seja.

— Ele é bom para mim. Conversa comigo, sorri quando me vê. Hoje, ele vai me dar o primeiro beijo. E estou...

— Não! — Colin recuou, com os olhos arregalados, como poças negras e profundas de dor. — Ele pode ter tudo o que nunca terei, inclusive você. Mas, por Deus, ele não vai tirar isso de mim.

— O quê?

Colin tomou a boca de Amélia de surpresa, para que ela não conseguisse escapar. Amélia não conseguiu entender o que estava acontecendo, por que ele estava agindo daquela maneira, por que se aproximaria dela agora, naquele dia, beijando-a com tanta vontade e paixão.

Colin girou a cabeça, para encaixar sua boca melhor na boca de Amélia. Ela tremeu intensamente, inundada de uma saudade ardente, com medo de estar sonhando ou de ter perdido a cabeça. A boca dela se abriu, e um gemido escapou quando a língua dele, macia como veludo, escorregou para dentro.

Assustada, Amélia parou de respirar. Em seguida, Colin murmurou para ela, seu querido Colin, com os dedos roçando o rosto dela em uma carícia tranquilizadora.

— Permita-me. — Ele sussurrou. — Confie em mim.

Amélia ficou na ponta dos pés, elevando-se até ele, com as mãos deslizando pelos cabelos sedosos dele. Inexperiente, ela seguia a orientação de Colin e permitia que ele a beijasse com ternura, com a língua dela tocando a dele de modo hesitante.

Colin gemeu, com fome e desejo, e pôs as mãos atrás da cabeça dela para posicioná-la em um ângulo melhor. A ligação ficou mais profunda, e a reação dela, mais ardente. Amélia foi tomada por uma sensação de urgência, de imprudência e de esperança.

Colin deslizou uma das mãos em carícias ao longo das costas de Amélia, até alcançar uma das nádegas dela e segurá-la, para trazer Amélia para mais perto de si. Conforme ela sentia a pontada rígida da excitação dele, uma angústia floresceu bem no fundo dela.

— Amélia... Querida. — Colin passou a boca pelo rosto dela, varrendo as lágrimas com beijos. — Nós não deveríamos fazer isso.

No entanto, Colin continuou a beijá-la e a roçar os quadris nela.

— Eu te amo. — Amélia disse, ofegante. — Eu te amo há tanto tempo...

Colin a interrompeu, voltando a beijá-la. Sentindo uma paixão cada vez maior, ele explorava todos os espaços nas costas e nos braços dela. Quando Amélia sentiu falta de ar, ele afastou a boca.

— Diga que me ama — Amélia implorou. — Você precisa dizer. Ah, meu Deus, Colin... Você tem sido tão cruel, tão malvado.

— Não posso ficar com você. Você não deveria me desejar. Nós não podemos...

Colin recuou um pouco, com um lamento. — Você é jovem demais para que eu a toque assim. Não. Não diga mais nada, Amélia. Sou um empregado. Sempre serei um empregado e você sempre será a filha de um visconde.

— Mas você me ama, não é? — Perguntou Amélia, com a voz trêmula, apesar de seu esforço para mantê-la firme.

— Não me pergunte isso.

— Você não pode me conceder ao menos isto? Se não posso ter você, se você nunca será meu, você não pode pelo menos me dizer que o seu coração me pertence?

Colin gemeu. — Talvez fosse melhor que você me odiasse. — A cabeça dele se inclinou para o alto, com os olhos bem fechados. — Tinha esperanças de que, se você me odiasse, eu deixaria de sonhar.

— Sonhar com o quê? — Amélia deixou a cautela de lado e se aproximou dele. Ela deslizou a mão sob o pulôver dele, tocando o abdome bem definido de Colin.

Ele pegou o pulso dela e a encarou. — Não me toque.

— Os seus sonhos são como os meus? — Amélia perguntou, baixinho. — Em que você me beija como fez agora há pouco e me diz que me ama mais do que tudo no mundo?

— Não. — Murmurou Colin. — Não são sonhos doces, românticos e femininos. São os sonhos de um homem, Amélia .

— Como o que você estava fazendo com aquela garota? — Amélia perguntou, com certo tremor. Sua mente foi inundada por memórias dolorosas, o que piorou a confusão provocada pelos desejos estranhos do corpo dela e pelas demandas suplicantes de seu coração. — Você também sonha com ela?

— Nunca. — Colin revelou, voltando a pegar a mão dela.

Colin a beijou, com menos pressão e urgência que antes, mas não de forma menos apaixonada. Era um beijo cheio de reverência, e o coração solitário de Amélia o absorveu como o deserto absorvia a água da chuva.

Segurando o rosto de Amélia em suas mãos, Colin sussurrou. — Isto é fazer amor, Amélia.

— Diga-me que você não a beija assim. — Ela chorava baixinho, com as unhas cravadas nas costas dele por debaixo do pulôver.

— Eu não beijo ninguém. Nunca beijei. — A testa estava comprimida contra a dela. — Só você. Sempre foi só você.

Amélia acordou sobressaltada, com o coração disparado pelos resquícios da paixão adolescente e da nostalgia. Depois de atirar as cobertas para longe, sentou-se e permitiu que o ar frio da noite se infiltrasse através da fina camisola até a pele úmida de suor.

O sonho fora muito realista. Amélia imaginou que ainda conseguia sentir o gosto de Colin, um sabor inebriante e exótico pelo qual ansiava até hoje. Há muito tempo não era atormentada por tais lembranças. Achou que estivessem mortas. Achou que ela, talvez, estivesse curada. Finalmente.

Por que naquele momento? Seria porque concordou em seguir em frente com o casamento? Será que a memória de Colin estava ressurgindo e exigindo que o amor da vida dela não fosse deixado de lado?

Amélia fechou os olhos e viu uma máscara branca acima de uma boca despudoradamente sensual.

Montoya.

O beijo dele também a arrepiou. Desde a cabeça até os pés, passando por todo o corpo. Amélia precisava encontrá-lo. Ela *iria* encontrá-lo.

— O que ele disse?

Colin dobrou novamente a carta com cuidado e a colocou dentro de uma gaveta na escrivaninha. Olhou para Jacques. — Ele acredita que Cartland está liderando um grupo de homens aqui na Inglaterra.

— Ele não vai querer trazê-lo de volta vivo. — Jacques foi até a janela e puxou a cortina para o lado para observar a entrada principal.

A casa que ocupavam era alugada e estava em bom estado. Ficava a uma pequena distância da cidade, perto o suficiente para ser conveniente, mas longe o suficiente para garantir que ninguém os achasse dignos de atenção. A distância também permitia que verificassem se estavam sendo seguidos ou não, algo que aconteceu com Colin apenas algumas noites antes. Na noite em que dançou com Amélia e a beijou.

— É melhor que você fique em casa durante o dia. — Jacques disse, virando-se para encará-lo novamente. — Você está sendo caçado de todos os lados.

Fazendo um gesto negativo com a cabeça, Colin fechou os olhos e inclinou o corpo contra o encosto da cadeira. — Foi tolice minha procurá-la dessa maneira. Agora atraí a atenção de St. John, e ele não vai descansar até saber por que demonstrei tanto interesse por ela.

— Ela é uma bela mulher. — Jacques afirmou.

— Sim, ela é.

Mais do que bela. Meu Deus, como uma mulher podia ser tão perfeita? Olhos verdes deslumbrantes, emoldurados por cílios bem escuros. Uma boca que pedia para ser beijada. Pele branca como leite e as curvas completamente desenvolvidas de uma mulher adulta. Tudo isso acompanhado de um ar de sensualidade latente, que ele sempre considerou fascinante.

Naquele momento, Colin podia admitir que sua presença no baile foi estimulada pela esperança de vê-la, e descobrir que sua atração era infundada. Talvez a ausência tivesse deixado o coração dele mole demais. Talvez tivesse embelezado as memórias de Amélia em sua mente.

— Mas não é por isso que você a ama. — Jacques murmurou.

— Não, não é. — Colin concordou.

— Raras vezes conheci uma mulher com tal anseio na alma. Embora eu a tenha observado como você a observou, ela não percebeu meu interesse, apenas o seu.

Era culpa dele, Colin sabia. Os vislumbres frequentes do perfil dela somente atiçaram seu desejo de vê-la diretamente. *Olhe para mim,* ele implorou em silêncio. *Olhe para mim!*

E Amélia olhou, incapaz de resistir ao ser seguida por uma atenção tão voraz.

O contato visual atingiu Colin até o âmago, abalando profundamente seu coração. Ele sentiu o anseio do qual Jacques falou. Aquilo provocou uma reação primitiva nele, de suprir aquele desejo, independentemente do que ela quisesse, do que ela precisasse.

— Você poderia tomá-la daquele outro homem. — Jacques afirmou.

Colin também sabia disso. Sentiu a hesitação dela durante a dança e, depois, mais uma vez, quando se beijaram.

— Gostaria de nunca ter seguido Cartland naquela noite! — Colin lamentou, sentindo certa frustração. — Tudo seria diferente.

Amélia estaria em sua cama agora, contorcendo o corpo dela sob o corpo dele, como resposta a sua penetração firme e profunda, despertando o libertino que sentia que estava à espera logo abaixo da superfície. Em sua imaginação, conseguia escutar a voz dela, rouca de tanto gritar seu nome, com a pele de cetim coberta por uma fina e reluzente camada de suor.

Colin a levaria além da razão, conduzindo o corpo de Amélia a lugares que ela jamais poderia imaginar...

— As reviravoltas em nossa vida acontecem por um motivo. — Disse Jacques, ao voltar para a escrivaninha, e se sentar defronte dele. — Eu poderia ter vivido toda a minha vida sem deixar a França, mas meu destino era segui-lo até aqui.

Colin afastou as imagens indecentes de seus pensamentos e abriu os olhos. — Você é um bom homem, Jacques, para carregar sua dívida para além do túmulo.

— *Monsieur* Leroux salvou a vida de minha irmã e, com ela, a vida de minha sobrinha. — Disse ele, calmamente. — Não posso seguir em frente sabendo que o seu assassino não pagou pelo crime.

— E como o faremos pagar?

O francês sorriu, o que deu alguma ternura às feições severas. — Eu gostaria de matá-lo, mas isso deixaria você em uma acentuada desvantagem. Comigo como sua única testemunha, seria muito complicado provar sua inocência.

Colin não disse nada a respeito. Jacques já o tinha ajudado muito mais do que ele tinha o direito de pedir.

— Então ele precisa confessar. — Jacques deu de ombros. — Tirarei todo o prazer que puder fazendo o que for necessário para obter essa confissão.

Concordando com um gesto de cabeça, Colin direcionou o olhar para a janela. A noite havia caído horas antes. Em breve, ele poderia sair e fazer uma investigação discreta, em seus esforços para localizar Cartland antes que este o encontrasse. Mas primeiro precisaria descansar um pouco. — Vou deitar durante algumas horas, depois verei o que consigo descobrir. Alguém terá a língua comprida, sem dúvida. Só preciso encontrar essa pessoa.

— Talvez você devesse entrar em contato com o homem para quem você trabalhou aqui. — Jacques disse com cuidado. — Aquele que orienta Quinn.

Colin jamais conhecera lorde Eddington, nunca trocaram uma palavra ou correspondência. Todas as comunicações passavam por Quinn e, até onde era do conhecimento de Colin, Eddington ignorava as identidades dos homens que trabalhavam sob o comando de Quinn. Não haveria como provar que ele era um confidente. — Não. Isto não é possível — Colin disse. — Nós não nos conhecemos.

O francês arregalou os olhos, aparentemente tão surpreso com a notícia que usou seu idioma nativo. — *Vraiment*?

— É verdade.

— Bem, então... Isso exclui essa linha de ação.

— Sim. Infelizmente, exclui. — Colin se colocou de pé. — Conversaremos mais quando eu acordar.

Jacques inclinou a cabeça em concordância e esperou até que Colin tivesse deixado o recinto. Em seguida, deslocou-se para a escrivaninha, de onde abriu uma gaveta e tirou a máscara branca.

Colin não compareceria mais a festas ou bailes de máscaras e, assim, o fato de ele manter a máscara em sua posse denunciava seu valor sentimental. Jacques observara o novo amigo com a senhorita Benbridge, e sabia que aquela mulher significava muito para ele.

Portanto, ele cuidaria dela e a manteria a salvo, se possível. Se Deus fosse generoso, Jacques terminaria sua missão, Cartland receberia a punição merecida e Colin teria a mulher que amava.

Quando criança, Amélia aprendera a conviver com gigantes.

É claro que, naquela época, eram imaginários. O homem parado diante dela era bastante real, mas Amélia sabia que era o mesmo tipo de gigante de sua mente: um interior gentil e amável sob um exterior rude e descomunal.

— Isso é extorsão! — Tim gritou, enquanto se assomava sobre Amélia.

Amélia massageou o pescoço para aliviar a dor causada por ter de esticá-lo tanto. — Não. — Ela negou. — Na verdade, não. A extorsão só lhe dá uma escolha. Eu estou lhe oferecendo opções.

— Não gosto de suas opções. — Ele cruzou os grandes braços sobre seu imenso peito.

— Não o culpo. Também não me importo tanto com elas.

Ela se deslocou para o assento acolchoado sob a janela. A sala de visitas do segundo andar estava lotada de gente, todos funcionários de St. John. Alguns jogavam cartas, outros conversavam e riam ruidosamente, e ainda havia outros que cochilavam, exaustos por terem passado o dia inteiro executando tarefas.

— Teria sido muito mais simples para todo mundo se o homem tivesse simplesmente declarado as suas intenções de forma direta. — Amélia sacudiu a saia de tafetá de seda amarela e se sentou o mais confortavelmente possível em seu traje de noite. — Mas ele não fez isso e, assim, precisamos adivinhar. Não sou muito boa em adivinhações, Tim. Não tenho paciência para isso.

Tim bufou e ficou carrancudo. — Você não tem mais nada para ocupar sua cabeça? Vestidos de noiva e coisas parecidas?

— Não. Na verdade, não.

Amélia deveria estar absorvida pelo planejamento das núpcias que se aproximavam. Do momento de acordar ao de dormir, não deveria ter tempo para mais nada. Aquele era o casamento mais esperado da estação e, se ela conduzisse bem os preparativos, poderia ser uma estreia maravilhosa para sua nova posição como futura marquesa.

Em vez disso, Amélia era consumida pelos pensamentos a respeito de seu admirador mascarado. Ela era obstinada quando algo excitava sua curiosidade, e disse a si mesma que, se conseguisse discernir as motivações do homem, ficaria livre para se concentrar em questões mais urgentes.

Era o nervosismo pré-casamento. A necessidade de um último pecado. Um adeus aos caprichos infantis.

Amélia poderia dar centenas de nomes aos motivos pelos quais estava tão distraída com o mascarado Montoya. No entanto, a verdadeira identidade dos motivos lhe escapava.

— Bem, você não vai procurar ninguém. — Tim resmungou. — Não sob os meus cuidados.

— Tudo bem. — Amélia concordou. — Apenas me comunique quando o encontrar.

— Não. — Disse Tim, assumindo uma expressão de ladrar mais do que de morder. Naquela noite, ele usava calça de lã verde e um colete preto com linhas de costura verde. Era o traje mais colorido que Amélia já o tinha visto vestir. Os cabelos grisalhos estavam amarrados em um rabicho, e o cavanhaque estava bem aparado.

Amélia admirava o empenho de Tim, sabendo que os cuidados demonstrados por ele advinham de sua afeição por ela. Ele queria que ela se sentisse orgulhosa pelo fato de seguí-la de perto durante o baile dos Rothschild naquela noite. Tim não tomaria parte da festa, é claro, apenas a observaria do perímetro externo, mas dedicara atenção especial à aparência.

Independentemente disso, Amélia estava orgulhosa dele.

— Muito bem, então. — Ela suspirou de modo expressivo. — Eu mesma o procurarei e arrastarei você junto comigo, já que você vai ser minha pajem.

Tim resmungou e várias cabeças se viraram na direção dele. — Tudo bem. — Retrucou ele. — Eu lhe direi quando, mas não onde nem como.

Mas você devia esquecer esse homem. Ele não vai incomodar você de novo, eu prometo.

— Que adorável. — Naquele momento, Amélia preferiu evitar qualquer discussão mais aprofundada sobre o assunto. Ela veria Montoya mais uma vez, sozinha; dentro do cativeiro de St. John ou fora do alcance dele. Ela precisava fazer isso. — Venha aqui e me fale de Sarah. Você fará dela uma mulher direita em breve?

O chão vibrou com os passos pesados de Tim e, quando ele se sentou, a cadeira rangeu. Amélia sorriu. — A sua mãe era uma mulher robusta?

O sorriso que ele abriu em resposta era contagiante. — Não. Ela era minúscula, mas eu também era.

Amélia riu, e Tim ficou ruborizado. Então, ela mudou de assunto. — E quanto a Sarah...?

Sarah era a criada de longa data de Maria, uma alma discreta e fiel. Tim era louco por ela há anos, mas nenhum dos dois parecia estar correndo para o altar.

— Ela não me quer. — Tim respondeu com tristeza.

— Mas por que não?

— Ela acha que o meu trabalho é muito perigoso. Ela não quer ser uma viúva com filhos. Muito difícil.

— Ah. — Amélia franziu as sobrancelhas. — Não entendo isso, para ser sincera. O amor é precioso demais para ser desperdiçado. Esperar o momento certo, o lugar certo... Às vezes, não chega nunca, e você terá perdido o pouco da felicidade que era sua por direito.

Tim olhou para ela.

— Não faça pouco caso de mim por eu ser jovem. — Amélia advertiu.

— A vida ainda não derrubou você.

— Já me refreou, me conteve, me afastou das coisas que eu queria.

— Deixe de lado essa obsessão pelo seu cavalariço. O conde é um bom homem por fazer vista grossa a isso. — Tim fez um gesto amplo com o braço, que englobou todo o recinto.

Amélia suspirou. — Eu sei. Eu o amo, mas não é a mesma coisa.

— Se o cigano tivesse sobrevivido, você teria deixado de gostar dele com o tempo.

— Não acho. — Amélia refutou, vendo Colin de forma nítida em sua mente, rindo, os olhos escuros brilhando de alegria e afeto. Eles não haviam feito nada além de se beijar, mas a paixão estava lá. A necessidade. A sensação de que o sentimento cresceria até se transformar em um brilho ofuscante que poderia muito bem ser insuportável.

Aquela sensação de... expectativa... permaneceu com ela. Irrealizada. Inexplorada.

Até Montoya beijá-la.

Foi então que tudo reviveu dentro dela. Apenas por um instante, mas longo o suficiente para despertar o que há muito estava adormecido. Era aquilo que ela não conseguia explicar. Nem a ninguém, nem para si mesma. Ela refletira no que havia de semelhante a respeito das duas atrações, se é que havia algo parecido. Era bastante preocupante decidir que ela sentia atração pelo proibido. Pelo que não poderia ter. Não deveria ter.

Nas dobras volumosas do vestido, Amélia agarrou o pacote com um bilhete que carregava no bolso com a esperança insana de que conseguiria ver Montoya mais uma vez.

— O conde de Ware chegou. — o mordomo anunciou, na porta do recinto.

Tim se levantou e estendeu a mão para ela. — Um bom homem. — Ele disse novamente.

Fazendo que sim com a cabeça, Amélia deixou o pacote no bolso e pousou os dedos dentro na palma da mão de Tim.

O homem da máscara branca a estava seguindo.

A máscara era a mesma, mas o homem que a usava não era. Aquele homem era mais baixo, mais troncudo. Os trajes, ainda que austeros como os de Montoya, eram de qualidade inferior.

Quem era ele? E por que tinha tal interesse nela?

Amélia se sentia desalentada, mas rogou no sentido de ocultar bem aquele sentimento. Embora soubesse que havia uma possibilidade de que Montoya tivesse se aproximado dela por um motivo além da atração por ela, Amélia preferiu acreditar que era algo pessoal, da melhor maneira possível. O luto dele pela amada perdida era muito parecido com o dela. Ela sentira uma ligação com ele que só sentira antes com Ware e Colin.

Teria sido tudo uma mentira?

De repente, Amélia se sentiu sozinha e muito ingênua. O salão de baile estava lotado, o conde cujo braço ela segurava era charmoso e dedicado, e alguém conversava com ela, mas ela se sentia uma ilha perdida no meio do mar.

— Você está indisposta? — Ware perguntou, baixinho.

Com um gesto negativo de cabeça, Amélia procurou desviar o olhar do homem da máscara branca, mas não conseguiu. Ela se censurou pela procura por Montoya. Se não o fizesse, poderia ter mantido viva a ilusão do interesse dele. Ante o sumiço dele, ela sentia muito a perda.

— Vamos dar uma volta? — Ware sugeriu. Ele inclinou o corpo e se aproximou de Amélia com grande intimidade, atitude que tornou aceitável com um sorriso e uma piscadela para o senhor que falava com eles. — A conversa de lorde Reginald também está me dando sono.

Amélia tentou sorrir com o gracejo, mas não conseguiu. Desviou o olhar do homem mascarado, que a observava com atenção, e encontrou os olhos azuis e preocupados de Ware. — Eu gostaria disso, meu lorde.

Ware pediu desculpas e começou a se afastar com Amélia. Como frequentemente acontecia quando ele a protegia, o coração dela se encheu de gratidão. Ela rezou para que este sentimento crescesse e se transformasse em amor, e pensou que talvez isso acontecesse depois de consumado o casamento. Ele também a protegeria neste aspecto, ela sabia.

— Tudo o que faço por você, querida Amélia, é pelos momentos em que você me olha como está fazendo agora.

Ruborizada, Amélia desviou o olhar e viu o homem da máscara em movimento, dando a volta no salão no mesmo ritmo que ela, e permanecendo diretamente em frente a ela.

— Pode me dar licença um instante? — Amélia pediu para Ware com um sorriso.

— Apenas por um instante.

Uma convidada passou por eles com um olhar que percorreu todo o comprimento do corpo longilíneo de Ware.

— Seu demônio provocante. — Amélia o provocou.

Ware piscou, recuou um pouco e beijou a mão enluvada dela. — Somente para você.

Com os olhos, Amélia expressou descrença ante a mentira flagrante. Depois, retirou-se e seguiu em direção ao corredor que levava aos quartos. Caminhou sem pressa, certificando-se de que seria fácil para o mascarado segui-la. Havia muitos convidados circulando por ali. A música transbordava pelas portas abertas do salão de baile. A luz das velas tremeluzia em castiçais presos a parede. Ela se sentia segura.

Respirando fundo, ela girou sobre os saltos dos sapatos e o encarou.

Ele estava a alguns metros dali. Amélia arqueou uma sobrancelha e fez um gesto que o convidou a se aproximar. Ele sorriu e se aproximou, mas parou a uma distância cuidadosa.

— Sua máscara... — Amélia começou a falar, gaguejando.

— A máscara dele. — Ele corrigiu com um claro sotaque francês.

— Por quê? Ele quer a mim ou a St. John?

— Não sei quem é St. John.

Amélia hesitou por um momento, ponderando a respeito da sabedoria de suas ações. Em seguida, pôs a mão no bolso. Retirou o pacote que escondia ali e estendeu para ele.

O francês pegou-o e esboçou uma reverência galante. — *Mademoiselle.*

— Entregue isso a ele. — Amélia disse. Então, com o queixo erguido, passou por ele e voltou para o lado de Ware.

5.

— POR DEUS! POR QUE VOCÊ FOI ATÉ LÁ?

Colin andava de um lado para o outro diante da lareira do escritório e resmungava baixinho.

— Porque sim. — Jacques disse com tranquilidade.

— Por que sim? Por que sim! — Colin olhou para o objeto que tinha em mãos: uma miniatura de Amélia, como somente um amante deveria vê-la. De camisola, com um ombro provocantemente desnudo até quase o bico do seio, os cabelos soltos e esvoaçantes, a boca avermelhada e ligeiramente entreaberta. Como se tivesse feito sexo bem e por bastante tempo.

Para quem aquilo foi feito? Certamente não foi para ele, pois havia sido encomendado meses antes.

— Ela estava linda, *monsieur.* — Jacques afirmou.

Ao parar diante da lareira, Colin se apoiou nela e desejou ter podido vê-la. — Que cor ela trajava?

— Amarelo.

— Ela se aproximou de você?

— De certo modo. — Jacques se sentou no sofá e jogou um braço para trás do encosto, totalmente à vontade. Uma atitude que contrastava totalmente com a agitação de Colin. — Eu a admiro.

Colin respirou esbaforido. — Maldição. Eu quis manter distância.

— Por que? Para mantê-la a salvo? Ela é fortemente vigiada. — As pontas dos dedos do francês batiam de leve na borda de madeira que sustentava a parte de trás do sofá. — Por que?

— A irmã e o cunhado de Amélia são notórios criminosos e temem, assim como eu, que a usem contra eles. — Depois de se afastar da lareira, Colin sentou-se na cadeira atrás da escrivaninha.

— Pensei que o pai dela era um homem de alguma importância.

— Sim, um visconde. — Ante o espanto de Jacques, Colin continuou. — Sua avareza só era superada por sua crueldade. Ele não conseguia enxergar nada além das próprias necessidades e desejos. Casou-se com uma encantadora viúva para ter acesso à filha dela, a irmã de Amélia. Mandou Maria para as escolas mais exclusivas e, em seguida, vendeu-a em casamento para homens que ele acabou matando apenas para ficar com as heranças.

— *Mon Dieu*! — Os dedos de Jacques se aquietaram. — Por que ela não fugiu?

— Lorde Welton mantinha Amélia sob sua guarda e a usava para conseguir a cooperação de Maria.

— Espero que ele tenha recebido o que mereceu. Existem poucos crimes que considero mais detestáveis do que aqueles cometidos contra a própria família. — Jacques afirmou.

— Vossa senhoria foi julgado e enforcado. No decurso de seus esforços para libertar a irmã, Maria conheceu Christopher St. John, renomado pirata e contrabandista. Juntos, conseguiram arrumar uma maneira de resgatá-la e envolver Welton nos assassinatos dos dois maridos de Maria.

Colin passou a mão pelos cabelos. — A história é bem mais complicada do que isso, mas basta dizer que St. John e a esposa são duas pessoas que têm diversos inimigos.

— Se levarmos em conta as circunstâncias do passado e do presente da senhorita Benbridge, considero ainda mais curioso ela ter se aproximado de mim da forma como o fez.

— Amélia nunca foi uma mulher de fazer o que se esperava dela. — O olhar de Colin se voltou novamente para a miniatura. Era uma tentação irresistível, e ele tinha de encontrar um meio de ignorá-la.

— O que ela lhe deu?

— Um convite. Um pedido particular para encontrá-la no sarau musical dos Fairchild. Outra oportunidade de vê-la e falar com ela.

— Você vai?

— Acho que será melhor se eu sair da cidade. — Colin disse, pensando em locais alternativos. Ele poderia viajar até Bristol, a origem da linhagem de Cartland, e procurar algo de interessante por lá. Um homem como Cartland provavelmente não tinha um passado imaculado. Devia haver algo que Colin poderia usar para atrair o homem a se expor. — Não podemos nos arriscar e permanecer em um único local por muito tempo.

— Justo quando eu estava começando a não detestar Londres por completo. — Jacques disse, ironicamente.

Colin sabia que, embora o francês tentasse esconder o fato, Jacques não gostava de Londres e evidentemente desejava voltar para casa.

— Você não precisa vir comigo. — Colin sorriu para suavizar suas palavras. — Sinceramente, não sei por que você está aqui.

Jacques deu de ombros. — Alguns homens nascem para liderar. Eu nasci para servir. — Ele se levantou. — Vou começar a arrumar os nossos pertences.

— Obrigado. — Colin cerrou o punho em torno da preciosa imagem de Amélia e depois colocou a miniatura na gaveta, próxima da máscara. — Vou me juntar a você.

Ao se pôr de pé, Colin disse a si mesmo que manter distância de Amélia era o melhor que poderia fazer por ela.

No entanto, a imagem dela se recusava a deixar sua mente, atormentando sua alma de uma maneira que ele se perguntava se sobreviveria.

Amélia sempre fora conhecida por suas perambulações. A infância incomum fez com que ela tanto abominasse quanto desejasse a solidão. Ela nunca gostou de ficar quieta por muito tempo, e com frequência dava desculpas para ficar sozinha, mesmo nos jantares mais íntimos. Ware compreendia a sede insaciável dela de correr o mundo, e por isso era sempre rápido em sugerir passeios e saídas para respirar ar puro.

Por isso, quando Amélia pediu para se ausentar por alguns instantes, Ware não deu importância ao fato, nem *lady* Montrose, que atuava como sua dama de companhia. Os dois sorriram e fizeram que sim com a cabeça, o que a liberava para comparecer ao encontro.

Se Montoya aparecesse.

Amélia desceu as escadas até o andar inferior do modo mais silencioso possível, escondendo-se no refúgio de um quarto quando o ruído de vozes se aproximando tornou sua descoberta uma ameaça bastante real. Com o coração disparado, esperou a passagem dos convidados.

Será que Montoya apareceria? A presença dele no baile de máscaras a levou a crer que ele era um homem de alguma importância. Uma apresentação casual à *lady* Fairchild teria bastado para resultar em um convite para o evento daquela noite. No entanto, Amélia perguntou a respeito dele e recebeu como resposta um olhar vazio.

Ele não fora convidado.

No entanto, isso não significava que ele não apareceria.

Para Amélia, se o interesse de Montoya por ela estivesse relacionado a St. John, ele teria o conhecimento necessário para obter acesso à casa e encontrar a sala de estar privativa. Ela não conseguia decidir se isso significava que seria melhor que ele não viesse. Levando em conta a casa onde vivia e o homem para quem estava prometida em casamento, ela não poderia se permitir mais confusões. No entanto, seu coração, imprudente, ignorava a situação como um todo e se concentrava somente no que ela desejava. Amélia não tinha certeza do que faria se ele respondesse ao convite dela. Sabia somente que desejava que ele o fizesse.

Ao pensar nisso, a ansiedade e a expectativa tomaram conta dela. Amélia escolheu um vestido de tecido de linho adamascado cor de safira, decorado com delicadas rendas prateadas no corpete, nos cotovelos e na anágua. Com safiras adornando os cabelos, o pescoço e os dedos, ela parecia mais velha e experiente.

Quem dera ela se sentisse assim por dentro. Em vez disso, Amélia se sentia como quando era jovem: aflita pelo desejo de rever Colin e ansiosa para sentir as emoções que somente ele provocava nela. Ela achou que nunca mais se sentiria dessa maneira novamente. Era, ao mesmo tempo, emocionante e assustador sentir isso por um estranho mascarado.

Finalmente, Amélia alcançou a pequena sala de estar que mencionara no bilhete. Sarah ficara sabendo do recinto através da sua prima, que trabalhava na casa dos Fairchild. A criada repassou a informação para Amélia, no desejo de que ela tivesse um lugar calmo para descansar, se necessário.

Com a mão sobre a maçaneta, Amélia respirou fundo e procurou se acalmar. Como aquilo era impossível, ela desistiu. Então, abriu a porta e entrou. As cortinas estavam abertas, permitindo a entrada da luz do luar através da vidraça.

Amélia esperou ao lado da porta e deu tempo suficiente para os olhos se ajustarem à iluminação reduzida. Prendeu a respiração e aguçou a audição, na esperança de que Montoya estivesse ali e dissesse o nome dela.

Mas não havia nada além do tique-taque do relógio em cima da lareira.

Amélia foi até a janela e se virou, observando o conteúdo do aposento. Dois sofás, uma espreguiçadeira, duas cadeiras, mesas de diversos tamanhos... Havia mais coisas, mas não Montoya.

Amélia suspirou e suas mãos se moveram impacientemente sobre a saia volumosa. Talvez ela tivesse chegado cedo demais, ou talvez Montoya tivesse encontrado dificuldades para entrar na casa. Ela observou através da janela, um tanto assustada com a possibilidade de que ele pudesse estar ali fora. No entanto, também não havia sinal de Montoya por ali.

Alguns minutos. Ela poderia esperar um pouco.

Amélia começou a andar com passos lentos e regulares. Seus batimentos cardíacos e sua respiração readquiriram um ritmo normal. A decepção pesava sobre seus ombros. Após dez minutos, Amélia entendeu que não poderia mais esperar. No entanto, pensou que, se não fosse por aqueles que sairiam preocupados à sua procura, esperaria toda a noite.

Amélia se encaminhou para a porta. — Bem... Agora não há mais nada que atrapalhe os planos de meu casamento. — Murmurou.

— Para quem a miniatura foi feita?

Amélia parou com a mão sobre a maçaneta, tremendo à medida que aquela voz penetrante e grave a envolvia como um abraço caloroso. Ficou com a pele toda arrepiada, e a boca se abriu em um suspiro silencioso. De olhos arregalados, ela se virou lentamente para encarar o recinto. Foi então que se deparou com o brilho fantasmagórico da máscara branca no extremo oposto da sala. Montoya trajava preto mais uma vez, permitindo-lhe se ocultar nas sombras do aposento escuro.

— Para o lorde Ware. — Amélia respondeu, levemente atordoada pela súbita aparição do fantasma e pela compreensão de que ele estivera ali todo o tempo. A observá-la. Por que a máscara? Do que ele se escondia?

— Por que ela foi feita? — Ele perguntou, rispidamente. — Não é um presente normalmente dado a um noivo por sua noiva virginal?

Amélia deu um passo na direção dele.

— Fique onde está e responda a pergunta.

Amélia revelou desagrado ante a crueza dele. — Quis que ele me enxergasse de uma forma diferente.

— Ele a verá de todas as formas, em carne e osso. — Havia amargura no tom de voz de Montoya, e isso mitigou a apreensão dela, permitindo-lhe dizer o que não teria dito em outro contexto.

— Quis que ele soubesse que estou disposta a compartilhar este lado meu com ele. — Ela admitiu.

A prontidão que tomou conta da expressão dele era evidente. — Por qual motivo ele duvidaria disso?

— Vamos mesmo conversar sobre ele? — O pé dela batia impacientemente. — Temos tão pouco tempo, mas você o desperdiça todo se escondendo nesse canto.

— Não estamos conversando sobre ele. —Montoya afirmou, suavemente. — Estamos discutindo o motivo pelo qual um presente íntimo, que se destinava ao seu noivo, veio parar em minhas mãos. Você pretendia que eu também a visse de uma forma diferente?

Amélia demonstrou inquietação e impaciência, escondendo as mãos atrás das costas. — Acho que você já me vê de outra forma. — Ela murmurou. — Independentemente do presente.

O sorriso dele lançou uma luz repentina e passageira na escuridão. — Então se eu, que sou um completo estranho, consigo vê-la como um ser sexual, por que seu futuro marido teria alguma dificuldade em fazer o mesmo?

Amélia prendeu a respiração, analisando a perspicaz sondagem de Montoya. — O que você quer que eu diga? Não é adequado eu discutir assuntos pessoais.

— E é adequado me mandar uma imagem provocante sua?

— Se ela o incomoda tanto, devolva-a. — Amélia estendeu a mão.

— Jamais. — Montoya murmurou. — Jamais a devolverei.

— Por que não? — Amélia o desafiou. — Pretende usá-la contra mim?

— Como se algum dia eu fosse permitir que alguém a visse.

Possessividade. Clara como o dia. Ele era possessivo em relação a ela. Amélia ficou surpresa e satisfeita ao mesmo tempo.

— Porque o lorde Ware não lhe vê como você gostaria? — Montoya perguntou, se aproximando finalmente.

Quando Montoya saiu das sombras, a luz da lua o iluminou, fazendo disparar o coração de Amélia. Havia algo de muito predatório, mas elegante, na forma como ele se movia, com o rabo de cavalo balançando delicadamente no ritmo de seus passos largos. A força controlada e encoberta por uma aparência civilizada tornava os encantos de Montoya ainda mais sedutores, fazendo que Amélia desejasse vê-lo livre e sem rédeas.

É isso o que eu quero, Amélia percebeu repentinamente. *Era por isso que eu precisava vê-lo de novo.*

Amélia estava disposta a ser sincera com ele a fim de atingir aquele objetivo. — Somos amigos de longa data.

— O casamento não é por amor? — Montoya perguntou, parando próximo dela.

— Eu não deveria responder a esta pergunta.

— E eu não deveria estar aqui. Você não deveria ter me atraído para cá.

— Você ordenou que me seguissem.

— Não, Jacques fez isso por conta própria. Estou deixando Londres. Preciso manter distância de você antes que essa situação se prolongue ainda mais.

— Como você pode ir embora? A nossa dança no jardim não o persegue? — Amélia ergueu a mão para tocar as safiras ao redor do pescoço. — Você não pensa no beijo que trocamos?

— Não consigo parar de pensar nele. — Montoya se lançou sobre Amélia, e a segurou com força contra seu corpo, como se algo dentro dele o tivesse libertado de suas amarras. — Quando caminho. Quando durmo.

Amélia sentiu o olhar dele aquecendo seu desejo. Respirou o perfume da pele dele. Era um cheiro exótico, picante, viril. Algo instintivo dentro dela se excitou em reação.

— Me tenha. — Amélia o incitou, com o peito dela se movendo contra o dele.

Montoya praguejou baixinho. — Você não o ama.

— Eu queria amá-lo. — De modo hesitante, Amélia deslizou as mãos sob o casaco dele e as deteve na altura da cintura. A pele dele estava quente, tão febril que ela conseguia sentir o calor atravessar as roupas.

— O seu coração já tem dono? — Montoya perguntou.

— De certo modo.

— Por que eu?

— Por que a máscara? — Amélia replicou, odiando a sensação de estar sendo desnudada pelas perguntas de Montoya.

— O meu rosto não é algo que você gostará de ver.

Amélia ficou bastante perturbada com o tom de determinação na voz de Montoya. A sensação de insegurança a afetou tanto que ela tentou se libertar dos braços dele dando um passo para trás. Ele a segurou com firmeza.

— Vamos resolver isso agora mesmo. — Montoya afirmou, erguendo a mão para tocar com os dedos calejados o rosto dela. — O que você quer de mim?

— Você se aproximou de mim por causa de St. John?

Montoya fez que não com a cabeça. — Meus motivos foram simples. Vi uma bela mulher e perdi a compostura. Olhei fixamente para ela, deixando-a constrangida. Tentei me desculpar e isso foi tudo. — Ele segurou as costas dela, e a acariciou em um movimento descendente, trazendo-a para junto de si.

Montoya era tão firme, tão sólido, que Amélia quis agarrá-lo e tocá-lo sem empecilhos. Somente um homem a havia abraçado com tal intimidade. Até pouco tempo atrás, ela poderia dizer que sua habilidade de aproveitar um abraço como aquele, com todo o seu ser, havia morrido junto com Colin. Naquele momento, ela sabia que não era verdade.

O fato de ter encontrado Montoya foi extraordinário.

Ou melhor, que extraordinário que ele a tenha encontrado.

— Naquela noite... Você percebeu quando outras pessoas estavam a caminho. — Ela assinalou.

— Sim, percebi. — Ele disse, denotando certa tensão. — Sou um homem perseguido por um passado sujo. É por isso que você não deveria me procurar.

— Você não precisava ter vindo. — Um passado sujo, do tipo que o permitia reconhecer sinais secretos que a maioria dos aristocratas não conseguiria perceber. *Quem era ele?*

Amélia não conseguia enxergar nenhuma deformidade através dos orifícios da máscara, nem em torno da boca de Montoya. O que ela conseguia vislumbrar eram olhos negros e uma boca feita para o pecado. A curvatura, a forma e a firmeza dela eram uma perfeição. Ela conseguia se imaginar beijando-o por horas sem se entediar.

Amélia tocou a ponta da máscara. — Deixe-me vê-lo.

— Não! — Montoya afastou rudemente a mão dela, depois a pegou novamente e a beijou. O beijo causou-lhe arrepios, mesmo através de suas luvas. — Confie em mim. Seria difícil suportar essa verdade.

— É por isso que você não me corteja?

— Você gostaria que eu a cortejasse?

— Você sente o mesmo por outras mulheres? Me senti assim somente com um único homem, e eu o perdi, assim como você perdeu sua amada.

De repente, o abraço dele ficou mais apertado, e ele beijou a testa dela. — Você se lembrou de um amor perdido. — Ele sussurrou.

— Às vezes, parece que uma parte de mim deixou de existir. É insuportável. Não consigo entender porque guardo um sentimento tão intenso por ele depois de todos esses anos, como se ele pudesse voltar, como se uma parte de mim esperasse por isso. — Amélia agarrou o casaco dele. — Mas quando estou com você, penso somente em você.

— Eu faço você se lembrar dele?

Amélia negou com um gesto de cabeça. — Ele era vital e sem rédeas. Você é mais contido, mas... de uma maneira primitiva. — Ela deu um sorriso encabulado. — Isso soa um pouco ridículo.

— O meu primitivismo é uma reação a você. — Montoya afirmou. Ele estava tão próximo que o cheiro dele embriagava os sentidos dela e a deixava tonta. A alegria tomava conta dela. A sensação de estar viva após anos de torpor. Ela se sentia culpada, sufocada pela sensação de estar traindo Ware, mas não conseguia lutar contra a atração que sentia por Montoya. Era intensa demais, violenta demais, inebriante demais.

— Estou disposta a explorá-lo... — Amélia propôs com timidez.

— Você está me fazendo uma proposta, senhorita Benbridge? — Montoya perguntou, dando aquela risadinha que ela adorou desde o momento em que a ouviu. Era o tipo de risada que ela se esforçaria para voltar a ouvir. A mente dela já selecionava anedotas que ela poderia contar para deixá-lo alegre.

— Quero vê-lo outra vez.

— Não. — Montoya segurou a nuca dela e manteve o rosto de Amélia na altura do seu peito, envolvendo-a com seu corpo viril. Ela se sentia segura nos braços dele. Calorosos. Deliciosos. Será que duas pessoas poderiam passar horas abraçando uma à outra? Ela deixou escapar uma risadinha irônica. Horas a fio de beijos e abraços. Ela estava enlouquecendo.

— Isso foi uma risadinha? — Montoya a provocou.

— Não tente mudar de assunto. — Amélia disse, ruborizada.

— Temos de nos separar. — Ele disse, com um suspiro que parecia ser de lamento. — Você já se ausentou da festa por tempo demais.

— Por que você não disse nada assim que cheguei?

Montoya tentou recuar, mas Amélia o segurou. Havia uma energia poderosa na proximidade dela, pensou ela. As duas metades em guerra dentro dele – a que desejava abraçá-la e que desejava afastá-la – pareciam estar em um beco sem saída quando ela estava por perto.

— Você não é capaz de me deixar ir embora, não é mesmo?

— É presunção o que acabo de ouvir?

— Isso é uma fuga?

— Se minha situação fosse diferente, nada me impediria de fazê-la minha.

— Ah, sim?— Amélia ergueu o olhar até ele. — Você surgiria cheio de boas intenções ou me seduziria, como está fazendo agora?

— Querida... — Montoya riu mais uma vez. — A única sedução em ação aqui é a sua.

— Sério? — Os seios dela eram fartos e volumosos, comprimidos desconfortavelmente dentro do espartilho. A boca dela estava seca, e as palmas das mãos úmidas. Ela se sentia seduzida. Será que o corpo dele estava reagindo aos estímulos dela também? — O que estou fazendo a você?

— Por quê? — O sorriso dele era encantador. — Para que você possa fazer ainda mais?

— Talvez. Você gostaria que eu fizesse?

— Quando foi que você ficou tão assanhada?

— Talvez eu sempre tenha sido assim. — Amélia respondeu enquanto piscava os olhos timidamente.

Montoya ficou pensativo. — Ware consegue controlar você? — Ele a agarrou pelos pulsos e tirou as mãos dela de sua cintura.

— Como é que é? — Amélia mostrou desagrado enquanto ele se esquivava dela e seguia em direção a porta.

— Você é uma garota assanhada. — Montoya disse, pegando a maçaneta da porta.

— Não sou, não.

— Você sempre vai se meter em confusão se não for vigiada atentamente.

Amélia fez um ar de espanto. — Fui vigiada durante toda a minha vida.

— E ainda assim está aqui, atraindo estranhos com miniaturas tentadoras e mantendo um encontro amoroso totalmente inadequado.

— Você não precisava vir! — Ela bateu um pé no chão com força, irritada com o ar de superioridade dele.

— É verdade. E não virei novamente.

O tom dele soou familiar demais. Montoya perguntara a Amélia se ele trazia recordações de Colin a ela. Até aquele momento, não. A compleição física deles era diferente, as vozes tinham sotaques desiguais, e o modo de caminhar deles ostentava tipos distintos de confiança. Colin batia o pé como se quisesse decretar sua presença à força. Por sua vez, Montoya mostrava paixão no modo de andar, uma maneira mais sutil de impor seu domínio.

No entanto, na determinação teimosa de Montoya em pô-la de lado, eles eram iguais. Na juventude, Amélia não tinha escolha a não ser tolerar aquela situação. Naquele momento, não era o caso.

— Como quiser. — Amélia disse, caminhando na direção dele com um balançar proposital dos quadris. — Se é tão fácil para você partir e me deixar, é melhor mesmo que você vá.

— Eu não disse que seria fácil. — Montoya deixou escapar.

Amélia pôs sua mão sobre a que ele usava para segurar a maçaneta.
— Adeus, conde Montoya.

Ele virou a cabeça, e Amélia se jogou sobre ele, dando-lhe um beijo ardente. Montoya ficou paralisado, e ela aproveitou a oportunidade para aprofundar o contato. Ele passou a ofegar. No entanto, não se moveu. Amélia não tinha certeza de como proceder, pois, sem a participação dele, o beijo se tornou algo estranho. Então, ela achou que talvez estivesse racionalizando demais a situação.

Amélia fechou os olhos e deixou que os instintos assumissem o controle. Pousou as mãos de leve sobre os ombros tensos dele, e Montoya estremeceu. Lambeu a boca dele, e Montoya soltou um gemido de medo e prazer. E se eles fossem pegos? Como ela se explicaria?

Naquele momento, Amélia deixou de se importar, pois era maravilhoso tê-lo de acordo com seu desejo. Montoya não fez nada para ajudá-la, tampouco para impedi-la. Depois de erguer os braços para o alto, ela se livrou de uma das luvas. Em seguida, envolveu o pescoço dele com a mão. No momento em que as peles nuas deles se tocaram, Amélia se perdeu. Montoya abriu a boca num suspiro, e ela empurrou a língua para dentro, saboreando o gosto dele com imensa satisfação.

A língua dele acariciava a dela, deslizando de maneira experiente e suave, o que a fez gemer. O gemido dela o levou à loucura. Ele se mexia de modo tão rápido que ela mal se deu conta do que aconteceu. Quando deu por si, só sabia que estava imobilizada contra a porta por um homem excitado de quase dois metros de altura, que a beijava de volta de maneira ardente e possessiva.

— Por Deus, não posso tê-la. — Ele praguejou num murmúrio áspero.

— Você nem sequer tenta!

— Não fiz nada além de tentar. Nada. Isso não muda o fato de que a minha situação me torna inadequado e perigoso para você.

Montoya segurou o pescoço dela e colou a boca sedenta na dela. Era um beijo cheio de intenções sexuais. Delicioso. Amélia se apoiou contra a porta e o aceitou por inteiro: cada investida da língua dele, cada mordiscada, cada carícia daquela boca maravilhosa. Ela aceitou e implorou por mais, com gemidos suplicantes que elevaram o ardor dele às alturas.

Entre eles, havia uma máscara e segredos sem fim. Havia o muro que existia entre dois estranhos que dividiam um único instante no tempo e nada mais. Ainda assim, a ligação que ela sentia com ele estava ali, os acompanhando ao longo de toda a cena.

Seria mera luxúria? Como poderia ser se ela nem sequer conseguia vê-lo por inteiro? E aquela dor em seu peito, aquela umidade entre as suas pernas... A luxúria estava presente como parte de um todo maior.

— Amélia. — Montoya disse, mal conseguindo respirar. A boca entreaberta percorria o rosto dela, em toda a extensão. — Quero despi-la, deitá-la em minha cama e beijar seu corpo inteiro.

Amélia sentiu um calafrio, tanto pela maneira murmurante como ele pronunciou o nome dela, quanto pelas imagens que as palavras trouxeram à sua mente. — Reynaldo.

— Preciso deixar esta cidade ou tudo vai acontecer, e não poderei reivindicar meus direitos em relação a você se eu deixar esta situação ir tão longe. Não agora.

— Quando? — Torturada pelo desejo ardente e pelo corpo atormentado por desejos insatisfeitos, Amélia prometeria qualquer coisa para voltar a vê-lo.

— Você tem Ware, um amigo de longa data que pode lhe dar o que eu jamais poderei.

— Talvez possamos ser amigos.

— Você não me conhece o suficiente para propor isso.

— Eu quero conhecer. — A voz dela era um murmúrio rouco. Nunca antes em sua vida Amélia soara daquela forma, e isso o comoveu. Ela percebeu pelo jeito como Montoya a envolveu em um abraço ainda mais apertado. — Eu gostaria que você me conhecesse.

Montoya recuou, e Amélia percebeu que achava atraente a máscara dele. Provocante. Muito estranho, porém verdadeiro. Ela não considerava tal sensação alarmante, mas sim reconfortante. Ela se sentia demasiadamente exposta, e a visão da máscara protegia a ambos.

— A única coisa que você precisa saber a meu respeito é que há pessoas que querem me matar. — Montoya revelou.

— Essa afirmação pode assustar outras mulheres, mas eu convivo com pessoas que têm problemas parecidos. Pode-se dizer que, por associação, vivo uma situação semelhante.

— Você não vai me fazer mudar de ideia. — Montoya murmurou, beijando-a e com o corpo agindo ao contrário de suas palavras.

— Eu tentei deixar esse aposento, mas você me impediu. — Amélia disse.

— Você me beijou. — Montoya acusou.

— Sua boca estava no caminho. Não pude evitá-la. — Amélia afirmou, dando de ombros.

— Você não é fácil. — Montoya inclinou a cabeça e a beijou pela última vez. Um beijo mais suave. Mais prolongado. Amélia ficou na ponta dos pés. — Agora, precisamos partir antes que sejamos descobertos.

Ela concordou com um gesto de cabeça, compreendendo que havia se ausentado por tempo demais. — Quando voltarei a vê-lo?

— Não sei. Quem sabe depois de seu casamento. Talvez nunca mais.

— Por quê? — Amélia fez aquela pergunta diversas vezes naquela noite e ainda não obtivera uma resposta. Será que Montoya não entendia o quão precioso era se sentir vivo junto de outro ser humano? Ela não havia se dado conta do quanto estava entorpecida antes de conhecê-lo.

— Porque Ware pode lhe dar coisas que eu não posso.

Amélia estava prestes a responder quando a maçaneta da porta se mexeu. Ela ficou paralisada. Montoya não.

Ele se moveu rapidamente, afastando-se dela e sumindo no canto escuro. Amélia cambaleou para longe da porta, que se abriu. Ao se virar, Amélia ficou diante do intruso.

— Meu lorde. — Ela disse, esbaforida, e fez uma reverência.

Ware entrou com um ar de desaprovação. — O que você está fazendo aqui? Vasculhei a casa inteira à sua procura. — Ele a analisou com cuidado. — Você tem algo para me contar, não tem?

Amélia fez que sim com a cabeça e estendeu a mão trêmula para ele. Ware a segurou, e levou Amélia para fora do recinto, parando um instante para examinar o lugar. Não tendo encontrado nada de errado, ele a levou para longe de Montoya e em direção à um futuro muito menos tranquilo do que fora poucos dias antes.

6.

— ISSO FOI TUDO O QUE ACONTECEU — AMÉLIA disse, enquanto manuseava nervosamente a colher de chá.

O conde de Ware colocou sua mão sobre a mão de Amélia para acalmar o movimento inquieto de sua noiva. — Não há necessidade de ficar nervosa — ele murmurou, enquanto sua mente analisava todo o relato dela.

— Você não está com raiva? — Os olhos verdes de Amélia se arregalaram em um misto de surpresa e apreensão.

— Não me sinto contente, mas não estou com raiva. — Ware sorriu com melancolia e se recostou com mais firmeza na cadeira.

Eles estavam sentados no terraço da casa de St. John e tomavam chá antes do habitual passeio pelo parque. Foi com certo receio que Ware passou as horas anteriores à conversa com Amélia. Ele conhecia a aparência de uma mulher após um encontro amoroso excitante e, assim, embora a revelação de Amélia estivesse de acordo com sua suspeita, lamentava a confirmação da mesma.

— Não sei o que fazer. — Amélia disse, em tom desamparado. — Receio não ter a capacidade de lidar com isso.

— E eu receio não ter como ajudá-la. — Ware admitiu. — Somos amigos, meu amor, mas, acima de tudo, sou um homem. É difícil para mim aceitar ouvi-la dizer que sente por esse estranho o que não sente por mim.

Com o rosto tomado pelo rubor, Amélia agarrou a mão de Ware com força. —Você é muito valioso para mim, Ware. Sempre foi, e não agi da maneira que você merece. Rezo para que você encontre um perdão para mim em seu coração.

Ware a encarava de maneira pensativa no "jardim" dos fundos. A palavra jardim mal poderia ser aplicada para descrever a área externa que cercava a mansão de St. John. Apenas os baixos canteiros de flores aliviavam a severidade absoluta do espaçoso gramado.

— Eu a perdoo. — Ware afirmou. — E admiro sua sinceridade. Duvido que eu mesmo tivesse a coragem de revelar tanto se estivesse em seu lugar. Mas não posso aceitar uma noiva envolvida em tais comportamentos, sobretudo em locais públicos.

Amélia concordou com um gesto de cabeça, parecendo uma colegial ao receber um castigo. Embora a repreensão fosse necessária, Ware não sentiu nenhum prazer naquilo.

— Você precisa decidir, de uma vez por todas, se deseja se casar comigo, Amélia. Se você escolher seguir adiante com nosso arranjo, deverá agir de boa-fé e se portar adequadamente. — Ware ficou de pé e procurou aliviar a tensão concentrada nos ombros. — Diabos, não gosto de ter a sensação de que você se casará comigo à força!

Amélia também se levantou, com a saia de musselina com estampa floral caindo num drapejado gracioso. — Você está com raiva. — Ela ergueu a mão com delicadeza para conter a reação dele. — Eu entendo. Você tem o direito de se sentir assim. Se você agisse da mesma forma comigo, eu também ficaria furiosa com você.

Respirando fundo, Amélia se dirigiu até a grade do terraço de mármore e apoiou o peso sobre as mãos. Ware a acompanhou, com o gramado situado atrás dele e Amélia ao seu lado.

Naquela tarde, Amélia estava encantadora, como em todas as outras. Os cabelos escuros estavam penteados em cachos, que balançavam em torno dos ombros. A pele era pálida como leite, os olhos eram verdes como jade, a boca era vermelha como vinho tinto. Certa vez, ele gracejou, dizendo que ela era a única mulher a respeito da qual pensava de forma poética, e os dois riram juntos, deleitados com o que ela chamou de "fantasias" dele. Ele só era fantasioso com ela.

— Se nos casarmos, você pretende ser fiel a mim? — Amélia perguntou.

— Isso depende de você. — Ele a analisou atentamente. — Se você simplesmente se deitar na cama e rezar para que tudo acabe o quanto antes, provavelmente não. Eu gosto de sexo, Amélia. Preciso de sexo. Não desistirei do prazer do ato sexual por nada, nem mesmo por uma esposa.

— Ah. — Amélia suspirou e desviou o olhar.

Uma brisa soprou, e Amélia sentiu um arrepio, não de frio, mas por causa da sensação. Ware percebeu aquela reação, como notava absolutamente tudo a respeito dela, catalogando os mínimos detalhes para uso futuro. Amélia era um ser tátil e sensual. Algo que ele apreciava e era cavalheiresco o suficiente para não explorar, no aguardo do dia em que ela seria dele, e ele poderia ensiná-la a aproveitar esse lado dela mesma. Somente com ele.

Naquele momento, Ware tinha muito a levar em consideração.

— Acredito que podemos desfrutar um do outro. Acho que o sexo entre nós pode ser muito mais do que uma obrigação, mas só se você se abrir completamente para mim. Sem timidez, sem reservas. Se nosso leito conjugal for acolhedor, não procurarei outro. Não sou o tipo de homem que corre atrás de conquistas. Só quero trepar e me divertir muito com isso.

A palavra grosseira chocou Amélia, Ware percebeu, mas era a palavra certa para descrever aquilo que ele gostava em termos de sexo, e era melhor que ela soubesse daquilo naquele instante. Não haveria apalpadas breves e gemidos no escuro. Haveria claridade, pele avermelhada e suada, além de muitas horas de sexo.

— É assim que se dá a paixão dentro do quarto? — Amélia indagou, com o que parecia ser uma curiosidade genuína. — Instintos animais desenfreados? Não existe mais nada envolvido no processo?

Ware levou um instante para compreender a pergunta. — Você se refere aos olhares que sua irmã troca com St. John? Ou ao modo como os Westfield se entreolham?

— Sim. Eles são... indecentes, porém românticos.

— Você não é a única a perceber essa afeição e invejá-la. — A curiosidade no olhar de Amélia o fez sorrir.

— Você também?

Ware deu de ombros e cruzou os braços sobre o peito, apoiando o quadril na grade. — De vez em quando. Mas não lamento nem sofro com a ausência disso. Ao contrário de você, acho eu.

Sincera como sempre, Amélia fez que sim com a cabeça.

— Começo a perceber que minha abordagem direta ao cortejá-la não foi a melhor opção. — Ware pensou em voz alta. — Achei que o desfecho infeliz de seu primeiro caso de amor a tornaria mais disposta a apreciar uma relação... Mais *com os pés no chão*, mas você deseja o oposto, não é mesmo?

Amélia se afastou e começou a caminhar de um lado para o outro, como era seu costume quando ficava nervosa. Em momentos como aquele, ela o lembrava um gato enjaulado, perambulando em meio ao seu tédio. — Não sei o que quero. Esse é o problema.

— Estou satisfeito. Não preciso de mais nada.

— Você está satisfeito de verdade? — Amélia o desafiou. — Ou você simplesmente aceita que, em sua posição, a amizade é tudo o que se pode desejar?

— Você sabe a resposta a essa pergunta.

— Com quem você se casaria se não comigo?

— Não tenho a menor ideia, nem estou disposto a pensar a respeito, a não ser que seja absolutamente necessário. Você está sugerindo que eu considere alternativas?

Detendo-se, Amélia deixou escapar um ruído que o fez lembrar, com carinho, do rosnado de um gatinho. — Eu quero ser louca por você! Por que não posso fazer esta escolha?

— Talvez você sofra de mau gosto? — Ware riu depois que Amélia mostrou a língua para ele. — Se é a máscara que lhe excita, posso usar uma na cama. Essas brincadeiras podem ser divertidas.

— Talvez seja o mistério que me intriga tanto. É isso que você está sugerindo, milorde?

— É uma possibilidade. — O sorriso de Ware sumiu. — Pretendo fazer uma investigação a respeito de seu admirador. Vejamos se conseguimos desmascará-lo.

— Por quê?

— Por que ele não é para você, Amélia. Um conde estrangeiro? Você sempre quis ter uma família e não se mudaria para longe da sua irmã agora que vocês estão juntas. Que futuro você teria com esse homem? E não nos esqueçamos do fato de que ele pode querer me atingir por meio de você.

Amélia voltou a caminhar de um lado para o outro. — Aparentemente, todos acreditam que Montoya não tem interesse na minha pessoa, mas apenas nas pessoas relacionadas comigo. Admito que considero um tanto ofensivo descobrir que aqueles que dizem me amar creem ser impossível imaginar que um homem me deseje por ser quem sou.

— Consigo muito mais do que apenas imaginar, Amélia. É como sinto. Não entenda a minha atitude como falta de desejo por você. Você estaria errada.

Com a respiração ofegante, Amélia disse: — St. John também está tentando encontrá-lo.

Ware já esperava por isso. — Se o homem estiver se escondendo em um cortiço, St. John poderá ter êxito. Mas você disse que o conde estava vestido de maneira elegante e era culto. Ele parece alguém que frequenta os meus círculos sociais, e não os do pirata. Talvez minha busca seja mais frutífera.

Amélia se deteve novamente. — O que você fará se encontrá-lo? — Havia mais do que uma pitada de curiosidade na voz dela.

— Você está me perguntando se o machucarei? — A pergunta não era supérflua, pois ele era espadachim de algum renome. — Talvez.

— Eu não deveria ter lhe contado nada. — Amélia disse, denotando tristeza.

Aprumando-se, Ware se aproximou dela. — Fiquei satisfeito com o fato de você ter falado a verdade. O nosso relacionamento teria sofrido um dano irreparável se você mentisse para ocultar sua culpa. — Ao chegar perto dela, ele respirou fundo, sentindo a inocente fragrância de madressilva. Há muito tempo Ware suspeitava que a pele de Amélia tivesse o mesmo perfume da flor favorita dela, aromática e doce como mel.

Ware segurou o rosto de Amélia com as duas mãos e o inclinou para cima, para que o olhar dela encontrasse o dele. Algo novo brilhou no fundo dos olhos de esmeralda dela, e ele se viu hipnotizado por eles. — No entanto, isso não muda o fato de que aquele homem sabia que você era minha e tomou certas liberdades mesmo assim. Um grande insulto para mim, meu amor. Consigo perdoá-la, mas não a ele.

— Ware... — A boca de Amélia se entreabriu, com a fresta brilhando sob a luz suave da tarde. Ao se inclinar até ela, ele se abaixou para alcançar a boca dela. Amélia prendeu a respiração quando percebeu a intenção de Ware.

— Boa tarde, milorde.

Eles se afastaram subitamente quando a irmã de Amélia e o marido dela se juntaram a eles no terraço, seguidos de perto por uma criada que carregava uma bandeja com chá.

— É um belo dia — o pirata afirmou, com sua característica voz áspera. — Pensamos em nos unir a vocês para tomarmos um pouco de sol.

Ware entendeu o aviso. Com uma leve reverência, ele recuou ainda mais. A ex-lady Winter sorriu diante daquela capacidade de percepção. Era um sorriso de alcova, daqueles que uma mulher compartilha com seu amante após uma excelente sessão de sexo. No caso da senhora St. John, era seu único sorriso, e era parte celebrada de seu encanto.

— Nós apreciaríamos a companhia. — Ware disse, levando Amélia para a mesa deles.

Ware passou o resto da tarde trocando frivolidades com o casal St. John e, mais tarde, com aqueles que ele e Amélia encontraram durante o passeio pelo parque. No entanto, parte de sua mente estava ativamente ocupada com a logística de suas caçadas – uma em obséquio de Amélia e a outra em seu favor, buscando o homem mascarado que tentou roubá-la dele.

— Você tem certeza de que o nome dele é Simon Quinn?

— Sim. — o dono da taverna disse, servindo mais uma caneca de cerveja no balcão.

— Obrigado. — Colin aceitou a bebida e procurou uma mesa no canto. A notícia de que havia um homem à sua procura era perturbadora, ainda mais porque a pessoa que andava fazendo as perguntas usava o nome de Quinn. Poderia ser Cartland, ou um de seus homens, embora o dono da taverna tivesse certeza de que ele não tinha sotaque francês.

Não havia nada que Colin pudesse fazer além de se acomodar e esperar, utilizando as técnicas de camuflagem em que era bem versado. Um homem de seu tamanho jamais poderia se esconder por completo, mas ele conseguia se tornar menos visível se esparramando no assento para disfarçar a altura e a envergadura dos ombros. Também deixava os cabelos soltos, deixando sua aparência mais grosseira.

A taverna em si facilitava que alguém se perdesse em meio à multidão. A iluminação era propositalmente fraca para ocultar os problemas e a sujeira. A mobília de madeira escura – mesas redondas e cadeiras de encosto vazado – somente aumentava a obscuridade do interior. O ar estava saturado com os cheiros de cervejas e também das gorduras que fritavam na cozinha. Os clientes entravam e saíam, e muitos eram frequentadores assíduos do lugar, com quem Colin já havia conversado antes.

Muito tempo atrás, em sua vida passada, Colin frequentara lugares assim com Pietro, seu tio. Passara aquelas tardes ociosas ouvindo a sabedoria de um homem bom e decente. Colin sentia saudades do tio, pensava nele com frequência e se perguntava como ele deveria estar. Pietro havia lhe infundido força de caráter e crença na honra, que lhe foram úteis durantes todos aqueles anos.

Um dia eles se reuniriam novamente, e Colin mostraria ao tio que prestara atenção àqueles primeiros ensinamentos. Livraria Pietro de sua vida de servidão, e lhe daria uma mais confortável. A vida era muito curta, e Colin queria que o amado tio a aproveitasse tanto quanto ainda fosse possível.

— Boa noite. — um homem desejou a Colin, tirando-o de sua introspecção.

Ao lado dele postou-se um cavalheiro idoso, que passara a maior parte da vida nas tavernas daquela mesma rua, oferecendo companhia àqueles que lhe pagassem uma bebida ou algo para comer. De vez em quando, o homem ouvia por acaso algo com valor de venda, e Colin estava disposto a pagar, como o velho estava bastante ciente.

— Sente-se. — Colin respondeu, indicando a cadeira diante dele.

As horas se passaram, e Colin usou este tempo para questionar aqueles que o reconheceram de suas jornadas anteriores por ali. Muitos esperavam ganhar algum dinheiro repassando informações importantes. Infelizmente, nenhuma interessante em relação a Cartland, mas, mesmo assim, Colin pagou uma cerveja para qualquer um que conversou com ele, e usou a companhia deles para aprimorar seu disfarce.

Então, quase por milagre, o homem que ele mais esperava ver apareceu usando uma capa preta. Simon Quinn entrou na taverna e trocou algumas palavras com o dono do lugar. Em seguida, virou-se e topou com Colin, acenando para ele em um canto.

— Por Deus! — Quinn exclamou, aproximando-se e desabotoando a presilha em forma de sapo que segurava a capa ao seu pescoço. — Procurei por você em toda Londres, e você estava aqui na minha hospedaria o tempo todo?

— Bem... — Colin afirmou, abrindo um largo sorriso. — Ao menos nas últimas horas.

Quinn praguejou baixinho e se sentou na cadeira diante de Colin, denotando cansaço. Em segundos, trouxeram-lhe uma caneca de cerveja e um prato de comida. Depois de se sentir restabelecido, Quinn afirmou: — Trago uma boa notícia e também uma má. Fui traído na França.

— Cartland entregou o nome de todo mundo? — Colin perguntou, retraindo-se pelo susto.

— Parece que sim. Creio que foi assim que ele conseguiu provar sua lealdade.

— Ele só é leal a si mesmo.

— Sem dúvida. — Quinn cortou um pedaço de carne, levou-o à boca e o mastigou cheio de raiva.

— Então essa é a má notícia. Qual é a boa?

— Consegui garantir uma promessa de perdão para todos nós, inclusive para você.

— Como isso é possível se eles também estão à sua caça?

— Leroux era valioso para o agente-geral, o suficiente para que a captura de seu assassino seja uma preocupação maior que a derrota completa dos espiões ingleses. Obtive permissão para partir com a promessa de que retornaria com o assassino, quem quer que fosse. Para garantir meu retorno, eles prenderam os outros a quem Cartland traiu.

— Por Deus... Então devemos trabalhar o mais rápido possível. — Colin afirmou, endireitando o corpo.

— Sim. — Quinn disse, e, depois, terminou de beber sua cerveja. — E há condições que complicam a situação. Em primeiro lugar, devemos convencer lorde Eddington a libertar um espião francês que ele mantém em cativeiro. Em seguida, devemos convencer um membro do grupo de Cartland, um homem chamado Depardue, a testemunhar que Cartland confessou o crime.

A primeira condição parecia improvável de ser resolvida, e a segunda, extremamente difícil, mas Colin agarraria com satisfação as oportunidades que lhe eram oferecidas.

Eu quero conhecê-lo, Amélia dissera. Se ao menos ele tivesse a chance de tornar isso realidade.

— Você parece bastante satisfeito com isso. Não é muito. — Quinn afirmou, entre uma mordida e outra.

— Eu vi Amélia. — Colin confessou.

Quinn ficou paralisado com um garfo cheio de comida erguido a meio caminho da boca. — E?

— É complicado, mas promissor.

Depois de deixar de lado os talheres, Quinn fez um gesto para pedir mais cerveja. — Como ela reagiu ao fato de você ter ressurgido do túmulo?

Colin sorriu com melancolia e descreveu os acontecimentos.

— Uma máscara? — Quinn perguntou quando Colin terminou de falar. — Dentre todos os disfarces que você é capaz de criar, escolheu justamente uma máscara?

— Era o disfarce que melhor se adequava ao baile de máscaras. Depois, ela viu Jacques usá-la e isso a levou até ele. Pareceu adequado também utilizá-la uma terceira vez diante daquelas circunstâncias.

— Ela é mais parecida com a irmã do que eu pensava. — Quinn afirmou, dando um leve sorriso que sempre dava quando se referia à Maria. — No entanto, não consigo perceber como a situação pode ser promissora. Amélia não tem a menor ideia de quem você é.

— Esse é um pequeno problema. — Colin concordou.

— Pequeno? Meu amigo, você é o mestre do eufemismo. Confie em mim, ela não vai aceitar bem a notícia. Vai entendê-la como falta de afeto. Quando descobrir que você não foi casto e nem se consumiu por ela todo esse tempo, terá provas de que você não a ama.

Colin deixou escapar um suspiro e caiu para trás na cadeira. — Esse foi o seu plano! Você disse que eu deveria virar um homem de posses para fazê-la feliz.

— E também para fazê-lo feliz. Você sempre duvidaria de seu valor caso se aproximasse dela como um subalterno. — Quinn sorriu para a jovem garçonete que lhe trouxe uma nova cerveja, depois se recostou novamente na cadeira e analisou Colin por algum tempo. — Ouvi dizer que ela está noiva do conde Ware.

— Ainda não.

— Ela pode se tornar marquesa, apesar dos escândalos do pai e da reputação da irmã. Uma senhora realização.

Passando os olhos pelo recinto, o olhar de Colin parou por um instante em cada cliente, em avaliação. — Sim, mas ela não o ama. Ela ainda me ama. Ou melhor, ama o rapaz que eu era.

Uma moça loira muito bonita adentrou o recinto descendo a escada que levava aos quartos do andar superior. Vestida de roxo-escuro e usando uma fita preta com um camafeu no pescoço, ela pareceu uma boneca para Colin. Os traços delicados e a compleição delgada dela despertavam instintos de proteção, enquanto que os olhos lânguidos e a boca vermelha e carnuda inspiravam pensamentos carnais.

Colin fez um ar de espanto quando ela girou a cabeça em sua direção, e os olhares dos dois se encontraram. O sorriso dela o deixou ainda mais confuso, e ele observou a aproximação dela com bastante curiosidade, pondo-se de pé quando ela parou atrás de Quinn.

Ela pousou as mãos nos ombros largos do irlandês. — Você deveria ter me dito que estava de volta, *mon amour.* — Ela disse com inconfundível sotaque francês.

O olhar que Quinn lançou para Colin foi intrigante, contendo mais do que irritação. Quinn não se pôs de pé. Pegou a mão da garota, e a puxou até uma cadeira que arrastou para perto de si com o pé. Considerando a paixão de Quinn por mulheres, seu aparente desinteresse por aquela mulher tão bonita foi bastante surpreendente. Bem de perto, ela era um deleite. Os olhos azuis-claros eram emoldurados por cílios castanhos-escuros, longos e espessos, ressaltados por sobrancelhas arqueadas com fineza.

— É ele? — Ela perguntou, observando Colin.

Quinn resmungou.

Ela deu um sorriso largo e revelou dentes perfeitamente brancos. A moça ofereceu a mão e disse: — Sou Lysette Rousseau. Você é o senhor Mitchell, *oui*?

Colin olhou para Quinn, que praguejou e recomeçou a comer. — Talvez. — Ele respondeu com cautela.

— Excelente. Caso seja necessário matá-lo, será bem mais fácil agora que registrei sua aparência.

— Que diabos você acabou de dizer? — Colin indagou.

— Puta irritante. — Quinn murmurou. — Ele é inocente.

— Todos dizem isso. — Lysette afirmou com doçura.

— Nesse caso é verdade. — Quinn sustentou.

— Todos dizem isso também.

— Me perdoem. — Colin olhou para os dois. — Do que vocês estão falando?

Quinn apontou na direção de Lysette brandindo o garfo. — Ela é parte adicional de minha garantia. Deverá retornar à França com Cartland, com você ou comigo.

— Ou com uma confissão. — Lysette murmurou. — A confissão de qualquer um de vocês será suficiente. Percebem? Não sou tão difícil assim de agradar.

— Cruzes. — Depois de voltar a se sentar, Colin examinou a francesa. — Como você encontra essas mulheres fatais, Quinn?

— Elas me encontram. — Quinn disse, mordendo uma batata.

— Você só enxerga os pontos negativos. — Lysette afirmou, chamando uma garçonete com um gesto de mão. — Somos três nessa mesa, todos procurando pela mesma coisa. Estou aqui para ajudá-los.

Quinn a encarou. — Se você acha que segurar uma espada em cima da minha cabeça é algo agradável, está muito enganada.

Colin não foi tão rápido em descartá-la. — Como você pode ajudar?

— De diversas maneiras. — A loira fez uma breve pausa para pedir uma taça de vinho à garçonete. — Imagine todos os lugares aonde posso ir e vocês não. As pessoas que conversariam comigo, mas não com vocês. Todos os ardis que posso usar por ser uma mulher e que vocês não podem por serem homens. Bem, as possibilidades são infinitas. — Ela ergueu a mão delicada até o camafeu em seu pescoço, e Colin pensou que era quase impossível imaginá-la matando alguém.

— Como sua participação se relaciona com Depardue? — Colin perguntou.

A expressão de Lysette se tornou sombria. — Se ele resolver isso, me poupará o transtorno.

— O agente-geral está decidido a não deixar nada ao acaso. — Quinn explicou. — Depardue vigia Cartland. Lysette me vigia. Eles executam o mesmo serviço. Ela é uma... garantia extra.

Colin torceu o nariz. — Não consigo imaginar que Depardue aprecie a insinuação de que talvez não seja bem-sucedido. — Ele olhou para Lysette, perguntando a si mesmo qual seria o atrativo daquela posição. — Por que você quer fazer isso?

— Tenho os meus motivos. Se aceita um conselho... — Ela encarou Colin seriamente. — Você pode não confiar em mim, exceto por uma coisa: quero que o assassino de Leroux seja levado à justiça.

Com a respiração pesada, Colin tamborilou os dedos sobre a mesa. — Não gosto disso. Enquanto sou caçado por Cartland, temos uma cobra entre nós.

Quinn concordou com um gesto de cabeça.

Aceitando a taça de vinho que pedira pouco antes, Lysette expressou desaprovação. — Prefiro ser Eva à cobra.

— Eva era sedutora. — Quinn retrucou.

Colin engasgou, pois jamais ouvira antes o irlandês dirigir uma palavra indelicada a uma mulher.

— O que você conseguiu fazer até agora? — Lysette perguntou, repudiando a grosseria de Quinn e dirigindo sua atenção para Colin.

— Passo meus dias fugindo de Cartland e de qualquer um que pareça francês, e passo as minhas noites a procurá-lo.

— Este é o plano mais ridículo que já ouvi. — Lysette zombou.

— O que você sugere que eu faça, então? — Colin a desafiou. — Eu não sei de nada.

— Então precisa aprender. — Lysette tomou um gole do vinho tinto e o saboreou. Ela mantinha uma postura ereta e o queixo erguido, marcas de uma boa criação e de uma educação adequada. — Você não pode fazer isso se escondendo, pois é exatamente o que Cartland espera que você faça. Porque vocês não entram em contato com o homem para quem trabalham? Certamente ele possui recursos capazes de ajudá-los a terminar essa história com rapidez.

— Esse não é o objetivo dele. — Quinn sustentou. — Somos responsáveis por administrar nossas tarefas. Se formos pegos, teremos de lidar com as consequências. Acredito que seu acordo seja semelhante.

Por um instante, a expressão de Lysette denotou frustração, mas que logo se dissipou, dando lugar a um sorriso doce e despreocupado.

Colin não conseguia deixar de se surpreender com ela, perguntando a si mesmo qual era o risco representado por Lysette. — Você teria alguma outra sugestão, senhorita? Talvez ache que eu devo procurar Cartland sob a luz clara do dia?

— Você usaria uma máscara? — Quinn perguntou, finalmente deixando seu prato de lado.

— Porque ele usaria uma máscara? — Lysette avaliou Colin com um olhar perscrutador. — Seria um lástima ocultar tamanha beleza. Eu gostaria de vê-la por inteiro.

— Por isso que você não é Eva. — Quinn afirmou, bufando. — Falta-lhe o bom senso de perceber que este homem é comprometido.

— Você pode ficar de olhos vendados. — Lysette se ofereceu a Colin com uma piscadela. — E me chamar pelo nome que preferir.

Colin riu pela primeira vez em dias.

— Tome cuidado com ela. — Quinn advertiu.

— Deixarei essa tarefa para você. Parto para Bristol de manhã. Talvez o passado de Cartland esteja afetando seu presente. Espero descobrir algo que possa me dar alguma vantagem.

— Bem pensado. Lysette e eu ficaremos por aqui buscando informações.

— Não me sinto à vontade em permitir que ele vá sozinho. — Lysette disse, com determinação.

— Você vai se acostumar. — Quinn se recostou na cadeira com a insolência habitual: o corpo inclinado para o lado, o braço jogado para trás do encosto da cadeira, as pernas abertas.

— Por mais bonito que você seja, às vezes acho difícil gostar de você. — Lysette disse para Quinn.

Quinn deu um sorriso malicioso. — Então estamos de acordo. Mitchell procurará em Bristol. Você e eu trabalharemos juntos em Londres.

— Talvez eu deseje acompanhá-lo. — Lysette insistiu.

— Ah, é mesmo? — A satisfação exagerada de Quinn fez Colin rir mais uma vez. — Que encantador. Ao menos para mim, ou até mesmo para Mitchell. Desculpe, companheiro. — Ele deu de ombros e colocou a mão na mesa.

Antes que os dois homens fossem capazes de prever a situação, Lysette, já de pé, perfurava a mesa com precisão com a faca descartada por Quinn, no espaço mínimo existente entre os dedos dele.

Paralisado de susto, Quinn se admirou de quão perto ficou de perder um ou dois dedos. — Maldição.

— Não zombe de mim, nem me subestime, *mon amour*. Não é sábio colocar o meu temperamento em teste. — Lysette afirmou, inclinando o corpo sobre Quinn.

— Obrigado pela oferta amável de sua companhia, mas devo respeitosamente recusá-la. — Colin afirmou apressadamente, levantando-se.

Lysette olhou para ele com os olhos quase fechados.

— Você não confia mesmo em mim — Colin disse —, mas lhe prometo: tenho todos os motivos para limpar o meu nome e nenhum para fugir.

Por um instante, Lysette não se moveu. Em seguida, disse: — A sua mulher está aqui.

Colin ficou calado, mas uma confirmação não era necessária.

— Você não irá longe. Boa sorte. — Lysette desejou a Colin.

Após uma rápida reverência, Colin pôs a mão no bolso e atirou algumas moedas sobre a mesa. — Rezarei por você. — Ele disse a Quinn, apertando o ombro do amigo ao passar por ele.

A resposta de Quinn foi um palavrão furioso.

7.

ERA UMA CASA PEQUENA, PORÉM AGRADÁVEL, situada em uma vizinhança respeitável. Ware era o dono do imóvel há quase três anos e, durante aquele período, o lugar raramente ficou desocupado.

Naquela noite, as janelas do andar inferior estavam escuras, mas a luz de velas cintilava vinda de uma vidraça do segundo andar. Ware enfiou a chave na fechadura da porta principal e adentrou a casa. Dois criados cuidavam da manutenção da casa, um casal de marido e mulher, discretos e confiáveis. Naquela hora, eles já estavam dormindo, e, como Ware não precisava dos serviços deles, não os perturbou.

Ware pendurou o chapéu no cabideiro e depois a capa. Por baixo deles, Ware vestia os trajes que usara em outro evento, numa infinita sucessão de noites passadas em bailes e festas. Porém, aquela noite foi um pouco diferente. Amélia estava diferente. Ele estava diferente. A consciência entre eles mudara. Amélia o via sob uma nova perspectiva, e ele também passou a enxergá-la de outra forma.

Ao subir os degraus até o segundo andar, Ware parou por um instante diante da porta do único aposento iluminado. Tomou fôlego, saboreando o despertar de sua excitação. Em seguida, girou a maçaneta e entrou, encontrando a amante de cabelos escuros e olhos amendoados lendo tranquilamente na cama.

O olhar dela se ergueu para encontrar o de Ware. Ele percebeu a respiração dela acelerar e a boca se entreabrir. Ela fechou o livro com rapidez, e Ware fechou a porta com um chute.

— Milorde. — Jane sussurrou, jogando as cobertas para o lado e revelando uma figura muito atraente. — Tinha esperanças de que você viesse esta noite.

Jane estava cheia de desejo, o que significava que o primeiro ato sexual seria intenso e rápido. Mais tarde, os dois aproveitariam melhor o tempo, mas agora as preliminares não eram necessárias. Uma circunstância que combinava com o estado de espírito de Ware.

Desde quando viu a estonteante viúva pela primeira vez, Ware a desejou. Quando o arranjo anterior que Jane tinha com lorde Riley expirou, Ware se apressou em conquistá-la, antes que algum outro homem conseguisse seduzi-la. Ela se sentiu lisonjeada e, mais tarde, entusiasmada. Eles combinaram bem, e o sexo era prazeroso para ambos.

Ware tirou casaco, e Jane soltou o cinto do robe. Em questão de instantes, ele já estava inteiramente dentro dela: os quadris dela na borda do colchão e os pés dele no chão, enquanto ele penetrava vigorosamente sobre o corpo que se contorcia. A frustração e o desconforto que ele sentia foram esquecidos no turbilhão de prazeres carnais, para alívio de Ware.

No entanto, a trégua não durou muito.

Uma hora depois, ele descansava, deitado de costas, com uma mão atrás da cabeça, a pele encharcada de suor refrescando-se na brisa noturna.

— Foi delicioso. — Jane murmurou, com a voz rouca por causa de seus gritos lascivos. — Você é sempre tão primitivo quando está irritado.

— Irritado? — Ele riu e a puxou para mais perto dele.

— Sim. Eu consigo perceber quando algo lhe incomoda. — A mão dela acariciava o centro do peito dele.

Ware ergueu os olhos e fitou as sancas do teto adornado. Pensou novamente a respeito de como o quarto combinava com ela, com suas cores em tons de rosa e creme e sua mobília dourada. Ele a incentivou a não poupar gastos e pensar somente no próprio conforto, tendo consciência, após ter tido diversas amantes, que o gosto de uma mulher em relação à decoração diz muito a seu respeito. — Devemos conversar sobre fatos desagradáveis?

— Podemos resolver suas frustrações na base da exaustão. — Jane o provocou. — Você sabe que não reclamarei.

Ware afastou da testa dela os fios de cabelo ainda úmidos. — Prefiro essa solução.

— Mas será uma solução apenas temporária. Como mulher, talvez eu seja capaz de ajudá-lo com seu problema, que suspeito ser de natureza feminina.

— Você está me ajudando.

Ofegante, Ware, então, compartilhou seus pensamentos em voz alta, confiando em Jane como amiga e confidente. Ela era uma mulher meiga, uma das mais meigas que ele conhecia. Jane não era do tipo que procurava magoar ou tirar vantagem.

— Você percebe que um homem da minha posição social raramente é visto como homem? — Ware perguntou. — Sou terras, dinheiro e prestígio, mas raramente mais do que isso.

Jane o ouvia em silêncio, mas atentamente.

— Passei minha juventude em Lincolnshire, sendo criado para pensar em mim mesmo somente como Ware e nunca como uma pessoa. Eu não tinha nenhum interesse além de meus deveres, nenhum objetivo além de meu título. Fui tão bem educado que nunca passou pela minha cabeça querer algo apenas para mim mesmo, algo que não tivesse nada a ver com o título de marquês.

— Parece uma maneira muito solitária de se viver.

Ware colocou outro travesseiro sob a cabeça. — Eu não tinha ideia de que havia outra maneira.

Quando ele permaneceu calado, Jane perguntou: — Até que...?

— Até que um dia cruzei a divisa de nossa propriedade e encontrei um garoto que se preparava para pescar em meu riacho.

Sorrindo, Jane livrou-se dos braços dele, saiu da cama, vestiu o robe, foi até a cômoda e pegou uma bebida. — Quem era o garoto?

— Um criado da propriedade vizinha. Ele estava à espera da mocinha para cujo pai ele trabalhava. Eles tinham um tipo de amizade que me intrigava.

— Assim como a mocinha. — Jane aqueceu o conhaque como uma profissional, girando o copo sobre a chama de uma vela.

— Sim. — Ware concordou. — Ela era jovem, ousada e livre. A senhorita Benbridge me mostrou como o mundo era diferente através dos olhos de alguém que não sofria diante das expectativas de ninguém. Ela também era totalmente indiferente ao meu título e me tratava do mesmo jeito que tratava o garoto, com uma alegre afeição.

Jane se sentou na ponta da cama e deu um gole de conhaque; em seguida, passou a taça para ele. — Acho que eu gostaria dela.

— Sim. — Ware sorriu. — Acho que ela também gostaria de você.

Elas não se conheciam, é claro, mas aquela não era a questão.

— Eu o admiro por se casar com ela, — Jane afirmou — apesar dos erros do pai dela.

— Como poderia não me casar com ela? Foi ela quem me ensinou que eu tinha valor por mim mesmo. A minha altivez aristocrata agora está abrandada por minha altivez pessoal.

Sorrindo, Jane cruzou as pernas. — Que sorte para o resto de nós.

Ware passou a mão pelos cabelos soltos. — Nunca vou me esquecer da tarde em que ela disse, com bastante inocência, que eu era bonito como o diabo e que era por isso que, às vezes, ela parava de falar no meio das frases. Ninguém jamais havia me dito algo assim. Duvido que alguém tenha se sentido da mesma maneira. Quando gaguejavam, era de intimidação, e não de admiração.

— Eu lhe digo que você é atraente, milorde. — Jane afirmou, com um brilho no olhar que era a prova de suas palavras. — Existem poucos homens tão bonitos quanto você.

— Talvez seja verdade. Eu não me comparo a outros homens, então não tenho como saber. — Ele bebeu o conhaque em grandes goles. — Mas acredito que a minha atratividade tem mais peso quando acredito em mim mesmo.

— A autoconfiança é um atrativo poderoso. — Jane concordou.

— Como Amélia não tinha nenhuma expectativa a meu respeito, pude ser eu mesmo. Pela primeira vez na vida, falava sem levar em consideração as limitações de minha posição social. Eu praticava o galanteio com ela e dizia coisas em voz alta que jamais havia sequer me permitido considerar. Acho que me tornei quem sou ao conhecê-la.

Enquanto percorria a coxa nua dele com os dedos, Jane perguntou: — Você acha que está em dívida com ela?

— Em parte, mas nosso relacionamento nunca foi unilateral. Juntos, praticamos as boas maneiras e a conversação. Eu já tinha experiência nessas coisas, enquanto ela era mais resguardada.

— Você a refinou.

— Sim. Ambos saímos ganhando.

— E agora ela lhe pertence, pois você ajudou a moldá-la.

— Eu... — Ware fez uma pausa. Será que era a partir daquilo que vinha aquele sentimento de desprazer? Será que, para Amélia, ele simplesmente parecia ser seu proprietário? — Não tenho certeza de que seja por isso. Ela já se apaixonou uma vez – ao menos é o que ela diz – e ainda deseja aquele homem. Mas não guardo rancor. Eu aceito.

— Talvez "apreciar" seja uma palavra mais adequada? — Jane disse, dando um sorriso bondoso. — Afinal, ela não é capaz de sufocar você com sentimentos elevados se os mesmos estão envolvidos em outras situações.

Ware bebeu o restante do conhaque e, em seguida, passou o cálice para ela numa demanda silenciosa por mais bebida. — Se for verdade, porque me sinto tão irritado com o fascínio dela por outro homem?

Quando Jane pegou o cálice, fez um ar de espanto. — Irritado? Ou com ciúmes?

Ware riu. — Um pouco dos dois? Talvez minha sensibilidade masculina se sinta irritada por ela nunca ter tido tamanho interesse em mim. Não posso afirmar com certeza. Só sei que volto a me questionar. Fico me perguntando se a minha decisão de lhe dar tempo e espaço para se recuperar foi um erro de julgamento.

Jane parou no meio do caminho até a cômoda. — Quem é este outro homem?

Ware explicou.

— Entendo. — Ela encheu o cálice, aqueceu o conhaque e entregou para ele. — Sabe, eu gostava demais de meu último marido.

Ao concordar com um gesto de cabeça, Ware deu um tapinha no espaço vazio ao lado dele. Jane se arrastou de volta para o lado dele e deixou as pernas ágeis à vista dele. — Mas eu estava tentada a me casar com outro homem, a quem não amava.

— Você está brincando. — Ware disse, num tom zombeteiro. — Não há nada que as mulheres queiram mais que devoção e promessas de amor eterno.

— Mas nós também somos pragmáticas. Se você oferecer à senhorita Benbridge todas as coisas práticas que ela almeja e que este outro homem não poderá propiciar, ela ficará mais tentada a preferir você.

— Enfatizei que o título estrangeiro dele exigiria que ela deixasse a irmã para trás.

— Verbalmente, você o fez, sim. Agora torne tudo mais difícil para ela, demonstrando na prática. Leve-a para ver suas propriedades, compre uma casa perto da irmã dela... Coisas desse tipo. Depois, leve em consideração o apreço dela por romance e mistério. Jogue com isso também. Você pode seduzi-la facilmente. Você tem essas habilidades, e ela é suscetível. Flores, presentes, beijos roubados. O seu adversário trabalha nas sombras. Você não tem esta limitação.

— Huumm...

— Pode ser divertido para vocês dois. Uma chance de aprenderem mais a respeito um do outro do que sabem agora.

Ware estendeu a mão e entrelaçou seus dedos com os dela. — Você é muito esperta.

— Sou uma mulher. — Jane afirmou, abrindo um sorriso cativante.

— Sim, estou sempre ciente desse fato. — Estendendo a mão para o lado, Ware deixou o cálice no criado-mudo e puxou Jane para si. Ele a beijou e, depois, puxou o robe para o lado para mordiscar um bico do seio dela.

— Ah, que delícia. — Jane disse com suspiros.

Ao erguer a cabeça, Ware sorriu. — Obrigado pela ajuda.

— Os meus motivos não são inteiramente altruístas, você sabe. Talvez você se sinta ainda mais irritado durante as tentativas de cortejar a senhorita Benbridge. Adoro quando você está mais descontrolado.

— Garota atrevida. — Ware afirmou, imitando um rosnado, e o levando a passar o resto do tempo até o amanhecer bancando o amante primitivo, para deleite do casal.

Aflita, Amélia deu uma espiada perto da casa. Ela procurou Colin no pátio da cocheira, dando um suspiro de alívio quando descobriu que a área estava vazia. Vozes masculinas eram trazidas pelo vento, e risadas e cantos transbordavam das cocheiras. Dessa maneira, Amélia concluiu que Colin estava trabalhando duro com o tio, o que significava que ela poderia deixar a mansão sem problemas e seguir para o bosque.

Ela estava se tornando muito boa em escapulir com o uso de subterfúgios, Amélia pensou, enquanto se movia com habilidade entre as árvores, ocultando-se dos guardas que surgiam de vez em quando no caminho rumo à cerca. Duas semanas tinham se passado desde aquela fatídica tarde em que flagrou Colin com outra garota atrás da loja. Desde então, Amélia o evitara, e se recusou a falar com ele quando Colin pediu ao cozinheiro para ir buscá-la.

Talvez fosse tolice ter a esperança de nunca mais vê-lo, pois a vida deles era bastante entrelaçada. Naquele caso, ela fazia o papel de boba. Não havia uma hora do dia que ela passasse sem pensar nele, mas Amélia conseguia lidar com sua mágoa contanto que ele ficasse longe dela. Ela não via motivos para que eles se encontrassem, conversassem ou se correspondessem. Ela só viajava de carruagem quando se deslocava a outra casa e, ainda assim, poderia tratar somente com o cocheiro, Pietro.

Ao notar a tão esperada oportunidade, Amélia saltou por cima da cerca e correu até o riacho, onde encontrou Ware sem casaco nem peruca, com as mangas da camisa puxadas para cima. O jovem conde havia se bronzeado um pouco nas últimas semanas, deixando de lado a vida dedicada aos estudos, em favor dos passatempos ao ar livre. Com os cabelos castanhos amarrados em um rabicho, ele estava bastante bonito, com os traços aquilinos que ostentavam séculos de puro sangue azul.

Ware não fazia o coração dela disparar como Colin, mas ele era educado, encantador e atraente. Para Amélia, era uma combinação suficiente de qualidades para torná-lo digno de ser o homem que receberia o primeiro beijo dela. A senhorita Pool a alertava para aguardar até o jovem certo aparecer em sua vida, mas Colin já surgira e escolhera outra mulher em vez dela.

— Boa tarde, senhorita Benbridge. — O conde a saudou com uma reverência perfeita.

— Milorde. — Ela respondeu, enquanto erguia as pontas do vestido em tons de rosa antes de também fazer uma reverência.

— Hoje tenho um presente para você.

— Ah, é? — Os olhos dela se arregalaram de ansiedade. Amélia adorava presentes e surpresas, pois raramente os recebia. O pai dela não se preocupava em levar em consideração coisas como aniversários ou outras ocasiões em que se davam presentes.

O sorriso de Ware era generoso. — Sim, princesa. — Ele ofereceu o braço para ela. — Venha comigo.

Amélia pousou os dedos de leve acima do cotovelo dele e aproveitou a oportunidade para praticar a etiqueta social com alguém. O conde era amável e paciente, apontava os erros dela e a corrigia. Esses ensinamentos a refinaram ainda mais e a deixaram mais confiante. Ela não se sentia mais como uma garota que fingia ser uma dama. Em vez disso, sentia-se uma dama que decidiu aproveitar a juventude.

Juntos eles deixaram o ponto de encontro no rio e seguiram o caminho ao longo da margem até chegarem a uma clareira. Ali, Amélia ficou encantada ao encontrar uma toalha esticada no chão, com o canto preso por uma cesta cheia de doces de aroma delicioso e diversos frios e queijos.

— Como você arranjou isto? — Amélia sussurrou, repleta de satisfação diante da atenção dele.

— Querida Amélia. — Ware falou lentamente, com os olhos brilhando. — Você sabe quem sou agora e quem eu serei. Consigo arranjar qualquer coisa.

Amélia conhecia os princípios da nobreza e percebia o poder exercido pelo seu pai, um visconde. Em quantas vezes era maior a magnitude do poder exercido por Ware, em cujo futuro estava um marquesado?

— Venha. — Ware pediu. — Sente-se, come um pedaço de torta de pêssego e me conte sobre o seu dia.

— A minha vida é muita chata. — Amélia afirmou, sentando-se no chão com um suspiro.

— Então me conte uma história. Certamente você sonha acordada com alguma coisa.

Amélia sonhava com beijos apaixonados de um amante cigano de olhos escuros, mas jamais faria tal confissão em voz alta. Amélia ficou de joelhos e vasculhou a cesta para esconder o rubor. — Não tenho imaginação. — Ela murmurou.

— Muito bem, então. — Ware deitou de costas e cruzou as mãos na nuca para contemplar o céu. Ele parecia mais à vontade do que ela jamais vira. Apesar do traje a rigor que ele usava – incluindo meias brancas imaculadas e sapatos engraxados –, ali estava uma pessoa muito mais relaxada do que ela conhecera duas semanas antes. Amélia concluiu que gostava mais do novo conde e sentiu certa satisfação por ter estimulado o que considerava ser uma mudança positiva nele.

— Parece que terei de entretê-la com uma história. — Ware disse.

— Que adorável. — Amélia voltou a se sentar e deu uma mordida na torta.

— Era uma vez...

Amélia observou a boca de Ware se mover conforme falava e imaginou como seria beijá-la. Uma sensação de tristeza, que agora lhe era familiar, tomou conta dela, consequência de ter abandonado suas queridas ideias românticas e abraçado outras, novas e desconhecidas, mas tal sensação perdia intensidade quando ela pensava em Colin e no que ele havia feito. Ele certamente não sentia nenhuma tristeza em abandoná-la.

— Você me beijaria? — Amélia disse sem pensar, a ponta dos dedos removendo as migalhas de torta do canto da boca.

O conde parou no meio de uma frase e virou a cabeça para encará-la. Os olhos dele estavam arregalados de surpresa, mas Ware pareceu mais intrigado do que assombrado. — Como disse? Eu a ouvi direito?

— Você já beijou uma garota antes? — Amélia perguntou, curiosa. Ele era dois anos mais velho do que ela, apenas um ano mais novo do que Colin. Era bem possível que já tivesse passado pela experiência.

Colin tinha um desassossego impaciente e obscuro que era sedutor até para os sentidos ingênuos dela. Ware, por outro lado, era bem mais calmo, e seus atrativos eram decorrentes de sua autoridade inata e do conforto de saber que o mundo era dele. Ainda assim, apesar da enorme estima que guardava por Colin, Amélia conseguia enxergar o apelo do charme indolente de Ware.

Ware fez um ar de espanto. — Um cavalheiro não fala dessas coisas.

— Que maravilha! De alguma forma, eu sabia que você seria discreto. — Amélia sorriu.

— Repita a pergunta mais uma vez. — Ware murmurou, enquanto a observava atentamente.

— Você me beijaria?

— É uma pergunta hipotética ou um pedido?

Subitamente tímida e insegura, Amélia desviou o olhar.

— Amélia. — Ware disse baixinho, trazendo o olhar dela de volta ao encontro do dele. Havia uma grande gentileza em seus belos traços aristocratas, e ela era grata por isso. Ele se aproximou dela.

— Não é uma pergunta hipotética. — Amélia sussurrou.

— Porque você quer ser beijada?

Amélia deu de ombros. — Porque sim.

— Entendo. — A boca se contraiu por um instante. — Será que Benny serviria? Ou um lacaio?

— Não!

O sorriso dele fez o coração dela palpitar. Não foi uma palpitação como a causada pelas covinhas de Colin, mas certamente era o anúncio de que ela via o novo amigo de forma diferente.

— Não a beijarei hoje. — Ware informou. — Quero que você pense mais a este respeito. Se você se sentir da mesma forma da próxima vez em que nos encontrarmos, então a beijarei.

Amélia torceu o nariz. — Se você não tem vontade de me beijar, basta ser sincero.

— Ah, minha impetuosa princesa. — Ware a tranquilizou, com a mão segurando a dela e o dedão acariciando as suas costas. — Você tira conclusões precipitadas em um pulo, do mesmo jeito que se mete em confusão: com ambos os pés. Eu vou segurá-la, linda Amélia. Não vejo a hora de segurá-la.

— Ah! — Amélia murmurou, piscando diante do tom sugestivo das palavras dele.

— Ah! — Ware concordou.

Amélia acordou com as batidas na porta do quarto. Ela estava deitada enrodilhada, com os olhos fechados e a mente enevoada e sonolenta, rezando para conseguir voltar a dormir e tornar a ter aqueles sonhos vívidos. Sonhos que a lembraram da ligação que ela tinha com Ware, e de quão precioso aquele vínculo era para ela.

No entanto, as batidas se repetiram de maneira mais insistente. A dura realidade se intrometeu, e ela lamentou a perda das reminiscências noturnas.

— *Amélia?*

Maria. A única pessoa na casa a quem ela não conseguia ignorar.

Gritando com uma voz rouca de sono, Amélia se esforçou para se sentar e observou quando a porta se abriu e a irmã apareceu em seu campo de visão.

— Olá, boneca. — Maria disse, ao deslizar na direção dela com uma elegância que há muito lhe despertava inveja. — Desculpe-me por acordá-la, mas a manhã já está quase no fim, o que significa que a esperei. Infelizmente, o limite da minha paciência provavelmente não é tão grande quanto você gostaria.

— Eu gosto demais de como esse vestido cai em você. — Amélia retrucou, admirando a musselina cor de creme e seu encanto junto à pele morena de Maria.

— Obrigada. — Maria se sentou na poltrona próxima à janela. — A sua noite foi boa?

Imagens de Ware, elegante em traje de gala, assomaram a mente de Amélia. A noite anterior fora mais uma em uma sequência interminável de noites passadas em festas e bailes. No entanto, o evento da noite passada foi ligeiramente diferente. Ela estava diferente. Ware estava diferente. A percepção entre eles mudara e, instintivamente, ela sabia que nunca mais seria a mesma.

Ware estava pressionando, fazendo manobras hábeis, forçando-a a enxergar a situação deles de maneira fria e factual. Após uma infância repleta de falsidades e fugas, normalmente Amélia era grata pela franqueza dele. Naquele caso, porém, só servia para aumentar os sentimentos de culpa e confusão dela.

— Foi uma noite adorável. — Amélia respondeu.

— Hmm...— O tom foi claramente cético. — Você tem estado melancólica nos últimos tempos.

— E você está aqui para conversar a esse respeito.

— Lorde Ware quase a beijou no terraço ontem à tarde e, no entanto, à noite você não parecia mais ansiosa do que o normal para vê-lo. Como eu poderia não perguntar a respeito?

Ao fechar os olhos, a cabeça de Amélia desabou de volta no travesseiro.

— Se você compartilhasse comigo seus fardos — Maria argumentou—, talvez eu pudesse ajudar. Eu gostaria de ajudar.

Ao abrir os olhos, Amélia ergueu o olhar e contemplou o forro de cetim do dossel e se lembrou dos tempos de outrora. O quarto era decorado em tons de azul, do claro ao escuro, exatamente como o seu quarto da infância. Ela fez a escolha conscientemente, uma declaração da sua decisão de retomar o relacionamento com a irmã de onde ele foi brutalmente interrompido. O pai roubou anos delas, mas, naquele quarto, era como se ela os recuperasse.

— Não há nada a fazer para me ajudar, Maria. Não há nada para consertar ou alterar.

— E quanto ao seu admirador mascarado?

— Não o verei novamente.

Houve uma pausa significativa e, depois, Maria disse: — A última vez em que você falou dele não havia este tom definitivo em sua voz. Você o viu uma segunda vez, não é? Ele a procurou.

Amélia se virou para encontrar o olhar da irmã. — Eu o atraí, e ele ficou com raiva de mim por causa disso. Ele pretende sair de Londres para manter distância e me impedir de reencontrá-lo.

— Ele demonstra se importar com você e com sua reputação e, no entanto, isso a deixa aborrecida. — Os olhos negros de Maria se encheram de confusão. — Por quê?

— Porque não quero que ele vá embora! Quero conhecê-lo e me dói muito não poder ter esta chance. Estou deixando você e Ware aflitos, mas não consigo deixar de lado o meu fascínio, nem ignorar o quão cansada estou de ser deixada para trás. Já passei o suficiente por isso com meu pai.

— Amélia. — Maria estendeu a mão para ela. — O que esse homem tem que lhe encantou tanto? Ele é atraente? Não... Não fique com raiva. Eu só quero entender.

Amélia suspirou. A falta de sono e a incapacidade de comer estavam cobrando seu preço. Ela não conseguia lutar contra o sentimento de que Montoya estava escapulindo, que cada momento em que ela não fazia nada o afastava dela.

— Ele usou a máscara de novo. — Amélia disse, por fim. — Não tenho ideia da aparência dele por baixo dela, mas não me importo. A maneira como Montoya fala comigo, o modo como me toca, o jeito como me beija me emocionam. Há reverência na maneira pela qual ele me trata, Maria. Anseio. Desejo. Não creio que tamanha afeição possa ser fingida. Não do modo como ele a expressa.

Confusa, Maria desviou o olhar e se perdeu em pensamentos. Sua inquietação era evidente. — Como ele pode sentir essas coisas por você após um conhecimento de poucos momentos?

— Ele diz que eu o lembro de um amor perdido, mas, na verdade, sinto que ele me quer por quem eu sou. — Os dedos de Amélia tiraram a ponta do lençol do lugar. — A princípio, ele se aproximou de mim por causa dela, mas, quando voltou, foi por minha causa.

— Como você pode ter tanta certeza?

— Não tenho certeza de nada e, agora, acho que nunca terei.

— Por que ele está de partida? — A voz de Maria ficou mais suave. — Ele disse por que ou para onde pretendia viajar?

— Ele diz estar em perigo. Um perigo mortal.

— Da parte de St. John? Ou de outra pessoa?

Amélia deu um soco na colcha. — Ele não tem nada a ver com o seu marido. Ele me disse isso e acredito nele.

— Sei que você está atormentada, mas não descarregue sua frustração em mim. Eu quero ajudá-la.

— Como? — Amélia desafiou. — Você me ajudará a encontrá-lo?

— Sim.

Paralisada e sem conseguir acreditar, Amélia encarou a irmã — De verdade?

— É claro. — Maria colocou os ombros para trás, em um sinal claro de determinação. — Os homens de St. John estão à procura dele, mas temos uma vantagem. Você é a única pessoa que conseguiu chegar perto desse homem.

Amélia ficou muda por um instante. Ela não esperava que alguém defendesse o desejo dela de ir atrás de Montoya, e não poderia ter escolhido alguém melhor para ajudá-la do que Maria, que não tinha medo de nada e que sabia muito bem como encontrar coisas que não queriam ser encontradas. — Ware também está atrás dele.

— Pobre conde Montoya. — Maria afirmou, sentando-se na beira da cama ao lado de Amélia e pegando as mãos da irmã. — Tenho pena dele. Ele vê uma linda mulher e por causa disso acaba sendo caçado de todos os lados. St. John o procurará como criminoso. Ware o procurará como nobre. Assim, eu e você devemos procurá-lo como mulheres.

— E como faremos isso? — Amélia perguntou, curiosa.

— Fazendo compras, é claro. — Maria sorriu e todo o aposento se iluminou. — Visitaremos todos os fornecedores de máscaras que conseguirmos encontrar para ver se algum deles se recorda do conde. Se ele sempre cobre o rosto, deve comprar uma grande quantidade de máscaras. Caso contrário, talvez tenha sido uma compra recente, e ele tenha deixado uma impressão indelével. Não é muito, mas é um começo. Teremos de tomar cuidado, é claro. Se ele está em perigo, achá-lo atrairá esse perigo para nós. Você precisa confiar em mim e me escutar sem restrições. Combinado?

— Sim. — Com certo tremor, as mãos de Amélia apertaram as da irmã. — Obrigada, Maria. Muito obrigada.

Maria a trouxe mais para perto e beijou a testa dela. — Estarei sempre aqui para lhe ajudar, boneca. Sempre.

A serena declaração deu forças a Amélia, que se agarrou a mesma quando saiu da cama e começou a se preparar para o dia que tinha à frente.

8.

OS PEDESTRES, AS CARROÇAS E AS CARRUAGENS se moviam sem pressa pela rua. O dia estava ensolarado, e a temperatura era agradável, com o ar limpo pela breve chuva matinal. Colin, porém, estava longe de se sentir relaxado. Naquele dia, algo o incomodava.

— Você não devia se preocupar tanto. — Jacques disse. — Ela ficará bem. Ninguém ligou você ao seu passado ou à senhorita Benbridge.

Colin sorriu de maneira melancólica. — Sou assim tão transparente?

— *Oui*. Em seus momentos de descuido.

Contemplando a vista pela janela da carruagem, Colin reparou nas inúmeras pessoas andando para lá e para cá, cuidando de suas rotinas diárias. Da parte dele, seu objetivo naquela tarde era deixar a cidade. Naquele momento, sua carruagem seguia na direção da estrada que os levaria a Bristol. Os baús estavam carregados, e a conta do aluguel estava paga.

Colin continuava confuso.

O sentimento de que estava deixando o coração dele para trás era pior do que antes. A própria mortalidade era algo que ele começava a sentir de forma mais aguda a cada dia. A vida era finita, e a ideia de que a dele seria passada sem Amélia do lado era dolorosa demais para suportar.

— Nunca dividi uma carruagem com ela. — Colin afirmou, com os dedos enluvados envolvendo o peitoril da janela. — Nunca me sentei numa mesa com ela para dividir uma refeição. Tudo o que fiz nestes últimos anos foi ir atrás de uma posição social superior, que me proporcionaria o privilégio de aproveitar todas as facetas da vida dela.

Jacques o observou por debaixo da aba do chapéu. Ele estava acomodado no assento oposto, com o corpo compacto muito relaxado, mas, ainda assim, cheio de energia.

— Logo após a morte de meus pais — Colin murmurou —, meu tio aceitou o cargo de cocheiro de lorde Welton. O salário era muito baixo, mas meu tio achou que proporcionaria uma vida mais estável que a vida cigana. Assim, deixamos o acampamento. Ele era um solteirão antes de minha chegada, mas levou muito a sério a responsabilidade de tomar conta de mim.

— Então é dai que vem seu senso de honra. — O francês disse.

Colin sorriu um pouco. — Fiquei triste com a mudança. Aos dez anos de idade, senti muito a perda de meus amigos, sobretudo tão pouco tempo depois da perda de meu pai e de minha mãe. Tinha certeza de que minha vida acabara e que seria infeliz para sempre. E, então, eu a vi.

Em sua imaginação, Colin se lembrava daquele dia como se fosse ontem. — Ela tinha apenas sete anos de idade, mas fiquei admirado. Com aqueles cachos escuros, a pele de porcelana e os olhos verdes, ela parecia uma boneca. Linda. Em seguida, ela estendeu a mão suja para mim, sorriu um sorriso onde faltava um dente e me chamou para brincar.

— *Enchanté.* — Jacques murmurou.

— Sim, ela era. Amélia era várias companheiras em uma só: aventureira, desafiadora e engenhosa. Eu corria para executar minhas tarefas, para poder ficar com ela. — Com um suspiro, Colin encostou a cabeça no assento e fechou os olhos. — Lembro-me do dia em que atuei pela primeira vez como segundo cocheiro da carruagem. Senti-me tão maduro e orgulhoso de minha conquista. Ela estava feliz por mim, com os olhos brilhantes e cheios de alegria. Então, percebi que, enquanto ela estava do lado de dentro, eu ficava do lado de fora, e que jamais teríamos permissão de nos sentar juntos.

— Você mudou muito desde então, *mon ami*. Agora, essa divisão não existe mais.

— Há, sim, uma divisão. — Colin sustentou. — Mas não é mais uma divisão financeira.

— Quando você percebeu que a amava?

— Eu a amei desde o princípio. O sentimento só cresceu e amadureceu, assim como nós.

Colin nunca se esqueceu da tarde em que eles brincavam no riacho, como sempre faziam. Ele trajava calças curtas, e Amélia estava só de camisola. Ela tinha acabado de completar quinze anos, e ele, dezoito. Ele caminhou aos tropeços ao longo da margem cheia de cascalho, na tentativa de capturar um sapo em fuga quando finalmente caiu no chão. A deliciosa risada dela o fez virar a cabeça, e a visão que teve de Amélia mudou sua vida para sempre. Banhada pela luz do sol e completamente molhada, com seus belos traços transformados pela alegria, ela parecia uma ninfa das águas. Atraente. Inocentemente sedutora.

Colin perdeu o fôlego. Desejos ardentes tomaram conta dele. Sua boca ficou seca. O membro – que se tornara um tormento doloroso e exigente à medida que ele amadurecia – pulsava com uma pressão agonizante. Ele não era nenhum garoto inocente, mas a ânsia física que aplacara antes não era nada em comparação com a que sentia ante a visão do corpo seminu de Amélia.

De alguma forma... Em algum momento, Amélia crescera e se tornara uma jovem mulher. E Colin a desejou. Desejou como nunca desejara algo antes na vida. Bem no fundo, sentia um enorme vazio e sabia que ela poderia preenchê-lo. Torná-lo inteiro. Completá-lo. Ela era tudo para ele quando menino. Ele sabia, portanto, que ela seria tudo para ele como homem.

Mais tarde naquela noite, Pietro notou a angústia do rapaz e o questionou. Ao contar para o tio a sua descoberta, Pietro reagiu com uma ferocidade desconhecida.

— Fique longe dela. — Pietro disse em voz alta, com os olhos negros fuzilando. — Eu deveria ter posto um fim na amizade de vocês há muito tempo atrás.

— Não! — Colin ficou horrorizado diante da ideia, pois não conseguia imaginar a vida sem Amélia.

Pietro bateu o punho na mesa e se aproximou dele.

— Ela está muito acima de você. Além de seu alcance. Você vai nos custar nosso meio de vida!

— Eu a amo! — Assim que as palavras saíram da sua boca, Colin soube que eram verdadeiras.

Enfezado, Pietro tirou Colin do alojamento nas cocheiras e o levou até o vilarejo. Ao chegarem lá, o tio jogou o sobrinho nos braços de uma prostituta, que se deleitou em exauri-lo e saciá-lo. Mulher madura, ela era bem diferente das garotas com pouca experiência com quem ele já havia flertado. Colin deixou a cama dela com os músculos doloridos e a necessidade de um longo cochilo.

Horas depois, quando Colin entrou cambaleante em uma taverna próxima, o tio veio ao seu encontro com um sorriso jovial e um orgulho paternal.

— Agora você tem outra mulher para amar. — Pietro disse, dando tapinhas afetuosos nas costas do sobrinho.

Colin o corrigiu: — Sim, sou grato a ela. Mas meu único amor é Amélia.

Pietro se sentiu prostrado. No dia seguinte, quando Colin viu Amélia e sentiu o mesmo desejo sensual que experimentara no riacho, soube, por instinto, que o sexo com ela seria diferente. Da mesma forma que ela deixava os dias dele mais luminosos e seu coração mais leve, ele sabia que Amélia tornaria o sexo mais profundo e elaborado. A fome que Colin sentia por aquela ligação era impossível de se escapar, o consumia por dentro e não lhe dava descanso.

Nos meses seguintes, todos os dias, Pietro pedia para o sobrinho esquecê-la. Se ele a amava, o tio dizia, deveria querer o melhor para ela, algo que um cavalariço cigano jamais seria capaz de proporcionar.

Assim, Colin acabou reunindo coragem suficiente para afastá-la, como resultado do amor por ela. Na ocasião, isso o deixou arrasado.

E, agora, estava o arrasando de novo.

A carruagem trepidava e balançava enquanto se movia pelas ruas; cada movimento era um sinal de que Colin se distanciava cada vez mais da pessoa que mais desejava nesse mundo.

— Você vai voltar para ela. — Jacques afirmou. — Não é o fim.

— Até resolvermos esse assunto com Cartland, não posso sequer cogitar tê-la. Há um motivo pelo qual Quinn continuou a usar Cartland mesmo sabendo que ele era incômodo: Cartland é um excelente rastreador. Enquanto ele estiver à minha procura, não tenho futuro.

— Eu acredito no destino, *mon ami*. E o seu não é morrer pelas mãos desse homem. Posso lhe garantir.

Colin concordou com um gesto de cabeça, porém, na verdade, ele não estava tão certo disso.

Os dedos cobertos pelas luvas brancas que estavam agarrados ao peitoril da janela da carruagem pertenciam a Montoya. Amélia tinha certeza disso.

Observando a passagem da carruagem, Amélia aproveitou para dar uma olhada para a janela aberta e reconheceu Jacques. Paralisada de assombro, um arrepio de revelação tomou conta dela e a encheu de esperança. Em seguida, ela notou os diversos baús presos no bagageiro da carruagem.

Montoya estava deixando Londres, como dissera.

Felizmente para ela, mas infelizmente para Montoya, o cocheiro da carruagem escolhera como rota a mesma rua que ela e Maria atravessavam na busca por ele.

— Maria. — Amélia chamou de modo urgente, com receio de desviar o olhar e perdê-lo de vista.

— O que foi? — A irmã dela balbuciou, distraída. — Estou vendo máscaras na vitrine dessa loja.

Antes de Amélia conseguir falar, Maria entrou na loja, com o repique dos sinos presos à porta anunciando sua entrada.

Muitos pedestres se moviam ao redor, embora muitos se mantivessem afastados das irmãs devido à presença de Tim, que era mais alto do que todas as outras pessoas e as protegia com olhos de lince.

— Tim. — Amélia chamou e apontou para a carruagem que se distanciava. — Montoya está naquela carruagem preta. Temos de nos mexer depressa ou o perderemos.

A sensação de que algo precioso lhe escapava através dos dedos causou uma espécie de ansiedade que Amélia nunca experimentara antes. Então, ela levantou um pouco a saia, segurou-a e saiu em disparada.

Uma carruagem de aluguel desembarcava seus passageiros a alguns metros rua acima. Amélia se aproximou dela apressadamente com uma mão erguida em um aceno frenético.

Ao perceber as intenções de Amélia, Tim praguejou baixinho, agarrou-a pelo braço e a puxou à força. Em seguida, gritou para o cocheiro, que já erguia seu chicote — Pare!

O homem virou a cabeça e ficou paralisado ante a visão de Tim. Engolindo em seco, imobilizou o veículo. Quando alcançaram a carruagem, Tim abriu a porta com força e meteu Amélia para dentro. Ele olhou para os dois lacaios que os seguiam. — Voltem com os outros e encontrem a senhora St. John. Contem para ela o que aconteceu.

Sam, um homem ruivo que era empregado de St. John havia anos, deu-lhe um aceno atrapalhado. — Certo. Tenham cuidado.

Tim se atirou para dentro da carruagem. — Não estou gostando disso — ele disse para Amélia, já acomodada no interior.

— Rápido! — Amélia pediu. — Você pode me criticar no caminho.

Tim a olhou fixamente e praguejou mais uma vez; em seguida, aos berros, instruiu o cocheiro.

A carruagem de aluguel entrou em movimento, afastando-se dos pedestres e pegando o trânsito da rua.

Os sinos ainda repicavam quando Maria se deteve bruscamente pouco depois de atravessar a porta da loja.

Um cavalheiro alto e trajado com elegância bloqueou a passagem dela para o interior do recinto. Do lado dele, estava uma adorável loira, com um traje que era a última moda de Paris.

— Simon! — Maria exclamou, boquiaberta ao reconhecê-lo.

Enquanto Simon pegava a mão de Maria e a erguia para beijá-la, era palpável o afeto carinhoso que havia naquela voz. — Você está encantadora, como sempre.

Usando calça amarelo-clara e casaco verde-escuro, Simon estava parado bem próximo de Maria, com seu corpo vigoroso que chamava a atenção de qualquer mulher. Ele exibia as formas de um trabalhador braçal, mas vestia trajes feitos sob medida, dignos de um rei.

— Eu não sabia que você tinha voltado para Londres. — Maria afirmou. — E admito estar mais do que levemente ofendida por você não ter me procurado de imediato.

— Quinn... — Lysette fez um gesto negativo com a cabeça, fazendo que as fitas que a adornavam sacudissem de um lado para o outro. — Parece que seus péssimos modos de lidar com as mulheres são um traço lamentável e recorrente.

— Quieta! — Simon a repreendeu.

Maria expressou certo desagrado, não habituada ao fato de Simon ser rude com mulheres bonitas.

Os sinos da porta repicaram novamente, e, quando Maria tentou sair do caminho, sentiu seu braço ser agarrado. Surpresa, virou-se e deu de cara com Sam, que parecia muito afobado.

— A senhorita Amélia viu a carruagem dele e saiu correndo atrás dela. Tim está com ela, mas... — O lacaio deixou escapar.

— Amélia? — Só então Maria percebeu que a irmã não estava com ela. Ela saiu correndo pela porta da loja e alcançou a rua movimentada.

— Ali. — Sam disse, apontando para a carruagem que se afastava.

— Ela viu Montoya? — Maria perguntou, com apreensão. Depois de erguer um pouco a saia, ela abriu caminho empurrando os pedestres. Simon e a loira a seguiram de perto, e o restante dos homens de St. John se movimentava logo atrás. Eles estavam causando certo tumulto, mas Maria não se importava. Alcançar Amélia era sua única preocupação.

Quando ficou evidente que não havia esperanças de alcançá-la a pé, Maria parou. — Preciso de minha carruagem.

— Eu a enviarei. — Sam afirmou, parado ao lado de Maria.

— Procure St. John e explique a ele tudo o que aconteceu. — A mente dela se antecipava aos fatos, planejando as possibilidades das horas seguintes. — Levarei o restante dos homens comigo. Assim que encontrarmos Amélia, alguém será enviado para informar nossa localização.

Sam fez que sim com a cabeça e partiu para pegar sua montaria.

— O que diabos está acontecendo? — Simon perguntou, exprimindo desagrado por meio de seus olhos azuis e brilhantes. Lysette, por sua vez, parecia apenas vagamente interessada na situação.

— Minha irmã se apaixonou por um desconhecido mascarado, que conheceu em um baile algumas noites atrás, e agora o está perseguindo. — Maria disse, suspirando.

A repentina tensão que se apoderou da expressão de Simon aumentou a ansiedade de Maria. — Estou atormentada com isso desde então. Mas sou incapaz de convencer minha irmã. Tentei argumentar, mas ela parece determinada a encontrá-lo, assim como St. John. Eu me ofereci para ajudar Amélia na busca como forma de controlar ao menos uma parte dessa história toda, mas, ao que parece, ela o viu passar na rua há alguns instantes e agora está atrás dele.

— Meu Deus! —Simon gritou, com os olhos arregalados.

— Ah, isso é encantador! — Lysette afirmou, enquanto seus olhos finalmente exibiam algum sinal de vida.

— Eu irei com você. — Simon disse, gesticulando para seu lacaio, que o aguardava nas proximidades. O rapaz correu para buscar a carruagem de Simon.

— Você não precisa se envolver nisso. — Maria disse, com a respiração mais ofegante. — Você está ocupado agora. Aproveite seu dia.

— Você está angustiada, e talvez eu possa ajudar. Estávamos prestes a deixar a cidade por conta das férias. A senhorita Rousseau não se importará com a mudança de roteiro.

— Não, não mesmo. — A francesa afirmou com um sorriso. — Aliás, eu gostaria de ir junto. Jovens tolos e apaixonados são sempre uma diversão.

Simon resmungou, um som tão irascível que Maria reconsiderou a ideia de impedi-lo de ir com ela, e, em vez disso, ficou em silêncio. Simon fora seu lugar-tenente durante anos, e a ajuda dele seria extremamente valiosa. Qualquer que fosse a situação entre ele e a senhorita Rousseau, a mesma deveria ser resolvida entre os dois. Maria já tinha bastantes problemas para cuidar.

Mais alguns instantes se passaram até o brilho da laca preta e polida da carruagem de St. John anunciar sua chegada. Maria esperava que a distância a ser percorrida não exigisse uma carruagem mais resistente.

A carruagem de Simon estacionou logo atrás e, com uma afobação admirável, todos entraram na perseguição.

Com alívio, Colin saltou da carruagem, sentindo câibras em suas longas pernas depois de muitas horas de viagem entre Londres e a pequena estalagem próxima a Reading. Ele parou no pátio por um instante e inspecionou os arredores sob a luz da lua. Jacques desceu atrás dele, e juntos entraram na estalagem para pernoitar.

O interior escuro estava silencioso. Apenas alguns hóspedes permaneciam no salão principal; o restante já havia se recolhido. Rapidamente, os arranjos necessários foram solucionados, e logo Colin se viu num quarto pequeno e pouco mobiliado, mas limpo e confortável.

Assim que ficou sozinho, a melancolia tomou conta dele como um manto frio e pesado. Ele estava a um dia de viagem de Amélia, e o amanhã traria uma distância ainda maior entre eles. Frustrado com o desenrolar dos acontecimentos, rezou para que uma boa noite de sono lhe oferecesse um breve alívio, mas, após sonhar com Amélia por tantos anos, ele não tinha muitas esperanças.

Colin estava prestes a fechar as cortinas quando a porta do quarto se abriu. Ele agarrou o punho da adaga escondida no casaco e inclinou o torso para se tornar um alvo menor.

— Montoya.

A voz doce e feminina de Amélia o paralisou. Ele esperava ser seguido, mas não por ela. Agora o perigo que o rondava também a perseguia.

— Eu precisava vê-lo. — Ela murmurou. — Sua carruagem passou por mim na rua e não pude permitir que você se fosse.

Somente os anos de treinamento controlaram sua surpresa, impedindo-o de arruinar tudo se ele a encarasse. Em vez disso, Colin fechou as cortinas, reduzindo a fraca luz da lua antes de encará-la. Se ele tivesse sorte, o fogo da lareira manteria o rosto dele nas sombras e diminuiria a possibilidade de reconhecimento.

Com a mente preparada somente para as reações dela a ele, Colin estava completamente vulnerável às próprias reações. A visão dela perto da porta – e próxima da cama – o atingiu como uma explosão, liberando um murmúrio primitivo e possessivo em sua garganta. Amélia se arrepiou com aquele som e sua respiração se acelerou.

Colin cerrou os punhos ao lado do corpo. Será que ela sabia o que provocava nele?

Amélia permanecia parada, orgulhosa e destemida, perto da porta, usando um chapéu decorado com fitas e laços preso num ângulo elegante e um vestido de cetim brilhante e rendas brancas. O corte inocente do vestido a deixava mais jovem, o que provocou em Colin uma ereção tremenda e um desejo ardente de possuí-la. Ele a amava profunda e completamente, com traços persistentes da adoração infantil, mas também a cobiçava até a última gota do sangue cigano que corria em suas veias.

— Diga para mim que você não viajou sozinha. — Colin pediu, odiando imaginar que tamanha beleza estivesse viajando desacompanhada. Amélia era um tesouro que deveria ser protegido e estimado. A ideia de que ela tivesse viajado sem um guarda, involuntariamente em perigo, o assustou.

— Estou sob proteção. — Os olhos dela brilharam na luz fraca, e Amélia perguntou em um sussurro: — Você está bravo comigo?

— Não. — Colin afirmou, com o coração batendo forte.

— A máscara... — Ela deixou escapar. — A maioria dos homens fica especialmente elegante em trajes de noite. Você...

— Amélia...

— ...sempre mexe comigo. Não importa o que está vestindo ou onde estamos.

Colin deu um passo involuntário na direção dela, mas, em seguida, deteve-se. De repente, o quarto ficou muito pequeno e abafado; a necessidade de ambos se despirem era quase irresistível. O desejo que Colin sentia por ela se tornava cada vez mais selvagem, arranhando e mordendo sua vontade de ser saciado.

— Você está feliz em me ver? — Amélia perguntou, em voz baixa.

— Está me matando.

— É o anseio que percebo em você que me atrai. — Amélia se aproximou, e ele ergueu a mão para impedir que ela chegasse perto demais. — Enquanto você me desejar, eu o desejarei em troca.

— Eu teria deixado de desejá-la há muito tempo, se isso fosse possível.

— Você está mentindo.

Incapaz de resistir, Colin sorriu diante da afirmação. Ela continuava audaciosa.

— Você gosta de me desejar. — Amélia afirmou, com uma satisfação puramente feminina.

— Eu apreciaria possuí-la mais. — Colin murmurou.

Quando o olhar dela contemplou a cama, o membro dele alcançou a máxima ereção. A língua de Amélia se pôs a umedecer a boca dela, e um som áspero e nervoso retumbou no peito dele.

— Venha comigo. — Amélia suplicou, com o olhar de novo dirigido a Colin. — Conheça minha família. Minha irmã e o marido dela podem lhe ajudar. Seja o que for que o atormenta, eles podem ajudar a resolver.

Ele deveria dizer não... Deveria evitar trazer qualquer perigo para a vida dela...

Mas a possibilidade de possuí-la naquele momento... Sem esperar mais, sem se esconder mais...

Era de noite, havia uma cama próxima, e eles estavam sozinhos. Sua fantasia mais secreta se tornava realidade.

Colin se aproximou dela. — Há algo que preciso lhe contar e que você terá dificuldade para compreender. Você tem tempo para me ouvir?

Amélia levantou a mão enluvada e a estendeu para ele. — O quanto você precisar.

— E quem a acompanhou?

— Ele está bebendo lá embaixo. — Amélia disse, sorrindo. — Eu menti, veja só. Apontei para outro cliente e disse a ele que suspeitava ser você. Assim, Tim está ocupado em vigiá-lo. Eu fiz perguntas discretamente e o encontrei. Você tem uma aparência única, tão alto e com ombros tão largos. As criadas o notaram quando você chegou.

— E a sua reputação? Uma jovem com maneiras obviamente refinadas fazendo perguntas a respeito de um homem solteiro.

— Assim que descobri onde você estava, descrevi meu alívio pelo fato de encontrar meu irmão, que vestia um traje verde-escuro.

Meu Deus, será verdade? Será que ele conseguiria possuí-la?

Amélia sorria de alegria, com orgulho evidente de sua perspicácia.

— Você enfrentou muitos problemas para me encontrar, senhorita Benbridge.

— Amélia — Ela corrigiu. — Sim, enfrentei.

Colin sorriu. — Então vire ao contrário e fique de frente para a porta.

— Por quê?

— Porque preciso me aproximar de você e não tenho certeza de quanto de meu rosto pode ser visto com essa luz. — Quando Amélia hesitou, Colin disse: — Você veio atrás de mim. Você me quer. Serei seu, em todos os sentidos, mas, em troca, você deve me ouvir sem me questionar. Isso a assusta?

Amélia engoliu em seco e, em seguida, negou com um gesto de cabeça.

— Isso a excita! — Colin murmurou. Uma volúpia poderosa e ardente o intoxicou, acalmando o impulso implacável que o deixou tenso. Ele sempre mostrou o caminho para ela. Naquele momento, também era muito excitante mostrar o caminho para o sexo. — Vire-se.

Obediente, Amélia deu as costas para ele e Colin se aproximou com um andar apressado, livre do receio de um reconhecimento inoportuno. Ele pressionou o corpo contra o dela, sentindo o perfume de madressilva e percorrendo o rosto dela com seus dedos.

O som da porta do quarto sendo fechada firmou o corpo de Colin e desviou seu olhar. A ação de fechar a porta foi simples, mas o excitou como nunca. Amélia queria que Colin a despisse toda e possuísse seu corpo pequeno e gracioso até ele se sentir exausto e subjugado. Embora ele já soubesse, queria que ela dissesse aquilo em voz alta.

— Não há possibilidade de você deixar este quarto tão virgem quanto entrou. — Colin murmurou.

Em resposta, Amélia estendeu a mão e pegou uma cadeira, depois a firmou contra a porta, criando um espaço que lhe permitiu calçar a maçaneta com o encosto da cadeira.

— Você espera ser interrompida? Ou simplesmente quer manter o mundo sob controle?

A ideia de Amélia abandonar o mundo para ficar com ele tirou-lhe o fôlego. Ela havia prometido fazê-lo quando jovem. Será que ela voltaria a se comprometer com essa promessa como mulher?

— Você acha que quero trancar os outros do lado de fora? Talvez eu queira aprisionar você aqui dentro.

Colin jogou a cabeça para trás e deu uma gargalhada, com os braços dele a abraçando apertado. — Ah, querida. Estou tão feliz que você continue tão impetuosa.

— A ameaça de fazer amor não é o suficiente para me conter. — Amélia respondeu.

Não, mas a verdadeira identidade dele poderia contê-la. A ideia era preocupante. Colin respirou fundo. — Amélia, preciso compartilhar meu passado e minha identidade com você antes de continuarmos.

A tensão que se apoderou dela ficou evidente. — Isto mudará a forma como me sinto em relação a você?

— Sim, sem dúvida.

— Não me revele nada então.

— Como disse?

— Nesse momento, sinto que não conseguiria respirar sem você por perto. — A voz de Amélia estava baixa e ardente. — Não desejo sofrer uma desilusão. Não após estes últimos anos, quando nada era vital para mim. Era como se eu caminhasse pela vida usando um véu. Só quando estou com você vejo o mundo em suas diversas cores.

Ao pressionar o rosto contra o dela, Colin sussurrou: — Você deveria dar mais valor à sua virgindade. Não posso possuí-la...

Amélia virou a cabeça e o beijou. A sensação foi vertiginosa e, em seguida, tornou-se uma excitação insuportável. A língua dele acariciou a língua dela, lambendo o sabor inocente e doce que era natural dela. O gosto era viciante. Ele era incapaz de resistir. Quando as pontas desnudas dos dedos de Amélia agarraram o pulso de Colin e levaram a mão dele em direção aos seios dela, ele soube que era impossível lutar contra ela. Colin não podia simplesmente deixar escapar o segredo de quem ele era. A revelação exigia mais tato que aquilo.

— Eu consigo vê-lo com o coração. — Amélia disse, ofegante, beijando-o. — Quero tê-lo enquanto sinto por você o desejo desse momento: selvagem, quente e livre. Isso me torna imprudente e ingênua? Você me acha tola e precipitada?

A cada palavra que saía da boca dela, Colin sentia seu membro ficar cada vez mais duro. Selvagem. Quente. Livre. A combinação exercia um fascínio poderoso num homem cigano. Amélia viveu fora das amarras da sociedade durante tanto tempo que considerava mais fácil ignorar suas restrições do que a maioria das outras mulheres. Ele desconfiava que isso contribuía para a afinidade entre eles. No fundo, os dois estavam desesperados para correr pelos campos, dando risadas, sem nenhuma limitação.

Colin soltou o broche que segurava a mantilha de renda. — Posso cobrir seus olhos? Isto diminuiria seu ardor? — Ele perguntou com a voz grave.

Amélia tentou girar a cabeça e encontrar o olhar dele. Colin a impediu com um beijo. — Não quero que essa revelação ocorra durante o ato. Não quero que nada estrague nossa primeira vez juntos. Esperei muito tempo por isso para que algo estrague tudo.

Ao concordar com um gesto de cabeça, Amélia ficou quieta enquanto ele retorcia a renda e a amarrava ao redor da cabeça dela como uma venda improvisada.

— Como se sente?

— Estranha.

— Não se mexa. — Colin recuou e tirou seu casaco. Ele soltou a gravata e começou a desabotoar os botões de marfim do colete.

— Você está tirando a roupa? — Amélia perguntou.

— Sim.

Colin notou um arrepio percorrer o corpo de Amélia e sorriu. A aparência dela era eroticamente bela, com a boca avolumada e os olhos vendados. Ela era dele, para seu desfrute e deleite. Pietro tentara dissuadi-lo de ficar com Amélia, e sustentou que as inglesas não tinham o fogo necessário para um homem cigano. Colin não acreditou na ocasião e certamente não acreditava agora.

Os graciosos seios de Amélia subiam e desciam de acordo com sua respiração ofegante. Ela estava pronta, um oásis no deserto da vida árida dele.

Depois de se livrar do colete, Colin o colocou no encosto de uma cadeira e retornou para Amélia. — Quero que você me conte seus pensamentos. Diga-me do que gosta e do que não gosta. Eu saberei se mentir. O seu corpo lhe trairá.

— Então por que devo falar?

— Para seu próprio benefício. — Ele acariciou os ombros dela e depois alcançou a fileira de botões de tecido que seguia a linha da sua coluna. — Falar em voz alta a obrigará a pensar minuciosamente no que estou fazendo com você. Vai ancorá-la ao prazer e a esse momento.

— Vai me ancorar a você.

— Sim, isso também. — Ele beijou o pescoço dela. — Se você narrar seus desejos, isso dará poder a você. Talvez você hesite em me tocar ou queira saber o que é permitido ou não. Mas, se você perceber como os sons de seu prazer me dão prazer, saberá que essa é a união de dois amantes com papéis iguais.

— Soa tão íntimo. — Amélia sussurrou.

— Para nós, meu amor, vai ser.

9.

POUCO DEPOIS DAS DEZ DA NOITE, WARE ENTROU no escritório de Cristopher St. John. O execrável pirata caminhava de um lado para o outro, com uma inquietação que o conde jamais presenciara. Sem o casaco e com a gravata torta, St. John tinha uma aparência desgrenhada e ansiosa, o que assustou Ware. Depois de ver que a carruagem de viagem aguardava na entrada da mansão, era evidente que havia nos planos uma jornada de longa duração.

— Milorde. — St. John disse, distraidamente.

— St. John. — Ware foi direto ao ponto principal. — O que houve?

Depois de contornar a escrivaninha, o pirata foi até a mesinha perto dali e observou uma garrafa de licor numa interrogação silenciosa. Ware se sentou em um dos sofás situado perpendicularmente à lareira. Ele estava ali para pegar Amélia para os eventos sociais da noite e não era costume dela deixá-lo esperando. A pontualidade era uma das muitas características que ele admirava nela.

— Não há maneira de relatar os acontecimentos de hoje sem causar algum constrangimento. — St. John começou a falar.

— Não se incomode com isso. Prefiro a franqueza a qualquer outra coisa.

Ao concordar com um gesto de cabeça, St. John se sentou no sofá em frente e afirmou: — A senhora St. John e a senhorita Benbridge foram à cidade hoje. Fui informado que planejavam passar o dia fazendo compras. Depois fiquei sabendo que estavam à procura do mascarado que tanto chamou a atenção de Amélia.

— Entendo. — Ware afirmou, fazendo um ar de espanto.

— Por um acaso do destino, o conde Montoya – se é que esse é realmente o nome dele – foi visto saindo de Londres. A senhorita Benbridge embarcou em uma carruagem de aluguel e saiu na perseguição dele. A minha mulher a seguiu logo depois.

— Maldição.

— Gostaria de tomar aquela bebida agora, milorde?

O conde considerou seriamente a oferta, mas a recusou com um gesto de cabeça. — Eu realizei uma investigação particular a respeito desse homem. Tive esperanças de que *lady* Langston esclareceria algo quanto à identidade dele. No entanto, nenhum convite jamais foi expedido em favor de alguém chamado Montoya.

— Estou confuso. Não consigo entender essa situação. Se o homem pretendia feri-la de alguma forma ou seduzi-la, por que sair de Londres? — St. John disse.

Naquele momento, o ciúme e a possessividade se misturavam com todas as outras emoções sentidas por Ware, mas também havia a resignação. Uma parte dele sempre soube que Amélia adiava o momento de se casar com ele por causa de uma necessidade de... *mais*. Ele não tinha a menor ideia do que faltava a ela, mas, de fato, o relacionamento deles não poderia avançar e ter um final feliz sem que essa carência fosse resolvida.

— Estou surpreso em ainda encontrá-lo em casa. — Disse o conde. — Amélia não é minha esposa e, ainda assim, sinto uma necessidade urgente de ir atrás dela.

— Estou à beira da loucura de tanta vontade de segui-las, mas não faço ideia da direção que tomaram. Estou aguardando informações.

— Me perdoe, não quis ofendê-lo, apenas fiz uma observação. — Ware considerou as opções. — Gostaria de acompanhá-lo, caso você não tenha nenhuma objeção.

St. John fez que sim com a cabeça. — Se você quiser vir junto, venha. Mas seu traje a rigor será um fardo.

Ware se pôs de pé, assim como o pirata. — Trocarei de roupa e arrumarei uma pequena mala. Se você partir antes de meu retorno, deixe um bilhete para que eu possa seguí-lo.

— Com toda certeza, milorde. — St. John ofereceu a ele um sorriso de solidariedade. — Devo me desculpar com você. A sua corte junto à Amélia fez muito bem a ela. A senhora St. John e eu somos muito gratos, assim como a própria Amélia.

— St. John. — Ware sorriu com melancolia. — Neste momento, a questão de meu orgulho é secundária em relação à segurança de Amélia.

Eles apertaram as mãos em um gesto de respeito mútuo. Em seguida, o conde se retirou apressadamente, antes que fosse deixado para trás. À medida que a carruagem dele se distanciava da residência de St. John, Ware começou a fazer mentalmente uma lista do que levaria consigo na bagagem.

Entre os itens que catalogou, incluiu um espadim e uma pistola. Se a honra de Amélia fosse contestada, Ware consideraria seu dever e direito corrigir a desfeita.

Conforme Colin abria os botões da parte de trás do vestido de Amélia, ele já começava a imaginar como aquela noite mudaria a vida deles para sempre. — Você trouxe uma criada com você?

A venda é capaz de tornar algumas mulheres mais tímidas e hesitantes, mas não era o caso de Amélia. A voz dela saiu cheia de certeza e força. — Não. Eu vi a sua carruagem e comecei a perseguí-la.

Em guerra contra a necessidade primitiva de distinguí-la como dele, o coração de Colin ainda queria protegê-la, mesmo a grande custo para si mesmo. — Não haverá como ocultar o fato de que você foi desonrada. No calor da paixão, o bom senso nos abandona. Você pode se arrepender amanhã de manhã do que deseja nesse momento.

— Conheço as minhas vontades — Amélia disse, resolutamente.

— Você vai abandonar Ware. — Com delicadeza, ele retirou um dos braços dela de dentro da manga e então repetiu o movimento do outro lado. — E pertencerá a mim.

— Acho mais provável que você pertença a mim.

Com um sorriso, Colin se ajoelhou e puxou o vestido de Amélia para baixo. Ela se livrou dele sem constrangimento, inclinando-se contra a porta em busca de equilíbrio. Ele adiou de propósito o prazer de vê-la despida da roupa exterior. Sem pressa, colocou o vestido no encosto de uma poltrona, para que não ficasse muito amassado.

— Você é tão calmo. — Amélia murmurou. — Tão controlado. Você deve ter muitos casos.

— Esse não é um caso. — Colin se virou e contemplou o corpo dela com um olhar ardoroso. Ainda havia roupas demais a cobri-la, mas ele sabia que a via como nenhum outro homem a havia visto antes.

Amélia pôs uma mão na cintura. — Talvez eu queira um caso.

— Bem, você não terá um comigo. — Colin murmurou, aproximando-se dela com apenas dois passos, abraçando-a e a tirando do chão. — E você jamais terá um, pois nenhum outro homem se deitará na sua cama depois de mim.

Amélia riu e envolveu os braços ao redor do pescoço dele. — Meu Deus... Como você é encantador quando fica possessivo.

Colin a beijou no ouvido. — Espere até que meu membro esteja dentro de você. Verá então como minha posse é encantadora.

— Pare de me provocar! — Amélia disse, ofegante, com um leve tom de ansiedade. — Nesse ritmo, o sol nascerá antes mesmo que eu esteja nua.

— Você não precisa estar nua para ser possuída. — Colin sussurrou, desafiando-a deliberadamente a reviver seus instintos. — Eu poderia erguer sua anágua, desabotoar minha calça e imobilizá-la contra a porta.

— Se sua intenção é me amedrontar, saiba que não me assusto tão facilmente. — A ansiedade havia desaparecido da voz de Amélia, banida por sua impressionante força interior. — Vivi nos lugares mais rústicos e vi todos os tipos de animais fazendo todos os tipos de coisas uns com os outros.

Colin sorriu ironicamente.

— Não se divirta às minhas custas. — Amélia afirmou. — Suas ameaças são infundadas. Você não me desvirginaria de forma tão insensível. Você me venera demais.

— É verdade, Sua Majestade. — Depois de colocá-la no chão, Colin se ajoelhou e beijou os pés de Amélia.

Enquanto Amélia ria, Colin se movia lentamente para cima, deslizando o rosto por baixo da anágua e beijando as pernas dela, que ainda estavam vestidas com meias. A risada dela se transformou em um suspiro e, depois, em um gemido.

O cheiro da intimidade de Amélia o enlouqueceu e, com um dedo vacilante, Colin a testou, rangendo os dentes ao sentir que ela estava escorregadia e quente. Surpresa com a sensação daquela carícia ousada, ela tropeçou e tombou para trás, provocando um estampido leve na porta.

Após dar um último beijo na perna dela, Colin saiu de baixo da anágua e ficou de pé diante dela. Ele a virou de costas com delicadeza e começou a tirar o espartilho, aproveitando a pausa para readquirir o controle. Concentrou-se na respiração deles, em vez de dar atenção ao instinto selvagem que crescia dentro dele.

Por fim, Amélia ficou apenas com uma camisola, feita de um tecido tão fino que Colin quase conseguia enxergar através dele. Aqueles vislumbres imprecisos do corpo dela por baixo da camisola foram o suficiente para enlouquecê-lo ainda mais.

— Eu quero que você tire o resto. — Colin afirmou, ao dar um passo para trás.

— Por quê?

— Porque vai me agradar.

— Não é tão fácil quanto você pensa. Nunca fiquei nua diante de um homem.

— Faça-o, Amélia. — Colin ordenou, beirando o desespero para vê-la por inteiro.

Sem mais hesitação, Amélia se curvou e tirou os sapatos. A bainha da camisola se ergueu quando ela se abaixou para desprender as fitas que seguravam suas meias. Aquela visão o deixou com água na boca. Nenhuma outra mulher era capaz de competir com a maneira inocente e natural com que Amélia se despia. Os movimentos dela não eram ensaiados ou planejados com o intuito de seduzir, mas o deixavam extremamente excitado.

Ardente de desejo, Colin abriu a braguilha e pegou seu membro com a mão. Estava grosso e duro, com uma gotinha de desejo na ponta da cabeça. Ao acariciá-lo lentamente do início ao fim, ele gemeu de vontade.

Amélia ficou paralisada ante o som, incerta do que havia feito para agoniá-lo. — O que aconteceu? O que há de errado?

— Não há nada de errado. — Montoya assegurou, com uma voz rouca que contradizia as palavras dele. — Tudo está perfeito.

Amélia prestou muita atenção, ajustando a respiração a fim de captar cada nuance sonora. — O que você está fazendo?

— Estou acariciando meu membro.

A imaginação de Amélia ficou tomada por imagens, que eram incompletas devido à inexperiência, mas que a excitaram mesmo assim. Para aliviar o desejo, ela apertou as coxas latejantes em uma vã tentativa. — Por quê?

— Por que a desejo, meu amor. Estou pronto para você. Meu membro está mais rijo e mais grosso do que jamais esteve.

— Posso tocá-lo?

Colin fez um ruído abafado, e o som dos movimentos dele se tornou mais evidente. — Dispa-se primeiro.

Amélia terminou de se desvestir com pressa, obrigando-se a deixar de lado pensamentos a respeito das imperfeições de seu corpo. Ao contrário de Maria, não tinha curvas exuberantes, moldadas para o prazer de um homem. Ela era mais alta e mais magra e tinha seios pequenos. Era ativa demais, mais entusiasta de cavalgadas e esgrima do que de jogos de cartas e chás.

— Meu Deus. — Colin quase perdeu o fôlego quando Amélia deixou a camisola cair no chão.

Amélia moveu as mãos para se cobrir, mas ele rapidamente agarrou os pulsos dela. — Nunca se esconda de mim.

— Estou nervosa. — Ela retrucou.

— Meu amor... — Colin a abraçou, e Amélia pôde sentir a ereção do membro dele. Macio como seda, mas duro como uma rocha e muito quente. Apesar do choque, ela se deleitava com a sensação e ficava cada vez mais molhada.

— Você é tão linda, Amélia. Cada centímetro seu. Sonhei em vê-la assim, nua e com desejo. Que patéticas eram aquelas fantasias, em comparação com a realidade.

Amélia achatou o rosto contra o peito dele. — Você está sendo amável.

Montoya levou a mão dela ao seu membro e o envolveu com os dedos dela. — Não é assim que um homem reage quando considera sua amante inadequada.

Amélia movia a mão, apertando o membro e o acariciando em uma exploração. A respiração de Montoya sibilou por entre os dentes. — Você me fará gozar! — Ele disse.

— Se isso lhe der prazer, vá em frente. — Amélia respondeu, querendo satisfazê-lo de uma maneira que o marcasse como sendo dela.

— Sua atrevida.

Amélia se calou quando a mão grande e quente dele agarrou seu seio. Imediatamente, o bico, que já estava firme por causa do frio, ficou ainda mais teso.

— Veja como se encaixa perfeitamente na palma da minha mão. — Colin murmurou, enquanto seu quadril começava a acompanhar o ritmo dos movimentos dela. — Você foi feita para mim, Amélia. — Ela gemeu quando o polegar e o indicador dele envolveram e apertaram o bico do seio dela. Amélia não conseguia parar de se mexer devido à energia trocada entre eles.

— E como é rápida sua reação. — Colin se curvou e, um instante depois, Amélia soltou um gemido alto quando uma sucção úmida e quente envolveu o bico do seio dela. Ela agarrou de forma convulsiva o membro dele, e ele gemeu, encostado à pele dela.

Então, os braços vigorosos de Colin abraçaram a cintura de Amélia, apoiando-a conforme ele a empurrava para trás e sugava o bico com sofreguidão.

Como Colin dissera, todos os pensamentos se esvaíram da mente dela, transformando-a numa criatura possuída pela luxúria e desejo. A perda da razão a ligou com mais força a ele. Houve apenas outro homem com quem ela cogitou compartilhar a si mesma dessa maneira. O fato de Montoya possuir uma cicatriz e ser perseguido não tinha nenhuma influência nas emoções que provocava nela.

— Diga-me que você gosta disto — Ele pediu, ao deslocar a boca para o outro bico do seio. — Não se reprima, Amélia. Não fique em silêncio.

Os dentes de Montoya mordiscaram o bico duro, e Amélia gritou. Ele começou a acariciá-la com a língua com uma lentidão enlouquecedora. Não era o suficiente, nem de longe. Ela começou a se contorcer, gemer, arquear as costas, em uma tentativa de penetrar mais fundo na boca dele.

— Do que você precisa? — Colin perguntou num sussurro. — O que você deseja? Conte-me, e eu lhe darei.

Desesperada, Amélia implorou. — Chupe... Por favor... Eu preciso...

Ela quase perdeu o fôlego quando ele a obedeceu, com a boca se fechando em torno do bico. Nas mãos dela, o pênis dele pulsava, e ela sentiu uma gota quente nos dedos. Ela tateou o membro e encontrou a origem da gota no pequeno orifício da cabeça. Então, usou o polegar para espalhá-la em torno do membro. Colin ficou arrepiado e a chupou com mais força.

Devido aos olhos vendados, todos os outros sentidos estavam mais aguçados. À medida que a pele dele ficava mais quente, o olfato de Amélia sentia o aroma único dele, aumentando ainda mais seu desejo. O tato estava extremamente sensível; mesmo o mais leve ruído das folhagens sob a ação do vento gerava calafrios em sua pele.

— Por favor. — Amélia implorou, querendo mais.

Após uma última e prolongada sucção, Montoya se aprumou e a puxou para si. Em seguida, ergueu-a em seu braços e se encaminhou para a cama que os aguardava.

* * *

Simon estava com um humor terrível quando a carruagem de Maria saiu da estrada principal e entrou no pátio de uma estalagem perto de Reading. Dois homens de St. John viajavam na frente, livres do fardo das carruagens lentas. Se tivessem sorte, retornariam com uma informação mais exata da localização de Amélia.

O dia inteiro foi de investigação frustrante. O cocheiro da carruagem de aluguel que transportou Amélia e Tim fez os dois desembarcarem logo após pegá-los, relutante em viajar além dos limites da cidade. Então, eles embarcaram em outra carruagem e prosseguiram viagem. Essa sucessão de eventos era previsível. O que mais preocupava Simon eram os relatos acerca de uma quantidade incomum de viajantes de língua francesa indo na mesma direção que eles.

Poderia não ser nada ou poderia ser um fato relacionado a Cartland.

Simon quis revelar toda a história para Maria durante o jantar, mas sentia um nível semelhante de lealdade em relação a Colin, que arriscou a vida por ele em diversas ocasiões. Dessa maneira, não disse nada, controlando sua língua quando se separaram para ir dormir.

Enquanto isso, nem ele nem Lysette tinham os itens necessários para viajar com conforto. Não possuíam roupas de reserva, nem criados à disposição. Nem sequer viajavam numa carruagem adequada, o que deixou Simon com dor nas costas e o traseiro dolorido.

Ao menos Colin mencionara uma viagem a Bristol, o que dava a Simon uma vantagem. Ele sutilmente estimulou Maria a seguir naquela direção, enquanto enviava discretamente um lacaio de volta à sua hospedaria, para informar ao seu criado a respeito da mudança de planos. O criado cuidaria do acerto de contas, da arrumação das malas e da criada de Lysette e seus pertences.

Ao pensar em Lysette, dirigiu o olhar para o local onde ela estava, diante da lareira. Por necessidade, eles dividiram um quarto, pois o restante do grupo que os acompanhava ocupou as últimas vagas existentes. Maria reclamou muito da má qualidade da estalagem, afirmando que St. John tinha diversos conhecidos espalhados pela região que poderiam recebê-los e oferecer uma hospedagem mais confortável. Para ela, a insistência de Simon para que eles permanecessem próximos à estrada principal era irracional, e ele reconheceu a validade do argumento. No entanto, ele não queria que Maria percebesse que ele mentira a respeito das férias, um ardil que se revelaria se ele vestisse as mesmas roupas.

Um suspiro baixo chamou a atenção dele de volta para Lysette. Ela estava acomodada numa poltrona, vestida apenas de camisola, com as pernas recolhidas junto ao corpo e um cobertor no colo. Os cachos loiros foram soltos de um penteado antes elegante e deixados livres para descansar sobre a pele leitosa. Ela estava lendo, como fazia com frequência, devorando livros de história com uma voracidade que ele julgava interessante. Por que tanto interesse no passado?

Simon foi até a cama e se despiu, ficando apenas com as roupas de baixo. Em seguida, deitou-se. Com as pálpebras abaixadas, analisou Lysette, admirando sua delicada beleza loira, mas tentando descobrir o motivo pelo qual a achava tão repulsiva. Pela primeira vez em sua vida, achou a beleza exterior incapaz de distraí-lo dos defeitos de caráter. Era surpreendente chegar a tal conclusão, ao se levar em consideração que os encantos de Lysette se comparavam aos de Maria.

Ambas eram parecidas em diversos aspectos, o que apenas enfatizava suas diferenças. Maria tinha um âmago denso dentro de si, uma espinha dorsal de aço resultante de sua determinação inabalável. Às vezes, Lysette aparentava estar incerta sobre o rumo de sua vida.

Os instintos dele estavam se manifestando, e Quinn acabou por confiar neles irrestritamente. Algo lhe dizia que nem tudo estava certo no mundo de Lysette. Ela era uma assassina de aluguel e sua frieza a ajudava na profissão escolhida. Ainda assim, sua indiferença em relação às outras pessoas era algumas vezes desmentida por breves lampejos de confusão e remorso. Quinn desconfiava que ela fosse meio maluca, e era difícil sentir tanto compaixão quanto aversão pela mesma mulher.

— Como você começou a trabalhar para Talleyrand? — Quinn perguntou.

Ela se assustou e o encarou. — Achei que você estivesse dormindo.

— Obviamente, não estou.

— Eu não trabalho para Talleyrand.

— Para quem, então?

— Não é da sua conta.

— Ah, eu acho que é.

Lysette semicerrou os olhos ao confrontá-lo. — Para quem você trabalha?

— Não trabalho para ninguém. Sou um mercenário.

— Humm...

— Você também? — Quinn provocou, depois que ela se calou.

Lysette negou com um gesto a cabeça, mais uma vez parecendo um tanto perdida. Suas roupas eram caprichadas e caras, suas maneiras e sua conduta, impecáveis. Ela começara a vida em condições bem melhores do que essas. Ele sabia o motivo pelo qual Maria se converteu a uma vida bandida, mas e quanto à Lysette?

— Por que você não encontra um marido rico e se diverte às custas do cofre dele? — Quinn perguntou.

— Que entediante. — Lysette afirmou, fazendo uma careta.

— Bem, isso dependeria do marido, não é mesmo?

— De qualquer forma, não parece interessante para mim.

— Talvez a vida de amante fosse mais adequada a você.

— Não gosto muito de homens. — Lysette declarou, o que o espantou. — Por que você está me fazendo essas perguntas?

Simon deu de ombros. — Por que não? Não tenho mais nada para fazer.

— Durma.

— Você prefere a companhia de mulheres?

Lysette o encarou por um instante e, em seguida, seus olhos se arregalaram. — Não! *Mon Dieu*. Prefiro a companhia dos livros, mas os homens são minha segunda opção. Sobretudo da maneira a qual você se refere.

Quinn sorriu ante o espanto dela.

— Por que você não pensa em Cartland? — Lysette sugeriu. — E me deixa em paz.

Quinn perdeu o humor. — Você acha que ele vai encontrar Mitchell?

— Acho que será impossível isso não acontecer, dado o grande número de perseguidores. Ele tem um grande contingente de homens. Ficaria surpresa se ele não estivesse vigiando todas as estradas principais que passam por Londres. — Os lindos traços dela perderam todos os sinais de humanidade. — Não teria o acompanhado se achasse que esse era um mero caso de família.

— É claro que não. — Quinn murmurou, com o pouco de simpatia que sentira por ela desaparecendo tão rápido quanto surgira. O relacionamento deles era assim: num determinado momento, ele a considerava atraente e, no momento seguinte, não conseguia suportá-la. — E quanto a este homem que anda com Cartland? Depardue? Você pensa nele?

— O mínimo possível.

Havia algo mais ali; Quinn percebeu pela irritabilidade que tomara conta da voz dela. — Ele é seu inimigo, não é mesmo?

— Não, não é. Se ele tiver êxito, isso não me afetará negativamente. — Lysette afirmou, adquirindo certa palidez.

— Neste caso, por que você não permite a ação dele e se poupa de arruinar sua alma?

— Faço o que precisa ser feito. — Lysette afirmou, na defensiva. — Você não gosta da minha habilidade em deixar as emoções de lado e cumprir as tarefas que se apresentam, mas essa habilidade é o que me mantém viva.

Com a respiração pesada, Quinn deslizou o corpo para se deitar de costas. — Sobreviver da maneira como eu e você fazemos não significa que temos de ser insensíveis. Qual seria o sentido de viver sem coração?

Quinn ouviu o livro ser fechado com força. — Não tente me passar sermão! — Lysette vociferou. — Você não faz a menor ideia de como foi minha vida.

— Então me conte. — Quinn pediu, com tranquilidade.

— Por que você se importa?

— Já lhe disse, não tenho nada melhor para fazer.

— Você quer fazer sexo?

Surpreso, Quinn ergueu a cabeça. — Com você? — Ele perguntou, incrédulo.

— Há mais alguém aqui? — Lysette respondeu.

Para seu desgosto, Simon percebeu que, por mais que gostasse de uma relação sexual rápida e descompromissada, não tinha nenhum desejo verdadeiro de se relacionar com Lysette. No entanto, seria desagradável se ele não se mostrasse à altura da oportunidade. — Acho que poderíamos...

Lysette se espantou diante da óbvia relutância de Quinn. Então, ela deu uma risada. Quem imaginaria que uma criatura tão fria fosse capaz de produzir uma risada tão calorosa? — Você não quer dormir comigo? — Ela perguntou, sorrindo de modo malicioso.

— Posso dar conta da tarefa. — Quinn afirmou, fazendo uma careta.

Lysette observou explicitamente a região do pênis dele. — Não é o que parece.

— Nunca difame a virilidade de um homem. Assim você o obriga a prová-la, e ele se vê forçado a fazer um sexo bastante rude.

Lysette assumiu uma expressão sombria. Engoliu em seco e desviou o olhar.

A irritação dele passou rapidamente. Ao se sentar, Quinn disse: — Eu estava brincando.

— É claro.

Quinn não conseguia entender aquela mulher de nenhuma maneira. Ela era inconstante demais. — Talvez devêssemos limitar nossa conversa a assuntos mais seguros?

— Sim, acho que você tem razão.

Quinn esperou que Lysette dissesse algo, mas em vão. Então, ele afirmou: — Pretendo capturar Cartland e acareá-lo com Mitchell. Então você conseguirá enxergar as diferenças entre os dois. Se bem conheço Cartland, ele espera eliminar Mitchell antes que seu segredo seja revelado.

— Se é que esse segredo existe.

— Por que você não acredita em nós?

— Não se ofenda. — Lysette disse, com tranquilidade. —Também não acredito em Cartland.

— Em quem você acredita, então? — Quinn quis saber.

— Em ninguém. — Lysette ergueu o queixo. — Diga-me se você agiria de outra maneira se estivesse em meu lugar.

— Você conheceu Mitchell. Ele é um jovem sério e de bom coração.

— Estou certa de que existem aqueles que também enalteceriam o senhor Cartland.

— Cartland é um assassino mentiroso!

— É o que você diz. Mas ele já não trabalhou para você? Você não está ressentido com Cartland pelo fato de ele ter revelado suas atividades de traidor na França? Você tem motivos para querer vê-lo morto, o que torna suspeito tudo o que você diz contra ele.

Xingando baixinho, Quinn se jogou novamente no travesseiro e puxou com força a colcha.

— Você vai dormir agora? — Lysette perguntou.

— Sim!

— *Bonne nuit.*

Como resposta, Quinn deu um resmungo de frustração.

10.

AMÉLIA TREMEU QUANDO SUAS COSTAS NUAS tocaram a colcha fria e o calor de Montoya a deixou. Se ela mantivesse o olhar dirigido para baixo, poderia ver uma pequena porção do quarto e o brilho do fogo na lareira. Mas ela não queria ver nada e, assim, ficou com os olhos bem fechados.

Em sua imaginação, Amélia concebia Montoya como um homem de aparência especialmente exótica. Forte, bonito e bastante sério. O desejo que ela sentia de aliviar as aflições dele e oferecer algum consolo era um impulso instigante. Amélia queria ouvi-lo gargalhar e beijar as covinhas do rosto dele, tão raramente vistas por ela.

De repente, uma imagem de Colin surgiu com toda a força na mente dela, vívida e poderosa. Ela ficou petrificada de surpresa.

— O que houve? — Montoya perguntou, com a interrupção do ruído dando a entender que ele parara de se despir.

Ofegante, Amélia trouxe os pensamentos de volta ao presente. Talvez fosse previsível que ela se recordasse carinhosamente do primeiro amor naquele momento, em que se envolveu numa jornada semelhante. Amélia carecia de experiência para ter certeza.

— Sinto frio sem você ao meu lado. — Amélia mentiu, estendendo os braços na direção dele.

— Num instante você estará quente e úmida. — Ele murmurou, enfiando-se na cama.

Amélia logo sentiu o calor de Montoya e, em seguida, a pressão suave da boca firme dele no ombro. A mão dele começou a percorrer todo o corpo dela, seguindo as curvas e os vales delicados do contorno de Amélia.

— Tenho medo de estar sonhando. — Ele disse, baixinho. — Tenho medo de piscar e, quando abrir meus olhos, ver que você desapareceu.

Amélia pousou a mão na superfície plana do ventre dela, logo abaixo do umbigo. — Sinto um alvoroço aqui dentro. — Confessou.

A mão dele cobriu a dela e a apertou suavemente. — Logo estarei aí. Bem fundo dentro de você. — Os dedos dele acariciaram a pele de Amélia e tocaram os pelos entre as pernas dela.

Aquilo provocou cócegas, o que a fez rir. Quando ele encostou a boca dele na dela, Amélia sentiu que ele sorria em resposta. — Eu amo você. — Ele sussurrou, antes de beijá-la.

A perda de fôlego adiou a reação de Amélia à invasão cada vez mais profunda dos dedos dele. Um dedo calejado separou as coxas dela, que se fecharam de volta instintivamente.

Ofegante, Amélia virou a cabeça para o outro lado, pois a reação àquelas palavras sussurradas a golpeou com uma força impressionante. Ela nunca imaginara ouvir aquelas palavras outra vez, não da boca de um amante. Os olhos dela lacrimejaram, fazendo com que ardessem.

— Abra as pernas. — Colin pediu beijando o pescoço dela. — Quero lhe encher de prazer.

Amélia começou a tremer, com o ataque aos sentidos e ao coração agitando o âmago de seu ser. — Reynaldo...

— Não. Não me chame por esse nome. — Ele se juntou à ela e, em seguida, beijou-a intensamente. — Me chame de meu bem ou querido...

— Meu amor...

— Sim... — A língua dele a invadiu profundamente, acariciando a dela, fazendo-a gemer. — Abra — Ele disse, ardentemente. — Deixe-me vê-la... Tocá-la...

Incapaz de dizer não quando ele falava com tamanha paixão, Amélia abriu as pernas e arqueou as costas para cima, enquanto ele acariciava o ponto delicado e latejante que suplicava por atenção.

— Ah!

Os beijos de Montoya se tornaram mais voluptuosos à medida que ele continuava a acariciá-la com uma habilidade avassaladora. Os dedos dele friccionavam o sexo úmido e suplicante dela, no mesmo ritmo dos mergulhos rítmicos da língua dele.

Inundada de prazer, mas ainda lutando contra a tensão crescente que comprimia seu corpo, Amélia se contorcia e se agarrava a ele. Os músculos do braço dele se contraíam por conta dos movimentos, aumentando a percepção erótica dela de quão intimamente ele a tocava.

Então, o dedo dele mergulhou mais fundo, e girou em torno da abertura estreita do sexo dela.

— Como você está molhada! — Ele sussurrou com admiração. — Com que avidez você suga meu dedo. — Para provar o que dizia, ele avançou um pouquinho mais. Amélia soltou um grito quando seu corpo convulsionou em torno da delicada invasão.

— Meu Deus, você é tão quente e apertada. — Ele elogiou com a voz rouca. — Você vai me matar quando eu estiver aí dentro de você.

Amélia estendeu a mão para alcançar o membro dele, imaginando como o abrigaria. Era tão grosso e rijo. O corpo inexperiente dela ardia diante da pressão de apenas um dedo.

Montoya urrou quando ela envolveu o membro dele com a mão. Ele também estava molhado. De vontade e desejo por ela.

— Você está prestes a gozar. — Montoya disse. — Consegue sentir o quanto seu clitóris está duro? — O dedão dele fez uma leve pressão sobre a saliência intumescida e depois girou sobre ela. O corpo de Amélia reagiu se contraindo em torno do dedo que, pouco a pouco, deslizou para dentro.

Amélia gemeu quando ele acelerou o ritmo, com o dedo entrando e saindo, cada vez mais fundo. A manipulação hábil do clitóris fez com que a pele dela umedecesse de suor e os seios ficassem doloridos. Um choramingar desesperado saiu de sua garganta, e ela se agarrou a ele na tentativa de trazê-lo para mais perto.

— Me diga o que você precisa. — Ele murmurou com a boca perto do ouvido dela. — Me diga como posso satisfazê-la.

— Meus bicos...

— Eles são lindos. Estão pontiagudos de uma forma muito despudorada. Pedindo para serem chupados.

— Sim! — Amélia curvou o corpo para cima em um convite desavergonhado.

— Diga, meu amor. — O dedo dele penetrou mais fundo e tocou a virgindade dela. — Diga o que você quer.

— Eu quero...

— Sim? — Ele continuou a friccioná-la.

— Quero sua boca em meus peitos.

— Humm... Com prazer. — Ele murmurou.

Amélia conteve um grito quando Montoya a obedeceu. Os braços e pernas dela se retesavam toda vez que a boca dele a mordiscava, toda vez que o dedo dele avançava, toda vez que o polegar dele fazia movimentos circulares.

Quando chegou, o clímax tirou o fôlego de Amélia. Seu corpo ficou petrificado, seu coração bateu com força e sua circulação sanguínea se acelerou.

E, bem no fundo de Amélia, na beira do orgasmo dela, Montoya rompeu a barreira entre eles. Em meio ao ataque violento de sensações, Amélia mal percebeu a perda de sua virgindade. A lágrima que escorreu do canto do olho dela não era de dor, mas de um prazer tão intenso que ela mal conseguia suportar.

Recobrando a consciência depois da onda de sensações, Amélia ouviu palavras carinhosas e elogios por parte de Montoya. O primeiro pensamento de Amélia foi de quão grata estava por compartilhar o ato sexual com um homem que sentia tanta paixão por ela e inspirava um desejo recíproco por ele. O que poderia ter sido uma obrigação foi, em vez disso, um prazer.

Dentro dela, havia inúmeras emoções em conflito, todas na luta para serem libertas por meio de palavras. No entanto, o nó na garganta dela impedia-a de liberá-las. Em vez disso, Amélia o abraçou e deitou a cabeça dele sobre seus seios.

Colin ouviu os batimentos cardíacos de Amélia desacelerarem e percebeu que jamais a amara tanto. Ela era uma deusa em sua paixão, uma criatura de volúpia e desejo, com o belo corpo corado e radiante. Natural. Selvagem e ardente, como ela tinha desejado ser. Feita para o sexo.

Com ele.

Nenhum outro homem conseguiu tirar a virgindade dela. Ela disse que não sentia mais nada depois que ele foi embora. Que se sentia viva quando ele estava por perto. Quente e macia, molhada e cheia de desejo. Ansiosa para ser tocada.

— Foi... — Amélia soltou um suspiro suave e ofegante — ... maravilhoso.

Montoya passou o rosto nos seios dela e sorriu, o coração repleto de felicidade. Ele também se sentia novamente desperto após ter passado tanto tempo adormecido. Amélia havia ido ao encalço dele, precisando do desejo dele para libertar o seu próprio.

— Seu bigode me pinica. — Amélia reclamou, empurrando de leve a cabeça dele.

Na mente dele, a imagem de uma marca sexual tão óbvia em Amélia fez o pênis dele latejar, num protesto frustrado em relação à sua privação.

No entanto, a fantasia que ele nutriu ao longo dos anos não dizia respeito à sua satisfação. Ele desejava a satisfação *dela*, precisava disso. Antes de a noite terminar, ele a prenderia por meio do prazer, escravizaria-a por meio do desejo, ensinaria-a todas as diversas facetas do ápice sexual. O amor dela era o prêmio máximo, mas a lascívia dela também era fundamental.

— Posso pinicá-la em outros lugares? — Ele perguntou, erguendo a cabeça.

Sem esperar a resposta de Amélia, Colin assumiu a tarefa e lambeu todo o comprimento da curva carnuda da língua dela com a ponta da própria língua. Era uma isca, uma intimação, uma dica.

A julgar pela maneira como prendeu a respiração, Amélia entendeu a intenção dele. — Você está brincando.

— De jeito nenhum. Quero saboreá-la, Amélia. Por fora e por dentro.

Ele quase conseguiu ouvir o cérebro dela em funcionamento enquanto considerava a possibilidade.

— Acho mais fácil eu conceber a ideia de que eu o saboreie dessa maneira — Amélia afirmou, lentamente —, bem mais do que o contrário.

Ele se agitou com a ideia e se deitou de costas para evitar desfalecer em cima dela.

— Você vai gostar disso. — Amélia disse ao perceber a reação dele. — A boca de uma mulher é muito diferente da vagina dela?

— Adoro o quanto você é curiosa. Espero que sempre seja.

— Gostaria de lhe ensinar algo um dia.

— Você já me enfeitiçou, sereia. Precisa me dominar ainda mais?

Com a mão, Amélia roçou de leve as ondulações do abdome dele e a região em torno do pênis ereto. Enquanto ela se sentava e se virava para ficar de frente para ele, Montoya respirou fundo. Estendendo a mão, ele alcançou o ombro dela e a reteve. Apesar da venda nos olhos, Amélia virou a cabeça na direção dele. Com a mão livre, tentou tirar a mantilha.

— Ainda não. — Ele disse.

— Estou pronta agora.

— Eu não estou.

Amélia pareceu prestes a protestar, mas mudou de ideia. Em vez disso, ela acariciou delicadamente todo a extensão do membro dele. Ele rangeu os dentes e cerrou o punho em torno da colcha.

— Eu quero fazer com você — Amélia murmurou — o mesmo que você fez comigo.

— Você sabe que os homens são menos exigentes do que as mulheres para alcançar o orgasmo.

— Mas a sensação é a mesma, não é?

Ele sorriu. — Imagino que sim.

Amélia mudou de posição e colocou as pernas embaixo de si. Com as duas mãos, começou a acariciar o membro dele. Ele sentiu um arrepio percorrer todo seu corpo. Havia venereção no toque dela. Admiração.

A ponta de uma unha percorreu a linha de uma veia latejante, e ele urrou, um som grave e aflito.

— Me diga do que você gosta. — Amélia sussurrou. — Me diga como posso lhe dar o máximo de prazer.

— Você já faz isso. — Colin acariciou a curva elegante da coluna dela.

— Então me diga como satisfazê-lo ainda mais.

— Se você fizesse isso, gozaria em suas mãos.

— Ou na minha boca? — A cabeça dela se inclinou, questionadora.

— Esta noite não. — Ele engasgou. Os testículos dele se encolheram e, então, ele os puxou para baixo.

— Porque você fez isso? — Os dedos gelados de Amélia tocaram as bolas dele de leve e, em seguida, as puxaram.

Ao contrário de quando ele puxou os testículos, o gesto de Amélia teve resultado oposto. Colin sentiu como se seus testículos estivessem tentando se arrastar para dentro de seu corpo. Ele afastou a mão de Amélia. — Por favor, não faça isso!

— Foi incrível. — Amélia afirmou, com aquele tom de admiração que o levava à loucura.

Levado ao limite da razão, Colin se deitou em cima de Amélia e se acomodou entre as coxas dela. O movimento dele deslocou a venda improvisada, mas Colin rapidamente a recolocou no lugar.

— Você é tão gostoso. — As pequenas mãos de Amélia percorreram os ombros dele. — Você é tão grande e firme... Em todos os lugares.

Ele percebeu ansiedade na voz de Amélia e procurou aliviá-la. — Eu vou satisfazê-la. — Ele prometeu, enquanto apoiava o próprio peso em um antebraço e esticava o outro braço para baixo, para massagear a pele macia da vagina. Amélia gemeu e revirou os quadris para sentir melhor a pressão. — O que você sentiu antes não é nada em comparação a aquilo que sentirá quando eu estiver dentro de você.

Os braços finos de Amélia se enlaçaram em volta do pescoço dele e o trouxeram para mais perto. — Eu quero sentir isso. Quero sentir isso com você.

— Sim. — Ele lambeu o ouvido dela, deixando-a arrepiada.— Você é uma mulher muito sensual. Está no jeito como se mexe, como olha para mim, nas formas de seu corpo.

— Sou muito magra. — Amélia afirmou, em voz baixa.

— Você é perfeita. Algumas mulheres são feitas para agradar qualquer homem. Você foi feita apenas para mim. Seus braços e pernas são graciosos, mas muito ágeis. Suas curvas são exuberantes, mas não são restritivas.

Colin enfiou um dedo em Amélia, para testar a sensibilidade da amada. O gemido de boas-vindas que ela deu em resposta foi um estímulo poderoso para ele. Empunhando seu membro ereto, Colin posicionou a grossa cabeça na minúscula fenda de entrada para o corpo de Amélia. Uma gota leitosa brilhava no ponto mais alto do membro, que estava impaciente demais e determinado a lubrificar ele mesmo o caminho. Não era necessário. Amélia estava muito quente e úmida. Com um movimento enérgico dos quadris, Colin deslizou seu membro para dentro dela.

— Ah, meu Deus... — Amélia gemeu, a boca aberta em suspiros ofegantes.

Todo o corpo de Colin se tensionou com o prazer proporcionado pela aderência de Amélia. O calor escaldante no interior dela atravessou o membro de Colin e alcançou a pele dele. O suor escorria e se acumulava na parte inferior das costas dele. Amélia precisaria de tempo para se adaptar ao tamanho do sexo dele.

As mãos de Amélia agarraram os quadris de Colin, e ela iniciou um movimento circular que quase arrancou o membro dele.

— Nossa! — Ele ofegou, com o corpo sacudindo, enquanto seu esperma jorrava, numa tentativa desesperada de aliviar a pressão em seus testículos.

— Preciso de você mais fundo. — Amélia implorou. A boca dela engoliu a língua dele, e a sugou com entusiasmo.

Usando o peso do corpo, Colin prendeu Amélia contra a cama e a penetrou mais um pouco, com as mãos acariciando o rosto dela para lhe acalmar os ânimos.

— Amélia... — Colin gemeu e esfregou o rosto suado no dela. — Você está tornando impossível que eu a inicie da forma que merece.

— Sinto um desejo dentro de mim. — Amélia disse, abraçando-o com firmeza. — E você ainda não chegou até lá.

— Sua vagina é apertada e virgem, e meu membro é muito grosso e duro. Se eu for rápido demais, lhe causarei dor agora e desconforto depois.

— É enorme...

— Não, por favor! — Colin não quis ser grosseiro, mas a vagina faminta de Amélia apertava a cabeça de seu membro, incitando seus instintos primitivos a assumirem o controle e deixarem o cavalheirismo de lado.

— Então me deixe ver. Talvez se eu puder ver, ficarei menos ansiosa. Esse momento é intenso demais sem que eu possa usar minha visão. Cada ruído, cada toque é amplificado.

Colin ficou petrificado. Não era o momento, mas ele não suportaria que algo daquela noite a afligisse. Ele estava no paraíso. Era o que ele também queria para ela. — Tenho receio do que poderá acontecer se você me ver agora. Se você me rejeitar, acho que não sobreviverei.

— Você tem uma de suas máscaras? — Amélia perguntou.

— Está me pedindo para parar? — Colin a encarou com os olhos arregalados. — Está louca? Estou dentro de você.

— Não completamente. — Amélia sustentou. — Não tanto quanto preciso que esteja. — A voz dela assumiu o tom suplicante e sedutor ao qual ele jamais foi capaz de resistir.

Amélia o mataria de prazer, Colin pensou com uma estranha mistura de orgulho e ironia. Ela jamais seria passiva na alcova, assim como nunca havia sido passiva fora dela. Ele tinha certo receio do dia em que ela despertasse sexualmente por completo. Como ele sobreviveria ao ataque completo de seus ardis femininos? Ele ainda não a havia penetrado completamente e já sentia como se estivesse morrendo.

— A sua imagem com a máscara me excita. — Amélia sussurrou, ofegante. Os dedos pousaram sobre a boca de Colin e delinearam seu formato. — Você tem uma boca tão voluptuosa. Sonhei com ela. Estava ansiosa para que ela percorresse a minha pele e sussurrasse palavras ardentes de desejo.

Arrepiado de desejo, Colin não parava de tentar empurrar seu membro para dentro da vagina molhada de Amélia.

— Vê-lo me daria muito prazer. Não me negue isto. — As mãos de Amélia agarraram as nádegas dele e o puxaram, fazendo-o penetrar um pouco mais.

Amélia ficava mais apertada à medida que ele entrava, com os tecidos virginais resistindo à remodelagem de seu corpo para se ajustar ao dele.

— Por favor... — Amélia sussurrou com uma ânsia comovente. — Não me deixe na escuridão nesse momento da minha vida.

Praguejando, Colin retirou seu membro com um tranco, com o corpo trêmulo de desejo. Saiu da cama e seguiu com as pernas bambas até o armário onde estava sua valise. Retirou a máscara de seu interior, que conservara como lembrança dos momentos roubados que compartilhou com Amélia.

Olhou para baixo e encarou a máscara branca e reluzente em suas mãos com um ressentimento crescente em relação ao seu propósito: o de manter Colin Mitchell longe da mulher que amava.

Como ele gostaria de ter percebido aonde esta farsa o levaria assim que comprou a máscara! Um vislumbre de Amélia – um gole de água para um homem morrendo de sede – era tudo o que ele esperava que o ardil proporcionasse.

— Depressa. — Amélia pediu, com a voz gutural de uma sedutora perfeita. O fascínio feminino tão praticado e estudado por outras mulheres era simplesmente inato para ela.

Colin levou a máscara ao rosto e a amarrou com fitas pretas de cetim. Em seguida, reatou a fita que prendia seu rabo de cavalo. Ao virar a cabeça, olhou para Amélia e soube que ela não sairia daquele quarto como o mesmo homem que entrou nele.

Amélia estava recostada sobre os travesseiros empilhados, com as pernas e os braços ligeiramente cruzados, sem a venda nos olhos. Colin enxergava naquele olhar inexperiente dela uma volúpia, um desejo e um apreço de tirar o fôlego.

Ao girar, ele ficou em frente a ela, oferecendo a Amélia uma visão privilegiada de seu imenso membro e de sua firme musculatura. Ele a viu engolir em seco, e compreendeu como a visão do corpo dele poderia ser intimidante. Ela era alta, mas ele era ainda muito mais alto. Colin tinha o dobro do tamanho dela, com o corpo fortalecido tanto pela origem, como pela frequente atividade física.

Além disso, Colin estava no auge da excitação. Grossas veias pulsavam em seu membro, e ele o agarrou para aliviar a dor.

— Me ver dessa maneira lhe excita ou assusta? — Perguntou ele.

— Não me assusta — Amélia sussurrou. — Estou nervosa e talvez um pouco preocupada, mas não tenho medo de você.

— Você é uma mulher forte. — Colin elogiou, caminhando depressa na direção dela.

Sem preliminares, Colin se ajoelhou sobre a cama e subiu em cima de Amélia, afastando o braço dela para mordiscar um bico do peito. Ele cuidou dele por meio de uma sucção intensa e rítmica, num pedido mudo para que ela emitisse os sons de seu prazer.

— Entre dentro de mim — Amélia suplicou. — Odeio esta sensação de incerteza e ignorância.

Reclinado sobre os calcanhares, Colin abriu as pernas dela, afastando as coxas para expor a vagina ao seu olhar. Devido ao ângulo dos travesseiros e à sua posição quase deitada, Amélia tinha uma visão clara. Antes que ela se desse conta do tamanho de sua minúscula fenda rosada, em comparação com o comprimento e a grossura do membro dele, ele já estava dentro dela, penetrando-a.

Amélia lamuriou e cravou as unhas nas coxas dele.

Segurando os quadris dela, Colin a possuiu, em um movimento de vaivém suave, mas contínuo, cada vez mais fundo. O olhar de Colin alternava entre o local do encaixe deles e o rosto fascinante de Amélia.

Com as costas dele a protegendo do brilho do fogo minguante da lareira, Colin não conseguia discernir cores, mas percebeu a cintilação reveladora do suor na testa dela e os olhos lacrimejantes que reluziam.

— Estou machucando você? — Colin perguntou, ofegante. A vagina de Amélia era tão apertada e quente que parecia que ele estava fazendo sexo com um punho bem fechado.

— Não... — A voz de Amélia estava fraca e distante.

Colin tirou uma das mãos dela da pele dele e a colocou sobre o clitóris inchado. — Se toque — ele instruiu.

Para seu absoluto deleite, ela obedeceu sem constrangimento, com os dedos longos e finos girando sobre a carne escorregadia com apenas uma leve hesitação.

A adorável vagina de Amélia reagiu da maneira que ele imaginou, apertando e agarrando seu membro com um entusiasmo renovado. A cada sugada, Colin penetrava mais fundo, gemendo de êxtase, respirando desesperadamente o ar repleto dos cheiros de sexo e madressilva.

Amélia começou a se contorcer e a choramingar em uma demonstração de desejo tão ardente que, posteriormente, Colin se perguntou como conseguiu não gozar no meio do caminho. Finalmente, com uma estocada desesperada, ele alcançou o fundo de Amélia. Ela soltou um grito, enquanto ele lacrimejou, sentindo seu membro quente e volumoso totalmente dentro dela.

Quando Colin ficou quieto, Amélia rebolou o quadril, esfregando-se contra a base do membro dele. Ele a segurou firme com mãos vigorosas, o olhar ardente debaixo dos orifícios da máscara.

— Porque você não se mexe? — Amélia perguntou.

— Porque estou prestes a explodir, e me recuso a gozar sem você.

— Eu estou pronta! — A voz dela estava aguda de tanta aflição.

Com uma força que dispensava esforço, Colin a ergueu e a colocou sobre seus joelhos, penetrando profundamente com toda a extensão do membro. Amélia agarrou os ombros dele, com a boca sugando todo o pescoço dele. Eles mudaram de posição, com cada movimento fazendo ela deslizar por cima dele, até que ela o mordeu em represália à sua frustração sexual.

Colin soltou um palavrão e a empurrou para longe dele.

— Cavalgue — ele disse, rudemente.

Colin se sentou na beira da cama, com as pernas de Amélia por cima das dele e a ereção totalmente enterrada. Profundamente. Ao colocar os braços para trás, ele apoiou o tronco, e ofereceu a ela acesso total para usar como desejasse. O quadro era extremamente erótico: o abdome musculoso e o peito banhado de suor plenamente visíveis para ela.

E a máscara. Meu Deus, a máscara acrescentava um mistério sombrio e sedutor que a induzia ao atrevimento.

— Eu...

— Agora! — Colin gritou, fazendo-a saltar.

Amélia inclinou os ombros para trás e ergueu o queixo em resposta ao desafio. Ela imaginou que aquilo seria difícil para ele, por razões que não havia considerado anteriormente. Ele fazia amor com a experiência de um homem que teve muitas mulheres, o que sugeria que a marca em seu rosto era um acontecimento recente. Talvez ela fosse a primeira mulher que o acolhia na cama desde que o ferimento foi infligido. O pensamento adicionou pungência a um evento já fora do comum.

Naquele momento, Amélia decidiu que o amaria com todas as suas forças, com tudo o que tinha, melhor do que qualquer outra mulher. Ela aplacaria a confusão que percebia dentro dele e o acalmaria com sua paixão, mostrando-lhe por meio de seu corpo que era o coração dele que a atraía.

Apoiando-se nos ombros dele para se equilibrar, Amélia usou os joelhos como ponto de apoio e ergueu o corpo, deslizando a vagina ao longo do membro dele. Quando abaixou, a sensação provocada pela cabeça volumosa do sexo dele acariciando aquele ponto vibrante dentro dela a fez ofegar e se sacudir com violência.

—Assim. — Colin elogiou. — Deu para você perceber como me encaixo bem em você? Fui feito para seu prazer.

Enquanto mordia o lábio, Amélia repetiu o movimento, aventurando-se lentamente à medida que achava o jeito certo. Ela roçou o polegar sobre uma cicatriz existente no ombro dele; uma ferida tão antiga que há muito adquirira uma coloração prateada. Ela a acariciou enquanto cavalgava, sentindo a forma circular cercada por bordas irregulares. O ferimento a incomodava, a incitava...

Então, Colin falou, e tudo se dissipou da mente de Amélia.

— Doce Amélia. Você é minha.

Amélia envolveu o tronco de Colin com os braços, inclinando a cabeça para beijá-lo enquanto fazia um movimento de vaivém, gemendo ao sentir os bicos duros do peito roçarem nos pelos ásperos do peito dele.

Montoya agarrou as mechas dela com a mão e a segurou bem perto de si, murmurando estímulos na boca de Amélia, com o quadril se movendo debaixo do dela em investidas estonteantes, enlouquecendo-a.

Ganhando confiança, Amélia passou a se mexer com maior rapidez, ofegante devido ao esforço, com gotas de suor escorrendo entre os seios saltitantes.

— Quero você desse jeito todos os dias. —Colin disse, engolindo as palavras de tanto prazer. — Quero que você se sinta vazia quando eu não estiver dentro de você. Esfomeada, faminta por mim.

Amélia sabia que seria assim. Fora de si, ela se esfregava e se contorcia, entregando-se a aquela ereção imensa e latejante, como se já tivesse feito aquilo antes. Como se soubesse o que estava fazendo.

Colin a estava levando à loucura. Ele parecia um deus pagão do sexo. Exoticamente belo. Infinitamente controlado. Feliz em se recostar e ser satisfeito por uma devassa cujo único foco era atingir o orgasmo.

Com a boca encostada no rosto dele, Amélia sussurrou — Me foda. —, surpreendendo-se com a facilidade com que a palavra obscena lhe escapou.

Em resposta, um calafrio brutal atingiu o corpo de Montoya.

— Me faça gozar. — Amélia o incitava, ofegante, ainda cavalgando-o. — Eu quero... Eu quero você. Loucamente. Profundamente. Eu preciso de você junto de mim...

Num abrir e fechar de olhos, Colin a virou e a imobilizou contra a cama. Com os pés no chão e as mãos na colcha, ele a penetrou vigorosamente, com cada estocada arrancando um grito de arrebatamento de Amélia.

Colin se agigantava sobre ela, observando-a através da máscara, com o peito arfante, o abdome rijo e as nádegas apertadas, enquanto Amélia se erguia para fazer frente a cada estocada. O corpo dele era um tratado científico de potência sexual. Feito para fazer sexo com uma mulher até deixá-la viciada.

A tensão acumulada no estômago de Amélia cresceu, criando um nó insuportável, que a fez se agitar diante do prazer animalesco. Em seguida, o nó se desfez num tumulto de sensações, queimando sua pele, apoderando-se de seus pulmões e provocavam espasmos dentro dela, em ondas rápidas e contínuas que veneraram o pênis rijo de Colin.

O urro gutural de Colin a deixou com lágrimas nos olhos e um nome nos lábios. Ele parou no meio de uma estocada, rígido, e Amélia resmungou um protesto ondulando debaixo dele num delírio de prazer.

Colin prosseguiu, aumentando a força e a velocidade da penetração. Com o membro enterrado nela até o ponto mais profundo, o corpo dele sacudiu violentamente quando sua ejaculação quente e densa jorrou dentro da vagina de Amélia e a inundou.

Foi selvagem, primitivo e maravilhoso. Colin se enroscou nela, com o peso apoiado nos antebraços debaixo das suas costas e a pele grudada na dela por meio do suor misturado dos dois.

— Eu amo você — Colin sussurrou de forma ardente, com a língua lambendo o rastro deixado pelas lágrimas de Amélia. — Eu amo você.

Amélia estendeu a mão para alcançar as fitas que prendiam a máscara.

11.

O QUARTO ESTAVA MUITO ESCURO, E O FOGO da lareira era incapaz de iluminar a uma distância muito grande. Era difícil enxergar alguma coisa, mas o instinto de Simon o incitou a redobrar a atenção.

Movendo-se com cautela, Simon virou a cabeça e descobriu que o espaço ao seu lado na cama estava vazio. Ele respirou com cuidado, mantendo o ritmo profundo e uniforme do sono.

Algo o tinha acordado, e como Simon estava dormindo com uma mulher que o mataria se fosse necessário, sabia que ignorar a perturbação não seria uma atitude sensata.

Simon olhou na direção da janela e viu os cabelos dourados iluminados pelo brilho prateado do luar. Lysette abrira um pouco as cortinas e, naquele momento, observava o cenário através da janela.

— O que você está fazendo? —, ele murmurou, sentando-se.

— Escutei um barulho lá fora.

— Viu alguma coisa?

— Três cavaleiros —, Lysette respondeu, fechando a cortina. — Um deles entrou e saiu rapidamente. Acho que para acordar o dono da estalagem. Depois, partiram.

Tremendo de frio, Simon se livrou das cobertas e caminhou até a lareira. — Duvido que alguém se dê ao trabalho de pedir informações sobre caminhos a essa hora da noite.

— Também acho.

— Você conseguiu escutá-los? Eram franceses?

— Acho que eram ingleses —, Lysette disse, riscando um fósforo e acendendo uma vela.

— Talvez seja melhor acordar Maria —, Simon afirmou, mostrando desagrado ante o fogo minguante da lareira.

— Não é necessário. Eles seguiram adiante, e não para trás. O que quer que estejam procurando, ainda tem de ser encontrado.

Com o calor começando a se irradiar para fora da lareira, Simon se aproximou de Lysette. Ela parecia cansada, e uma ruga se destacava em seu rosto encantador. Vestia a capa sobre a camisola, e a segurava com força junto ao peito.

Simon indicou a cama com um gesto. — Muito bem. Vamos voltar para a cama. Ainda estou dolorido por causa daquela maldita carruagem, e quero usar minhas costas um pouco mais de tempo, em vez de meu traseiro.

De forma cansada, Lysette fez que sim com a cabeça e se afundou na poltrona onde estivera lendo mais cedo. — *Bonne nuit.*

— Como assim? —, Simon exclamou, e, de mau humor, perguntou: — Você vai dormir aí?

— *Oui* —, Lysette respondeu, piscando os olhos.

— A propósito?

— *Oui.*

Simon passou a mão pelos cabelos e rogou por paciência. — Não mordo, não ronco e não babo. Não quis ofender quando disse que não tinha interesse em fazer sexo com você. A cama é um lugar perfeitamente seguro.

— A cama pode ser, mas não tenho a mesma certeza em relação a você —, Lysette afirmou, observando-o impassivelmente.

— Meu Deus! Apodreça na poltrona, então.

Morrendo de frio, Simon correu de volta para a cama e se enfiou debaixo das cobertas. Todo encolhido, suplicou para que o calor do fogo reanimado da lareira alcançasse a cama o mais rápido possível.

— O diabo que a carregue —, Simon resmungou, olhando furioso para ela. — Ficaria muito mais quente com você aqui.

— Você tem mais motivos de me querer morta do que viva —, Lysette assinalou, num tom bastante razoável.

— Concordo inteiramente com o que você disse —, Simon disparou. — A única razão pela qual não estou estrangulando você é porque matá-la tiraria de mim o calor de seu corpo.

Lysette permaneceu calada, denotando certo recato.

— Isso é ridículo, Lysette. — Ele se sentou sobre a cama, frustrado e sem sono. O fato de dormir sentada numa poltrona depois de uma longo dia de viagem não era algo inadequado para Lysette. Ela era extremamente prática, como acontece com toda e qualquer pessoa que vive de expedientes. — Por que mataria você agora se não matei antes?

Lysette deu de ombros, mas seu olhar nervoso desmentiu o gesto de indiferença.

Com um suspiro de resignação, Simon colocou as cobertas sobre as costas e caminhou na direção dela. Quando Lysette tirou uma faca do interior da capa, ele não ficou surpreso.

— Guarde isso.

— Não chegue perto.

— Não sinto atração por você —, Simon repetiu, lentamente. — E mesmo se sentisse, não me imporia sobre uma mulher relutante.

— Estou muito bem na *bergère* —, Lysette disse, fechando a cara.

— Mentirosa. Você parece exausta, e não tenho por que arrastá-la comigo, enquanto tento limpar o nome de Mitchell. Você deve fazer a sua parte.

— Não serei um fardo —, Lysette afirmou, denotando irritação.

— Se você passar a noite sem dormir e morrendo de frio, ficará doente e se tornará inútil.

— Posso cuidar de mim mesma. Volte para a cama e me deixe em paz!

Simon quis falar mais alguma coisa, mas desistiu, fazendo um gesto negativo com a cabeça. De novo, enfiou-se debaixo das cobertas. Alguns instantes depois, a vela se extinguiu. Na sequência, ele escutou um ronco delicado.

Ante um difícil quebra-cabeça, Simon permaneceu acordado por algum tempo.

Amélia examinou o homem mascarado deitado ao lado dela e quis saber o quão profundo era o sono dele.

— Vamos esperar até o nascer do sol para removê-la —, Montoya dissera antes.

— Por que não agora? —, Amélia replicou, ansiosa para ver o que havia sob aquela intrusiva barreira. O coração dela estava enamorado e seu corpo tinha perdido a inocência. No entanto, aquilo que os dois compartilharam só seria uma paixão passageira – e não amor – se ela não o visse por inteiro.

— Não quero que nada estrague esta noite —, Montoya explicara, afastando-se do corpo de Amélia e se dirigindo ao lavatório atrás do biombo do canto do quarto. Ele voltara trazendo um pano úmido e a limpou entre as coxas. Em seguida, limpou-se antes de se juntar a ela na cama. — De manhã, eu me revelarei a você, fortalecido pelas lembranças de uma noite feliz e perfeita em seus braços.

No fim, Amélia concordara com relutância, sem disposição de entrar em conflito com ele por causa de algumas horas de espera.

Com as costas apoiadas na cabeceira da cama, e o corpo dela curvado ao seu lado, Montoya pedira para ela compartilhar uma bela lembrança de seu passado. Amélia escolhera uma história a respeito de Colin, contando como ela perdera o medo de altura trepando numa árvore durante um jogo de esconde-esconde.

— Ele passou debaixo de mim diversas vezes —, Amélia afirmou, com o rosto pousado sobre o peito de Montoya. — Por um lado, queria que ele me achasse rapidamente, porque dava medo ficar agarrada naquele galho, mas, por outro, o desejo de surpreendê-lo era muito grande para eu desistir —, ela prosseguiu, com Montoya acariciando suas costas.

— Você queria ganhar —, Montoya corrigiu, dando aquela risada grave e profunda que ela adorara desde o momento que a escutou.

— Isso também —, Amélia disse, com um sorriso. — Quando ele finalmente perdeu o jogo, fiquei muito contente comigo mesma. Colin gastou toda a sua mesada numa nova fita para marcar a superação daquele medo.

— Ele deve ter a amado muito —, Montoya afirmou, com um suspiro.

— Acho que sim, apesar de nunca ter me dito. Daria tudo para ter escutado tais palavras da boca dele.

— As ações dizem mais que as palavras.

— Disse isso para mim mesma. Ainda tenho aquela fita. É um dos meus maiores tesouros.

— Como você imagina que seria sua vida agora se vocês jamais tivessem se separado?

Levantando a cabeça, Amélia encontrou o olhar inquiridor de Montoya.

— Imaginei centenas de cenários. O mais provável, acho, seria que St. John tomaria Colin sob sua proteção.

— Vocês estariam casados?

— Sempre esperei por isso. Mas dependeria dele.

— Ele teria a pedido em casamento. — Montoya afirmou, com convicção.

— O que lhe dá tanta certeza? — Amélia perguntou, sorrindo.

— Ele a amava profundamente. Tenho certeza. Na época, você era muito jovem para ele, e ele não estava em condições de lhe pedir em casamento. — Montoya acariciou o rosto dela com os dedos. — Você ainda ama Colin?

Amélia hesitou, admirada com a possibilidade de confessar uma afeição persistente por um homem e, ao mesmo tempo, aquecer a cama de outro.

— Sempre me diga a verdade, e você jamais estará errada —, Montoya afirmou, provocando-a com cuidado.

— Uma parte de mim vai amá-lo para sempe. Ele me ajudou a me tornar a pessoa que sou hoje. Colin está entrelaçado na trama da minha vida.

Naquele momento, Montoya a beijara, com doçura e reverência. Sem fôlego e enamorada, Amélia pediu para ele compartilhar algo de seu passado com ela, esperando que ele falasse de seu amor perdido. Mas Montoya preferiu não falar a esse respeito.

Montoya, sim, decidiu falar sobre seu meio de vida e do trabalho perigoso que fizera para a Coroa inglesa. Contou como viajara por toda a Europa, jamais tendo um lar ou uma família de verdade, até o dia em que tentou se demitir e, em vez disso, envolveu-se numa intriga potencialmente letal.

— Por isso procurei me manter distante de você —, Montoya afirmou.

— Não quis macular sua vida por causa de meus erros.

— Esse é o motivo da cicatriz em seu rosto? — Amélia perguntou, com as pontas dos dedos percorrendo de leve a beira da máscara onde esta tocava a pele de Montoya.

— Como disse? — Montoya afirmou, tenso.

— Posso entender seu receio, mas sua mutilação não vai mudar minha afeição por você. — Amélia não tardou em dizer, imediatamente arrependida por tê-lo afligido.

— Amélia... — Aparentemente, Montoya ficou sem palavras.

Naquele momento, a conversa havia morrido, e eles tinham se abraçado enquanto Montoya adormecia. Amélia permaneceu acordada, com a mente sendo tomada por diversos pensamentos. Ela planejou o que dizer a Ware e a Maria, e, mentalmente, ensaiou como pediria ajuda a St. John. Catalogou as muitas dores e tormentos que anunciavam sua nova consciência como mulher, e especulou a respeito de como seu relacionamento com Montoya prosseguiria depois que se livrassem de todas as dúvidas que os atormentavam. Também se perguntou acerca de seu comportamento afrontoso da última semana e qual era o significado do mesmo.

Só Maria realmente entendia o tipo de monstro que lorde Welton era. O fato do sangue dele correr em suas veias deixava Amélia inquieta às vezes. Na aparência, ela era, sem dúvida, descendente dele. Será que era igual ao pai de uma maneira a qual era incapaz de enxergar? Era terrível perceber que tudo que fizera nos últimos dias fora motivado pelo egoísmo. Desprezara os sentimentos e as preocupações das pessoas que a queriam – Ware, Maria e St. John – a favor de seu desejo de estar com Montoya. Será que realmente tinha saído ao seu pai?

Amélia contemplou as chamas da lareira e pensou a respeito da máscara e do homem debaixo dela. O desejo de espiar o que havia debaixo dela era premente. Ela procurou justificar a ação levando em consideração que era o mistério da identidade de Montoya que a incitava a agir tão impulsivamente. De nenhuma forma, era um defeito de seu caráter.

Mas e se Montoya tivesse um sono leve? E se ele a apanhasse e ficasse furioso? Amélia temeu a ideia de trocar palavras raivosas.

Talvez Amélia pudesse testar a profundidade do sono de Montoya de alguma maneira?

Então, Amélia tirou sua mão do abdome bem definido de Montoya e correu a mão de leve ao longo da coxa dele. O músculo se contraiu, mas Montoya não fez nenhum outro movimento. Ela tentou de novo, acariciando-o com uma pressão mais forte. Dessa vez, nem mesmo uma leve contração.

Amélia se sentiu esperançosa. Montoya fizera amor com ela com grande intensidade e durante muito tempo, e jornadas prolongadas, sabe-se, fatigam demais um viajante.

Erguendo a cabeça, Amélia admirou a beleza escultural do peito de Montoya. A cicatriz do ombro dele estava mais visível naquele momento, já que o quarto estava mais iluminado por causa do fogo que ele atiçara, para diminuir o frio intenso. Com compaixão, ela observou o buraco deixado pela bala, conjeturando que, pelo tamanho, fora uma ferimento grave.

Amélia beijou a evidência do ferimento, com os lábios roçando a marca em sua pele. O ritmo da respiração de Montoya se alterou, e os bicos do peito dele se entesaram para espanto de Amélia.

Como o corpo humano era fascinante. Naquela noite, Amélia aprendera muito a respeito de seu próprio corpo. Ela sentiu uma súbita ânsia de conhecer tudo a respeito do de Montoya.

Com a lembrança da sessão de amor ainda fresca e flamejante em sua mente, Amélia passou a língua pela pequena cicatriz de carne escurecida. A pele dele era picante, com uma textura mais firme que a da dela. Amélia adorou aquilo, e começou a querê-lo por inteiro.

Imitando aquilo que Montoya fizera antes em seus seios, Amélia agasalhou o bico do peito de Montoya com a boca e o sugou delicadamente. Ele se excitou, mas não da maneira que ela previra.

Com sua coxa sobre a de Montoya, com o joelho dobrado e a perna erguida, Amélia notou o membro dele se manifestando, e virou-se para ver o contorno da ereção ganhando volume sob a roupa de cama. Ela sentiu um calor tomar conta dela, e começou a se mover lentamente. Era de dar água na boca.

Amélia deu uma olhada no rosto de Montoya. Aparentemente, ele dormia, sem nenhuma tremulação nos olhos para denunciar sua percepção.

Será que ela tinha coragem para ir mais além?

Com a curiosidade a agoniando, Amélia não pensou duas vezes. Rumou para a parte inferior do corpo dele, puxando a coberta consigo, e acabou por expor o magnífico membro de Montoya ao seu olhar cobiçoso.

— Você está brincando com fogo, amor.

A voz de Montoya a assustou. Amélia olhou para ele e o viu a observando com uma expressão sonolenta, mas ardente.

— Há quanto tempo você estava acordado? — Ela perguntou.

— Eu ainda não tinha dormido. — Montoya revelou, com a boca pecaminosa se curvando e revelando a covinha no queixo.

— Por que você ficou em silêncio?

— Quis ver até onde você iria. — Montoya ergueu a mão, e pegou e acariciou uma mecha desgarrada dos cabelos dela. — Gatinha curiosa. — Ele murmurou.

— Isso o incomoda?

— De jeito nenhum. Seu toque é vital para mim.

Considerando tais palavras como uma permissão para prosseguir, Amélia voltou novamente sua atenção à ereção. Com a ponta do dedo, ela percorreu toda a extensão do membro e sorriu quando este pulsou ao seu toque.

— Achei incrível nosso encaixe. — Amélia confessou.

Lembrando-se da sensação arrebatadora da vagina dela em torno de seu membro, Colin não conseguiu dar nenhuma resposta. Ele se sentia muito excitado e estava dominado pela vontade. Recordou-se do momento em que ela começara a tocá-lo e da sensação da boca dela sobre o ferimento que quase o tinha matado. Foi o tiro que os separara há tantos anos. Ele tomara o tiro tentando salvá-la.

Amélia deslizou ainda um pouco mais para baixo, parando na altura da virilha de Colin e deixando uma trilha úmida ao longo da perna dele. A evidência de que o mero olhar do corpo dele era suficiente para excitá-la com tamanha intensidade provocou uma contração dos testículos de Colin, forçando a saída de uma gotícula perfeita de desejo, que fez brilhar o cume de seu membro.

Amélia observou a cena com gula e, ao mesmo tempo, Colin se perguntou se ela se atreveria a tanto. Num piscar de olhos, a pergunta foi respondida: Amélia lambeu a gotícula, e Colin sentiu um intenso arrepio de prazer.

Amélia o observou com os olhos quase fechados; um olhar que Colin conhecera bem ao longo dos anos. Era um olhar calculado, que ela dava quando refletia a respeito de como enfrentar um desafio apresentado por ele. Ele sorriu, entendendo que ela jamais procurou se sair melhor do que ele. Amélia só queria se igualar a ele e ser seu par perfeito.

— Você não me respondeu antes. — Amélia afirmou, envolvendo a base do membro de Colin com o polegar e o indicador. — A boca de uma mulher é muito diferente da vagina dela?

— Sim.

— De que maneira?

— De diversas maneiras. Uma vagina abraça cada centímetro de um pênis. Ela se expande e se contrai em ondas, sendo tão macia quanto a seda mais fina. Em contraste, a boca de uma mulher abraça por sucção. A superfície da língua tem textura e é ágil. Pode acariciar como um dedo, estimulando o ponto sensível. — Ele indicou o lugar na base da cabeça de seu membro: — Aqui.

— O que você prefere? — Amélia perguntou, deslizando sua mão para cima e para baixo pelo membro.

— As duas coisas proporcionam prazeres únicos. — Colin respondeu, com os dentes trincados.

— Isso não é uma resposta. — Amélia murmurou.

— É difícil pensar enquanto você me acaricia. — Colin disse.

Ela parou com as carícias e esperou, com impaciência, que ele recuperasse a capacidade de raciocínio.

— Minha preferência muda conforme meu humor. Vão existir ocasiões em que vou querer me perder em você. Vou querer agarrá-la e sentir seu corpo se movendo debaixo do meu. Vou querer sugar seus seios e sentir prazer em beijá-la. Vou querer ver sua expressão no momento do orgasmo e abraçá-la em seguida.

Enquanto falava, Colin sentiu a vagina de Amélia ficar mais úmida e mais quente sobre sua perna. Sua voz ficou mais grave, em reação: — Noutras vezes, vou querer ser servido. Vou querer me perder no prazer de uma maneira que não é possível quando também tenho de cuidar de suas carências. A visão de sua súplica vai satisfazer o homem primitivo em mim, enquanto minha rendição ao seu cuidado será completa. Vou ficar indefeso e exposto, completamente à sua mercê.

— Vou gostar disso. — Amélia afirmou, dando um sorriso malicioso.

— Talvez sim, talvez não. Muitas mulheres não gostam. Elas não conseguem perceber a força do ato. Sentem-se humilhadas e usadas. Outras simplesmente não gostam do sabor do esperma de um homem.

— Humm...

Colin conhecia aquela interjeição e seu presságio. Amélia queria saber que tipo de mulher seria. Infelizmente, o tempo estava acabando para eles.

— Temos de nos vestir. Preciso devolvê-la em segurança ao seu aposento antes de você ser vista. Quando chegar a hora de proteger sua reputação, vamos nos encontrar, e eu me revelarei para você: meu rosto e meus segredos.

— Ainda não terminei. — Amélia reclamou, fazendo um beicinho sedutor, que provocou uma ereção imensa e plena em Colin.

— Será com grande prazer que vou me oferecer à sua experimentação sexual, amor. — Colin afirmou, com a voz rouca. — Mas tal jogo requer um tempo livre de interrupções. Não podemos nos dar ao luxo esta noite.

— Você fala de nossas ligações futuras com tanta segurança. — Amélia afirmou, olhando fixamente para o membro dele. Em seguida, recomeçou a tocá-lo com a mão.

Colin pôs sua mão sobre a dela e deteve os movimentos de vaivém. — Não consigo pensar normalmente, e tampouco sou capaz de aconselhá-la.

— Mas você não deixou claras suas intenções.

Estimulado pela luxúria inebriante e pela possevidade ardente, Colin prometeu: — Minha intenção é derrubar tudo que se ergue entre nós. Depois, quero cortejá-la devidamente, com grande fanfarra. Quero deslumbrá-la com extravagância, e colocar o mundo aos seus pés. — Ele acariciou o dorso da mão dela com o polegar. — Então, quando cada canto recôndito de seu coração estiver preenchido de amor por mim, vou me casar com você.

Colin a amava. Ele não era capaz de imaginar a possibilidade de não ficar com ela, não depois daquela noite. No entanto, não podia prometer nada para Amélia com a cabeça a prêmio.

Apesar disso, no auge do orgasmo de sua vida, Colin pressionara seu corpo contra o ventre de Amélia, e esvaziara o gozo dentro dela. Ele não tinha mais tempo. O tempo estava correndo.

Colin observou o rosto encantador dela e não foi capaz de adivinhar seus pensamentos. — Amélia?

Ela encostou o rosto sobre a coxa dele. — Não vamos esperar até o dia em que a vida satisfaça algum critério secreto para aproveitarmos o momento. — Amélia murmurou. — Aprendi que às vezes o amanhã nunca chega.

A melancolia de Amélia o abalou, e Colin a agarrou, gemendo de prazer quando colocou o corpo nu dela sobre o seu. O desejo sexual tinha de esperar, devido à necessidade mais complicada de adesão a algo precioso, mas inseguro.

O amanhecer estava próximo, mas os dois não foram capazes de renunciar um ao outro.

12.

MARIA ACORDOU COM UMA BATIDA NA PORTA. Tonta de sono, precisou de um tempo para identificar o ambiente. Então, as lembranças do dia anterior e a longa noite insone a tomaram de assalto. Sentou-se abruptamente, atirou as cobertas para o lado e correu para a porta.

– Christopher! – Com alegria, Maria se atirou nos braços do marido.

Ele a puxou para si, ergueu-a no ar e entrou no quarto.

– Como você me encontrou tão rápido? – Maria perguntou, enquanto ele fechava a porta com o pé.

– Eu teria sido mais rápido se você tivesse ficado em uma das minhas estalagens, e não nesta espelunca. Por que diabos está aqui?

– Simon insistiu.

Maria tentara sugerir que eles se hospedassem em um dos muitos imóveis que Christopher possuía em todo o país. Eram pequenas casas de campo, habitadas por aqueles que viviam à custa das aposentadorias pagas por St. John. As casas eram seguras, confortáveis e, em geral, situadas em lugares tranquilos, onde poucas perguntas eram feitas e poucos visitantes apareciam. Apelidadas de "estalagens" – tanto pela descrição exata dos serviços prestados como pelo anonimato proporcionado por nome tão genérico –, eram responsáveis pela proteção de muitas vidas.

– Dane-se Simon! – Em seguida, Christopher beijou Maria.

No momento em que ela claudicou e perdeu o fôlego, ele sussurrou:

– Garota irritante! Por que você me atormenta sendo tão difícil?

– Não é do meu feitio! – ela protestou, jogando o chapéu dele para o lado.

– Imagine se fosse. – St. John carregou Maria e a lançou sobre a cama, com o olhar excitado ante a visão do corpo dela coberto apenas por uma camisola. Livrando-se de seu casaco castanho-amarelado, ele afirmou: – Se você não tivesse feito a vontade de Amélia, não seríamos obrigados a correr atrás dela, e eu não teria passado a noite numa carruagem, morrendo de frio.

– Ela teria ido sozinha – Maria disse, encolhendo-se debaixo das cobertas.

Christopher reavivou o fogo. Em seguida, despiu o colete, tirou as botas e se deitou ao lado de Maria, usando ceroula e blusa.

– Conte-me como você me encontrou tão rápido – Maria pediu, agarrando-se ao marido.

– Quando Sam voltou dizendo que você havia partido, ele mencionou o nome de Quinn. Mandei alguns homens para achar a hospedaria dele, e, quando descobriram onde ele estava hospedado, encontraram seu criado fazendo as malas. Eu o segui, e ele me trouxe até aqui.

Franzindo a testa, Maria ergueu a cabeça.

– Como isso é possível? Não tínhamos a mínima ideia de que nos hospedaríamos aqui.

– Quinn devia saber. Seu criado e a criada da companheira francesa dele vieram direto para este lugar. Você disse que ele insistiu.

– Ele insistiu para ficarmos perto da estrada.

No entanto, naquele momento, ao pensar sobre os acontecimentos recentes, Maria se lembrou de que foi Simon que pedira para eles se hospedarem na primeira estalagem que aparecesse pouco antes de Reading. Ela reclamara da aparência lamentável da estalagem, mas ele se queixara do traseiro doído e do estômago vazio.

– Não entendo. – Maria se sentou ereta e encarou seu marido reclinado. – Nosso encontro na loja não foi planejado. Tenho certeza. Mesmo se eu estivesse enganada a esse respeito, não haveria jeito de Simon saber que Amélia sairia correndo.

– Mas se ele soubesse do homem que Amélia estava perseguindo, e aonde ele poderia estar indo... – Christopher não completou a frase, deixando que Maria tirasse as próprias conclusões.

– Simon me falou que estava saindo de férias. Mas você disse que o criado e os pertences dele ainda não estavam preparados. Por que a artimanha? Por que fingir me ajudar, quando ele tinha os próprios motivos para a perseguição?

– Teremos de fazer essas perguntas para ele dentro de algumas horas, quando nos levantarmos.

– Algumas horas?

St. John bocejou e puxou Maria para seus braços.

– O quarto dele está sob vigilância, e ainda é relativamente cedo. Enviei cavaleiros na frente para seguir as pistas. Não há nada urgente que não possa esperar o tempo de um cochilo. Eu mereço. Preciso dormir um pouco ou ficarei imprestável o resto do dia. Além disso você deve me perdoar por chamar a atenção para esse detalhe... você também não parece descansada.

Maria se acomodou no abraço do marido. Ela era uma mulher que agia rápido. Isso a mantivera viva.

– Não consigo dormir sem você perto de mim – ela confessou.

St. John a abraçou com mais força e deu-lhe um beijo na testa.

– Adoro ouvir isso.

– Devo ter ficado acostumada com seu ronco.

– Eu não ronco!

– Como sabe? Você está dormindo enquanto ronca.

– Se eu roncasse, outra mulher já teria me alertado. – St. John sustentou.

– Talvez você tivesse o hábito de deixá-las tão exaustas que, apesar do barulho, nada era capaz de acordá-las...

Resmungando, St. John se virou e prendeu Maria sob si. Ela piscou ambos os olhos para ele com falso recato. Ninguém se atrevia a provocar o temível pirata, exceto ela. Instigar a ira dele era uma tentação deliciosa a que Maria era incapaz de resistir, pois, quanto mais ela o perturbava, mais sexualmente focado Christopher ficava.

– Se você precisa ficar exausta, senhora, sou mais do que capaz de enfrentar o desafio – St. John afirmou, estendendo a mão para soltar os cordões da ceroula.

– Mas você disse que estava imprestável e precisava de um cochilo...

St. John empurrou para cima a bainha da camisola de Maria e segurou o sexo dela na mão dele. Num instante, ela ficou molhada, quente e pegajosa de desejo. Maria gemeu com as carícias do marido, e ele sorriu de modo insolente, afastando-se para posicionar seu membro.

– Isso parece imprestável para você? – ele murmurou, empurrando toda a extensão do membro duro dentro dela.

– Ah, Christopher... – Maria sussurrou, inundada de prazer. Após quase seis anos de casamento, a paixão dela por ele não diminuíra nem um pouco. – Eu te amo muito. Por favor, não adormeça antes de eu gozar...

– Você pagará por isso – ele afirmou, engolindo as palavras por causa do prazer.

St. John se certificou disso. E foi maravilhoso.

Colin enxaguava sua navalha quando um barulho chamou sua atenção e interrompeu seus movimentos. Ele escutou atento, com os nervos já tensionados ante o confronto iminente.

Amélia retornara ao seu quarto algum tempo atrás, mas Colin duvidava que ela estivesse dormindo. Por natureza, Amélia era muito curiosa, muito impaciente. Conhecendo-a tão bem quanto ele a conhecia, imaginou-a andando de um lado para o outro no quarto e olhando diversas vezes para o relógio, fazendo uma contagem regressiva dos minutos que faltavam para que ele revelasse sua identidade a ela.

O barulho se repetiu. O som perceptível de algo arranhando a porta.

Deixando a navalha sobre a pia, Colin pegou uma toalha e, enquanto secava o rosto, a porta foi aberta. Com uma expressão grave, Jacques entrou no quarto.

– A senhorita Benbridge foi encontrada, *mon ami.*

– Por quem? – Colin indagou, imóvel.

– Por cavaleiros, esta manhã. Eles conversaram com o gigante que veio com ela e, depois, deram meia-volta.

Ofegante, Colin fez que sim com um gesto de cabeça.

– Você arranjou a sala de jantar privada que lhe pedi?

– *Mais oui.*

– Obrigado. Descerei num instante.

Jacques fechou a porta de modo discreto, e Colin apressou sua toalete. Ele prometera uma explicação para Amélia e pretendia fornecê-la sem perturbação.

Colin vestiu um casaco que escolhera naquela manhã. Era uma peça de roupa impressionante, que lembrava a bela plumagem de um pavão. O alto custo do traje intricadamente adornado, que incluía calça e colete entremeado com linha prateada, era evidente. O Colin Mitchell de que Amélia se lembrava de modo tão carinhoso nunca teria sido capaz de comprar uma roupa tão cara. Naquele momento, ele a trajava como evidência de sua ascensão social. Seu sonho de se tornar um homem capaz de sustentá-la era agora uma realidade, e Colin queria que Amélia percebesse isso imediatamente.

Vestido de maneira adequada e com determinação no coração, Colin deixou o quarto e pegou a escada para a sala principal da hospedagem. Não demorou muito para achar o homem corpulento que acompanhara Amélia.

Tim estava sentado com as costas para a parede, e seus olhos vigiavam o ambiente. Com a aproximação de Colin, o olhar de Tim se aguçou.

– Bom dia – Colin o cumprimentou, detendo-se bem diante da mesa.

– Bom dia – Tim respondeu com a voz grave e retumbante.

– Sou o conde Montoya.

– Deduzi isso.

– Há muita coisa que preciso explicar para ela. Você vai me dar o tempo e a oportunidade de fazer isso?

Tim franziu os lábios e inclinou para trás sua cadeira.

– O que tem em mente?

– Reservei a sala de jantar privativa. Manterei a porta entreaberta, mas lhe peço para permanecer do lado de fora.

Tim ficou de pé, superando a altura já bastante considerável de Colin.

– Isso será conveniente tanto para mim quanto para minha lâmina.

Colin concordou com um gesto de cabeça e se pôs de lado, mas, quando Tim se moveu para passar por ele, disse:

– Por favor, entregue isto para ela.

Depois de uma breve pausa, Colin passou os itens a Tim. Colin esperou até o gigante subir a escada e, em seguida, deslocou-se para a sala de jantar privativa e se preparou mentalmente para a conversa mais difícil de sua vida.

No momento em que Maria entrou na sala principal da estalagem, Simon soube que estava em apuros. Ela ostentava o brilho de uma mulher sexualmente satisfeita, mas, se isso não revelava o fim da artimanha criada por ele, a troca de roupas dela revelava. A confirmação chegou quando Christopher St. John entrou no recinto alguns passos atrás de sua mulher.

– Que jeito agradável de começar o dia – Lysette afirmou com alegria.

Embora Simon costumasse detestar o prazer dela em relação ao drama, naquele dia foi um alívio, após o comportamento estranho de Lysette na noite anterior.

Simon deu um suspiro de resignação e ficou de pé.

– Bom dia. – Ele fez uma mesura para o casal.

A combinação da compleição loira de St. John e do sangue espanhol de Maria era muito atraente.

– Quinn – St. John o cumprimentou.

– Simon – Maria murmurou. Ela se sentou na cadeira que seu marido ofereceu e juntou as mãos afetadamente em cima da mesa. – Você sabe a identidade do homem por trás da máscara. Quem é ele?

Reocupando seu assento, Simon respondeu:

– Trata-se do conde Reynaldo Montoya. Ele foi meu empregado durante anos.

– Foi? – o pirata indagou. – Não é mais?

Simon relatou os eventos com Cartland.

– Meu Deus! – Maria exclamou, com os olhos negros arregalados de horror. – Quando Amélia disse que o homem estava em perigo, jamais imaginei que seria nesse grau. Por que não me contou? Por que a mentira?

– É complicado, Maria. – Simon detestava o fato de ter traído a confiança que ela concedia tão raramente. – Não estou autorizado a revelar os segredos de Montoya. Ele salvou minha vida várias vezes. Devo-lhe ao menos o meu silêncio.

– E quanto à minha irmã? – Maria fechou o semblante. – Você sabe o quanto ela significa para mim. Você soube que ela estava em risco e não me alertou a esse respeito... – O tom de voz mudou de repente: – Achava que você e eu éramos mais próximos.

St. John estendeu a mão e entrelaçou os dedos nos de Maria. O gesto de consolo afligiu Simon intensamente. Dentre todas as mulheres do mundo, Maria era a mais querida por ele.

– Queria ajudá-la a encontrar Amélia e, em seguida, mandá-la de volta em segurança com você, deixando que Montoya e eu resolvêssemos esse assunto – Simon revelou.

Maria assumiu uma expressão de fúria, desmentindo a imagem de moça frágil criada por seu delicado vestido com estampa floral.

– Você devia ter me contado, Simon. Se eu tivesse sabido, teria lidado com a situação de maneira muito diferente.

– Sim – ele concordou. – Você teria incumbido dezenas de homens da tarefa, o que teria alertado Cartland e colocado Amélia num risco ainda maior.

– Você não sabe! – Maria sustentou.

– Conheço Cartland. Ele trabalhou para mim. Encontrar pessoas e coisas perdidas é seu ponto forte. Lacaios investigando o interior do país atrairiam a atenção de um ingênuo, e Cartland está longe de ser um deles!

Foi a fala arrastada e áspera do pirata que atravessou a tensão crescente:

– O que você acha, senhorita Rousseau?

– Sou a juíza – Lysette respondeu.

– E a algoz, se necessário – Simon completou.

– Fascinante – St. John afirmou, com ar de espanto.

Maria recuou da mesa e se pôs de pé. Simon e St. John também se ergueram.

– Perdi muito tempo aqui – Maria afirmou, mal-humorada. – Tenho de encontrar Amélia antes que qualquer outra pessoa o faça.

– Permita-me acompanhá-la. Eu posso ajudar – Simon afirmou.

– Você já ajudou o suficiente. Obrigada!

– Lysette viu três cavaleiros pedindo informações na calada da noite – Simon disse, amargo. – Você precisa de toda a ajuda que puder reunir. A segurança de Amélia é de sua responsabilidade, mas Cartland e Montoya são de minha competência.

– E minha também – Lysette interveio. – Não entendo por que não entramos em contato com o homem para quem você trabalha aqui na Inglaterra. Ele seria uma fonte valiosa.

– Creio que St. John possua uma rede maior e mais confiável de colaboradores – Simon sustentou. – Uma rede mais rapidamente mobilizada para a ação.

– Quinn conhece a aparência dos dois homens. Nós não. Ficaríamos de mãos atadas sem ele – St. John disse para Maria, colocando a mão na parte inferior das costas dela.

– Por que Montoya usa uma máscara? – Maria dirigiu a questão para Simon.

Cuidando de manter a expressão impassível, Simon utilizou a desculpa que Colin lhe deu:

– O conde usou a máscara para o baile de máscaras. Posteriormente, resolveu usá-la para tornar mais difícil a busca dele pela senhorita Benbridge. Montoya não queria comprometê-la. Ele se preocupa com ela.

– Temos uma complicação adicional – o pirata afirmou, e todos os olhares se voltaram para ele. – Lorde Ware pode aparecer.

– Você está brincando! – Maria gritou.

– Quem é lorde Ware? – Lysette quis saber.

– Maldição! – Simon murmurou. – A última coisa que precisamos é de um nobre ferido.

– Ele pediu para me acompanhar – St. John revelou. – Mas a partida do criado de Quinn tornou a espera impossível. Porém, Ware pediu a direção e, embora eu fosse propositalmente vago, na esperança de que ele reconsiderasse sua decisão, Ware se provou mais obstinado que os outros homens de sua posição social.

– Ainda mais uma razão para nos colocarmos em movimento – Maria afirmou, ofegante.

– Mandei a carruagem urbana de volta para Londres – o pirata disse. – Pietro está carregando a carruagem de viagem enquanto falamos. Devemos nos apressar.

Simon, infelizmente, não providenciou uma troca de carruagem, e, assim, seu traseiro doído teria de se contentar com o veículo existente.

Com o nascer do sol iluminando seu caminho, eles saíram correndo rumo a Reading.

Quando Amélia escutou a batida na porta de seu quarto, correu para abri-la.

– Tim! – ela disse, surpresa ante a visão de seu visitante.

Será que ele pretendia que eles partissem naquele momento? Aquilo a obrigaria a dar explicações acerca de Montoya e de sua mentira na noite anterior.

Tim deu uma olhada nos cabelos desarrumados e nas roupas desmazeladas dela, e praguejou com uma violência que a assustou.

– Você mentiu para mim ontem à noite! – Tim acusou, abrindo caminho para o interior do quarto.

Como ele sabia?, Amélia perguntou-se.

Então, ela viu o que Tim trazia em suas mãos, e a resposta à pergunta perdeu importância.

– Deixe-me ver – Amélia pediu, com o coração disparado.

Tim segurava a máscara. Como? Por quê?

Ele a contemplou por algum tempo e, em seguida, entregou-lhe a máscara e um bilhete.

Meu amor,
Você tem a máscara. Da próxima vez que você me vir, não a estarei usando.
Seu servo
M

A súbita compreensão de que Montoya poderia ter ido embora depois de ela haver saído de seu quarto lhe causou mal-estar.

– Meu Deus... – Amélia ofegou, agarrando a máscara com força junto ao peito. – Ele se foi?

Tim fez um gesto negativo com a cabeça.

– Ele a espera no andar de baixo.

– Tenho de me preparar para ele.

Amélia correu até a cama não desfeita, onde estavam seu espartilho e sua anágua. Montoya não lhe dera tempo para que se vestisse completamente. O medo dele de que ela fosse descoberta em seu quarto o apressara. Ela esperara pedir uma arrumadeira para ajudá-la, mas Tim teria de cuidar da tarefa.

– Acho que você deve esperar pela chegada de St. John, Amélia. Ele está a caminho agora.

– Não – Amélia sussurrou, fazendo uma pausa no meio do movimento.

O tempo dela com Montoya era muito precioso. A presença de sua irmã e de seu cunhado só aumentaria a confusão que ela sentia.

– Preciso conversar com ele a sós, Tim.

– Você já esteve a sós com ele. – Tim lançou um olhar proposital para a cama não desfeita. – St. John vai me matar por causa disso. Não quero lhe dar mais um motivo para ele ficar furioso.

– Você não entende. Ainda tenho de ver o rosto de Montoya. Não pode esperar que eu encare tal revelação com testemunhas que estão furiosas.

Denotando muita tensão, Tim contemplou Amélia por algum tempo. Então, disse:

– Há pouco, eu o admirei por me procurar. Mas agora quero fazer picadinho dele. Ele não tocou em você, tocou?

– Eu o quero – Amélia afirmou com lágrimas nos olhos. – Eu o pressionei. Fui egoísta e só me preocupei com meus desejos.

Exatamente como a pai dela teria feito, Tim pensou. E amaldiçoou o sangue dele, que a maculou. Tudo ao redor dela estava em desordem porque Amélia só conseguia pensar em si mesma.

– Não chore! – Tim pediu, parecendo infeliz.

O mal-estar de Tim era culpa dela. De algum modo, Amélia tinha de fazer tudo certo. O ponto de partida era Montoya, já que ele era a figura central que iniciara sua descida à loucura.

– Tenho de falar com ele antes que eles cheguem. – Amélia tirou o vestido, que estava desabotoado, colocou o espartilho e deu as costas para Tim. – Preciso de sua ajuda para me vestir.

Ele resmungou algo ao se aproximar de Amélia, e, pelo olhar furioso de Tim, ela se achou afortunada por ter deixado escapar o resmungo.

– Acho que vou me casar com Sarah – Tim murmurou, puxando com tanta força o espartilho dela que Amélia quase perdeu a capacidade de respirar.

Aspirando com dificuldade e carecendo do ar necessário para falar, Amélia golpeou Tim com o braço para adverti-lo. Ele fez cara feia, mas, então, pareceu perceber que ela se achava prestes a desmaiar e por quê. Tom se desculpou e afrouxou o espartilho.

– Espero que ela fique feliz – Tim disse. – Você me conduziu para o altar!

Amélia vestiu correndo a anágua. Depois de Tim amarrar a peça, ela pegou o vestido do chão e enfiou os braços nas mangas. Os dedos grossos de Tim se atrapalharam um pouco com os botões minúsculos que seguravam o vestido.

– Eu gosto muito de você. – Amélia olhou para trás. – Não sei se já lhe falei isso alguma vez, mas é verdade. Você é um bom homem.

O rubor que tomou conta dele disse muito.

– É bom que ele case com você, se é isso o que você quer – Tim afirmou, prestando atenção aos botões. – Caso contrário, vou enforcá-lo e destripá-lo como a um peixe.

Era uma espécie de proposta de paz, e Amélia a aceitou com gratidão.

– Eu o ajudarei, se for o caso.

– Ele não sabe o tipo de encrenca em que se meteu ao se envolver com você – Tim afirmou com ironia.

– Tomara que consigamos manter o homem vivo tempo suficiente para mostrar para ele – Amélia disse com impaciência.

Quando Tim avisou que havia terminado, Amélia calçou rápido as meias e os sapatos, e correu na direção da porta. Quando alcançou a escada, com toda a compostura que conseguiu reunir, sentiu-se tonta por causa da falta de ar.

Os próximos momentos de sua vida mudariam o futuro para sempre. Ela era capaz de sentir isso em seu âmago. A sensação de presságio era tão intensa que ela quase tendeu a fugir, mas não podia fazer isso. Precisava de Montoya com uma profundidade e intensidade que achara que nunca sentiria de novo. Por um lado, seu coração gritava em silêncio à traição de seu primeiro e querido amor por Colin. Por outro, entendia que a afeição por um homem não negava a afeição que sentia pelo outro.

A mão de Amélia tremia quando alcançou a maçaneta da porta da sala de jantar privativa. Com os nervos à flor da pele, ela estava prestes a encarar o homem que a vira e a tocara de uma maneira como jamais nenhum outro. A tensão adicional ocasionada pela revelação de seu rosto só aprofundava a inquietação e preocupação de Amélia.

Respirando fundo, ela bateu na porta.

– Entre.

Antes de perder a coragem, Amélia girou a maçaneta e entrou na sala. Parou logo depois da porta, captando a situação do recinto, incluindo o fogo da lareira, uma grande mesa circular coberta com uma toalha e as paredes repletas de pinturas de paisagens rurais. Ele estava de costas, observando através da janela, com as mãos entrelaçadas na parte inferior das costas, os ombros largos cobertos por uma refinada seda colorida, e os macios cabelos negros contidos num rabicho que terminava exatamente entre suas escápulas.

A visão de sua figura ricamente vestida numa sala simples era deslumbrante. Então, ele se virou, e Amélia ficou paralisada, em estado de choque.

Não pode ser ele, ela pensou, sentindo algo parecido com pânico. *É impossível.*

O coração de Amélia começou a bater acelerado, sua respiração ficou fora do ritmo normal e seus pensamentos vacilaram como se seu cérebro tivesse sido atingido por um golpe.

Colin.

Como era possível...?

Quando seus joelhos cederam, Amélia tentou agarrar às cegas uma cadeira próxima, mas não conseguiu. Assim, ela caiu sobre o tapete, com um suspiro estridente enchendo o ar tremendamente carregado.

– Amélia... – Colin disparou na sua direção, mas ela ergueu a mão para detê-lo.

– Fique longe! – Amélia conseguiu dizer, com um nó apertando-lhe a garganta.

O Colin Mitchell que ela conhecia e amava estava morto.

Então, como é que ele está aqui com você?, uma voz mental insidiosa questionava.

Não pode ser ele... Não pode ser ele...

Amélia repetiu essa ladainha incessantemente em seu íntimo, incapaz de suportar a ideia dos anos entre eles, da vida que ele devia ter levado, dos dias e das noites, dos sorrisos e das risadas...

A traição foi tão completa, deixando-a incapaz de acreditar que Colin fosse capaz daquilo. No entanto, quando ao encarar o homem perigosamente bonito parado a sua frente, o coração dela sussurrava a verdade angustiante.

Eu o reconheceria em qualquer lugar. Meu amor, o coração dizia.

Como conseguiu não notar os sinais?

Porque ele estava morto. Porque eu me enlutei longa e profundamente.

Livre da máscara, os exóticos traços ciganos de Colin não deixavam dúvida de que era ele. Colin estava mais velho, as linhas de seu rosto, mais angulosas, mas os traços do menino que ela amara continuavam ali. O olhar, porém, era de Montoya: um olhar amoroso, faminto, inteligente.

O amante que compartilhara sua cama era Colin...

Um gemido escapou dela, e Amélia cobriu a boca com a mão.

– Amélia...

O tom doloroso com o qual seu nome foi pronunciado a fez chorar com mais intensidade. O sotaque estrangeiro tinha desaparecido, deixando para trás a voz que ela escutava em seus sonhos. Estava mais grave, mais madura, mas era a voz de Colin.

Amélia desviou o olhar, incapaz de aguentar a visão dele.

– Você não tem nada para dizer? – Colin perguntou, calmo. – Nenhuma pergunta a fazer? Nenhum insulto a lançar em voz alta?

Muitas palavras lutavam para deixar a boca de Amélia, e três muito preciosas, mas ela não as proferiu, relutante em expor a intensidade de sua dor. Amélia contemplou um pequeno quadro de um lago que adornava a parede.

– Meu corpo esteve dentro do seu – Colin disse, rouco. – Meu coração bate em seu peito. Se você não tem vontade de falar comigo, não pode nem ao menos olhar para mim?

A resposta silenciosa dela foram as lágrimas que escorreram numa torrente constante, sem fim.

Colin praguejou e se aproximou dela.

– Não! – Amélia gritou. – Não chegue perto de mim.

Como era estranho ver a maturidade e a elegância de Montoya dentro de seu amor de infância. Ao mesmo tempo, ele parecia o mesmo e diferente. Era maior, mais forte, mais vital. Era atraente de modo impressionante, dotado de um encanto masculino que poucos homens conseguiam rivalizar. Amélia costumava sonhar com o dia em que eles estariam casados e ela poderia chamá-lo de seu.

Mas aquele sonho morreu com a morte de Colin.

– Ainda sonho com isso – Colin murmurou, respondendo às palavras que ela não percebera que dissera em voz alta. – Ainda quero isso.

– Você me fez acreditar que estava morto. – Amélia se sentia incapaz de conciliar o Colin de que se lembrava com o homem magnificamente vestido parado diante dela.

– Não tive escolha.

– Você podia ter me procurado em algum momento, em vez de se ausentar durante anos!

– Voltei assim que pude.

– Como outro homem! – Amélia fez um gesto negativo com a cabeça, com a mente se enchendo com as lembranças das últimas semanas. – Foi um papel cruel que você representou contra os meus sentimentos, fazendo com que eu me preocupasse com um homem que não existe.

– Eu existo! – Colin se mostrou audaz e orgulhoso, com os ombros para trás e o queixo erguido. – Não representei nenhum papel contra você. Cada palavra que saiu da boca de Montoya, cada toque, era do meu coração. O mesmo coração bate nos dois homens. Somos um único homem. Os dois loucos de amor por você.

Amélia rejeitou a afirmação dele com um gesto de desdém com a mão.

– Você fingiu um sotaque e fez com que eu acreditasse que estava desfigurado.

– O sotaque era um disfarce, sim. Uma maneira de impedi-la de adivinhar a verdade antes de eu poder lhe contar da maneira correta. O resto foi uma criação de sua mente, e não da minha.

– Não me responsabilize por essa farsa. – Amélia se esforçou a se pôr de pé. – Você me fez sofrer por você. Tem ideia do que sofri nos últimos anos? Como eu sofri nessas últimas semanas, achando que estava traindo Colin por me apaixonar por Montoya?

O sofrimento tomou conta da expressão de Colin. Amélia odiou a satisfação malévola que sentiu ante essa visão.

– Seu coração nunca foi enganado. Ele sempre soube – Colin afirmou.

– Não...

– Sim!– Os olhos escuros dele brilharam com intensidade. – Você se lembra do nome que gritou no auge do orgasmo? Quando eu estava bem fundo dentro de você, preso no cerne de seu corpo...

Amélia engoliu em seco, com a mente se deslocando através das diversas sensações que assaltaram seu corpo inexperiente. Lembrou-se da aparência da cicatriz no ombro dele, o modo pelo qual sua percepção a atormentara de tal maneira que ela não conseguiu identificar com precisão.

– Você estava me enlouquecendo! – Amélia acusou.

– Eu quis lhe contar, Amélia. Eu tentei.

– Depois, você poderia ter contado. Quase lhe implorei.

– E ter essa discussão logo após termos feito amor? – Colin zombou. – Nunca! A noite passada foi o auge de minhas fantasias mais profundas, mais queridas. Nada poderia ter me induzido a arruinar isso.

– Está arruinado! – Amélia tremia. – Sinto como se tivesse perdido dois amores, pois o Colin que conheci está morto, e Montoya era uma mentira.

– Ele não é uma mentira!

Colin se aproximou de Amélia, e ela, rápido, pegou uma cadeira e a colocou entre os dois. No entanto, a cadeira não foi um obstáculo, e ele a empurrou para o lado. Ela se virou para fugir, mas Colin a pegou. A sensação dos braços dele em torno do corpo trêmulo dela foi muito intensa.

Amélia cedeu ao abraço, arrasada.

– Eu te amo – Colin murmurou, com a boca grudada no rosto dela. – Eu te amo.

Por muito tempo Amélia rezara para escutar aquelas palavras da boca de Colin, mas, naquele momento, não tinham o menor valor; e chegavam muito tarde.

13.

QUANDO A CARRUAGEM ENTROU NO PÁTIO DA estalagem mencionada pelos cavaleiros, Maria pegou o chapéu e as luvas na preparação para o desembarque.

– É muito raro vê-la tão ansiosa – Christopher murmurou, com seu olhar semicerrado fazendo-o parecer enganosamente sonolento.

Ela o conhecia muito bem para acreditar nisso.

– Sinto-me aliviada de a termos encontrado, e por ela estar com o juízo perfeito o suficiente para aceitar a companhia de Tim. Mas ainda há as questões de Montoya e Ware para tratarmos. – Maria suspirou. – Por mais miserável que tenha sido minha juventude, fico grata de ter estado demasiadamente ocupada para me entregar a um amor imprudente como esse.

– Você estava esperando por mim – Christopher sussurrou, pegando a mão de Maria antes de ela vestir a luva e a beijando.

Maria segurou o rosto dele e sorriu.

– Você valeu a espera.

A carruagem se deteve, e Christopher desembarcou com um salto. Ao aceitar a ajuda do marido, Maria disse:

– Estou surpresa de Tim não estar aqui fora para nos receber.

– Eu também – Christopher concordou. Então, ergueu o olhar na direção do cocheiro. – Pietro, cuide dos cavalos e, em seguida, descarregue a valise da senhorita Benbridge.

Pietro concordou com um gesto de cabeça e se afastou, levando a carruagem a uma cocheira próxima de onde estavam.

– Você pensa em tudo – Maria elogiou, entrelaçando seu braço no dele.

– Não, eu penso em você – ele corrigiu, olhando para ela com a intensidade que a abalara muitos anos atrás.

Maria e Christopher esperaram que Simon e a senhorita Rousseau se juntassem a eles. Em seguida, todos entraram na estalagem silenciosa.

– Vou perguntar a respeito de Tim. – E Christopher se dirigiu à recepção.

Pouco depois, ele gesticulou para um dos lacaios ao lado de Maria para se juntar a ele. Juntos, os dois homens seguiram o dono do estabelecimento e saíram do recinto.

– O que está acontecendo? – a senhoria Rousseau quis saber.

– Vamos pedir alguma comida – Simon afirmou. – Estou meio faminto.

– Você está sempre meio faminto – Lysette resmungou.

– É necessária muita energia para suportá-la, senhorita – ele replicou.

A dupla, às turras, afastou-se, deixando Maria esperando com outro lacaio. Pouco depois, Christopher reapareceu na companhia de Tim.

Maria percebeu a aparência desgostosa na expressão de Tim e se adiantou para se reunir a eles.

– Onde Amélia está?

Falando lentamente, Christopher disse:

– Ao que tudo indica, o admirador fantasma de Amélia decidiu mostrar seu verdadeiro rosto.

– Ah! – Maria olhou para Tim, que parecia tanto aflito quanto furioso. – E daí?

– Os dois estão conversando na sala de jantar privativa – Christopher explicou. – Com a porta destrancada em consideração à decência. Pelos sons, a coisa não está indo bem para o homem.

– Por que não?

– Quando o homem se aproximou de mim, achei sua aparência familiar, mas não consegui identificá-lo. Uma ideia me ocorreu quando, por acaso, os ouvi conversando – Tim disse.

– O que lhe ocorreu? – Maria olhava para os dois homens. – Quem é ele? Você o conhece?

– Lembra-se dos quadros que desenhei para a senhora em Brighton? – Tim perguntou, remontando à época do "namoro" dela com Christopher.

Depois da tentativa fracassada de resgatar Amélia, Tim fez bom uso de sua memória excelente e seu talento, desenhando imagens dos criados que fizeram Amélia desaparecer misteriosamente.

Com um gesto afirmativo de cabeça, Maria se recordou dos belos desenhos.

– Sim, é claro – ela afirmou.

– O homem com quem ela está conversando é um deles.

Pensativa, Maria tentou se lembrar de todos. Havia um desenho de Amélia e Pietro, e também o de uma governanta e de um jovem cavalariço.

– Não é possível. – Maria meneou a cabeça. – Aquele jovem era Colin, o garoto que morreu tentando salvar Amélia.

– O sobrinho de Pietro, não? – Christopher se mostrava espantado. – Se existir alguma dúvida quanto à identidade do homem, tenho certeza de que Pietro poderá nos ajudar a esclarecê-la.

– Mas que inferno! – Maria murmurou. Virando-se, ela procurou Simon e o encontrou afundado numa poltrona. Em seguida, dirigiu-se a ele.

Simon ergueu o olhar e viu Maria chegando. O sorriso dele desapareceu quando a resignação tomou conta de sua expressão. Naquele momento, Maria já tinha conhecimento da verdade, e o coração dela sofreu devido à dor que sua irmã devia estar sentindo.

– Vamos, fale! – Maria exigiu, de maneira brusca, quando Simon se pôs de pé diante dela.

Simon fez que sim e indicou a poltrona vazia situada entre ele e a senhorita Rousseau.

– Talvez você queira se sentar – ele disse. – Nossa conversa pode levar algum tempo.

– Deixe-me ir, Colin. – Amélia conseguiu conter o choro.

A sensação do corpanzil dele abraçado de modo tão apaixonado com o dela era, ao mesmo tempo, um bálsamo e um espinho. Os nervos de Amélia estavam devastados; as emoções dela flutuavam entre uma alegria selvagem e estonteante e uma sensação de abandono muito próxima da que sentira com o cuidado negligente de seu pai.

– Não posso – Colin afirmou, rouco, com o rosto quente pressionado de modo ardente no dela. – Receio que, se eu a deixar ir, você me abandonará.

– Eu quero abandoná-lo – Amélia murmurou. – Como você me abandonou.

– Foi a única escolha que me permitiu a oportunidade de tê-la. Você não é capaz de entender? – O tom da voz dele era de apelo. – Se eu não tivesse partido e ganho minha fortuna em outro lugar, você nunca seria minha; e eu não conseguiria suportar isso, Amélia. Faria qualquer coisa para ter você, até mesmo abandoná-la por um tempo.

Amélia puxou os braços de Colin. Cada respiração dela era preenchida com o cheiro dele, um cheiro que estimulava seu corpo com lembranças da noite apaixonada entre os dois. Era um tormento insuportável.

– Solte-me!

– Prometa que você vai ficar e me escutar até o fim.

Amélia fez que sim com um gesto de cabeça, sabendo que não tinha escolha. Eles tinham de achar alguma conclusão para aquilo, para que pudessem seguir adiante com suas vidas.

Encarando-o com o queixo erguido, Amélia procurou manter a expressão impassível, apesar das lágrimas que não conseguia reprimir. De sua parte, Colin não fez nenhum esforço para ocultar seu sofrimento. Seus belos traços estavam devastados pelas emoções dolorosas.

– Talvez eu tivesse me sentido diferente se você houvesse me revelado seu desejo de construir uma vida sozinho, se tivesse me tornado parceira de seus planos, em vez de me excluir – Amélia afirmou, categórica.

– Seja sincera, Amélia. – Colin entrelaçou as mãos às costas, para se impedir de estendê-las a ela. – Você nunca teria permitido que eu partisse. E se você tivesse pedido para eu ficar, não teria tido a força de lhe dizer "não".

– Por que você não ficou?

– Como eu poderia mantê-la com um salário de criado? Como eu poderia lhe dar o mundo se eu não tinha nada?

– Eu poderia ter aguentado qualquer vida se você estivesse ali para compartilhá-la!

– E quanto às noites? – Colin desafiou. – Você sentiria o mesmo se tivéssemos de racionar o carvão e tremêssemos de frio? E quanto aos dias? Teríamos de acordar antes de o sol nascer e trabalhar até a exaustão.

– Você poderá me manter aquecida, como você fez ontem à noite – Amélia replicou. – Uma vida inteira de noites assim... Eu mandaria o carvão para o inferno se minha cama estivesse aquecida por você. E quanto aos dias... A passagem de cada hora me levaria para mais perto de você. Eu poderia ter tolerado qualquer coisa se isso me levasse de volta a você.

– Você merece o melhor!

Amélia bateu o pé.

– Não cabia a você decidir que eu era incapaz de levar uma vida assim. Não cabia a você decidir que eu não era bastante forte.

– Nunca duvidei de que você faria um esforço assim por mim – Colin sustentou, com o corpo vibrando com uma intensidade ansiosa, que muito fazia recordar o Colin de antigamente. – Duvidei, sim, de *minha* força, de *minha* capacidade de viver dessa maneira.

– Você nem mesmo tentou.

– Não fui capaz. – A voz de Colin demonstrava sua comoção. – Como eu poderia suportar olhar para suas mãos rachadas e avermelhadas? Como eu poderia suportar as lágrimas que surgiriam nos minutos de descuido, quando você sentisse saudade de um bem-estar?

– O amor exige sacrifícios.

– Não quando todo o sacrifício é feito por você. Eu não poderia continuar vivendo sabendo que meu egoísmo a levaria a um final infeliz.

– Você não entende. – Amélia ergueu a mão para cobrir o coração. – Eu teria sido feliz todo o tempo que tivesse você.

– E eu me odiaria.

– Percebo isso agora. – Angustiando-se de uma forma nova, Amélia quis saber como pôde ter se equivocado tanto a respeito do amor de um pelo outro. – Se nós jamais tivéssemos nos conhecido, você teria sido feliz com a vida que tinha, não?

– Amélia...

– Seu descontentamento tem origem em mim e deriva das expectativas que imaginou que eu tinha por você.

– Não, isso não é verdade.

– É sim. – A dor no peito de Amélia cresceu até ela mal conseguir respirar. – Sinto muito – sussurrou. – Preferia não ter conhecido você. Talvez pudéssemos ser felizes.

– Meu Deus, não fale uma coisa dessas! – Colin exclamou, arregalando os olhos. – Você é a única coisa que sempre me trouxe felicidade.

De repente, Amélia se sentiu muito velha e muito cansada.

– Deixar seu país e sua família. Percorrer o continente europeu arriscando a vida para coletar informações para a Coroa... Isso é o que chama de felicidade? Você está iludido.

– Droga! – Colin a agarrou pelos ombros. – Você vale isso, tudo isso. Eu faria de novo cem vezes para me tornar digno de você.

– Nunca achei que você não fosse digno, e você não tinha esses sentimentos de inferioridade até me encontrar. Isso não é amor, Colin. Não sei o que é isso, mas sei o que não é.

Ansioso devido à súbita serenidade de Amélia, Colin considerou maneiras de mantê-la ligada a ele. Na noite anterior, eles ficaram tão próximos quanto dois amantes poderiam esperar ficar alguma vez, e, naquele momento, encontravam-se tão distantes como dois estranhos.

– Independentemente das dúvidas que minha revelação possa inspirar, não subestime meus sentimentos por você. Amo você, Amélia. Desde o momento em que a vi pela primeira vez, me apaixonei por você, e nunca deixei de sentir esse amor. Nem por um instante.

Amélia secou as lágrimas com as mãos de modo tão determinado que ele sentiu certa inquietação.

– E quanto às ocasiões em que você conquistou a habilidade de fazer amor que exibiu tão belamente ontem à noite? Estava apaixonado por mim?

– Sim, droga! – Colin a puxou para mais perto, pressionando todo o seu corpo contra o dela. – Mesmo nessas ocasiões. Sexo é sexo para um homem. Nada mais. Precisamos gastar nosso sêmen para sermos saudáveis. Não tem nada a ver com sentimentos elevados.

– Simplesmente saciando suas necessidades, como você fez atrás da loja quando éramos mais jovens? – Amélia fez um gesto negativo com a cabeça. – Ontem à noite, depois de cada toque... de cada carícia... me perguntava com quantas mulheres você devia ter se divertido a fim de adquirir tamanha habilidade.

– Ciúme? – Colin provocou, sangrando por dentro e assustado com o rápido afastamento de Amélia, que falava sem inflexão na voz, sem sentimento, como se não se importasse. – Queria ser você a satisfazer minhas necessidades mais básicas sem emoção ou carinho? Sem afeto ou interesse?

– Estou com ciúme, sim, mas também estou triste. – A expressão de Amélia era vazia. – Você levou uma vida plena sem mim, Colin. Devem ter havido ocasiões em que ficou contente com seu destino. Você não deveria ter voltado. Aquelas mulheres não o fizeram querer ser alguém que você não é, como eu faço.

– Nunca penso nelas – Colin jurou, segurando o rosto dela com as mãos. – Nunca. O tempo todo pensei em você e de quão profundamente eu a queria. Queria que elas fossem você. Era uma dor que jamais desapareceu. Aprendi, sim. Dotei-me de conhecimento, sim. Para você! Para poder ser tudo para você, para poder satisfazê-la de todas as maneiras. Quis ser tudo o que você precisava, tudo o que você queria.

– Que triste... – Amélia afirmou. – Parte meu coração saber que o impedi de ser feliz.

Furioso com sua impotência e confuso com o rumo que a conversa tomava, Colin a manteve quieta beijando-a, com força, e nas profundezas quentes e úmidas.

Colin provou a dor e tristeza de Amélia, sua amargura e sua raiva. Ele a bebeu toda, acariciando a língua dela com a sua, antes de sugá-la intensamente.

Depois de agarrar com força os antebraços de Colin com as duas mãos, Amélia gemeu e tremeu nos braços dele. O corpo dela foi incapaz de resistir ao dele, mesmo naquele momento. Era uma fraqueza que Colin detestava explorar, mas que exploraria se fosse necessário.

– Minha boca é sua. – Colin roçou seus lábios úmidos de um lado para o outro nos dela. Pegou a mão de Amélia e a levou a seu coração. – Percebe como ele está batendo com força? É por sua causa. Tudo, tudo o que sempre fiz foi com você em mente.

– Pare... – Amélia pediu, ofegante, com os seios apertados contra o braço de Colin por causa da respiração difícil.

– E meus sonhos... Meus sonhos sempre foram seus. Aspiro ser um homem melhor para ser digno de você – Colin afirmou.

– E quando esse dia chegará, Colin?

Ele recuou, franzindo as sobrancelhas.

– Todos esses anos, e mesmo assim você ainda encontra motivos para me pôr de lado; até a noite passada, quando eu o forcei. – Amélia suspirou. – Acho que vemos um no outro apenas o que queremos ver, mas, no final das contas, o abismo entre nós é muito grande para ser vencido com meras ilusões.

– O que você está dizendo? – Colin perguntou, petrificado.

– Digo que estou cansada de ser deixada para trás e esquecida até a chegada de um tempo predeterminado. Passei toda a minha vida sob tal sombra, e não pretendo fazer isso nem por mais um minuto.

– Amélia...

– Estou dizendo que, quando sairmos dessa sala, Colin, será a despedida entre nós.

O leve ruído na porta aberta desviou a atenção de Simon dos mapas espalhados sobre sua escrivaninha. Ele ergueu os olhos e viu o mordomo com expressão de espanto.

– Sim?

– Há um jovem na porta perguntando por lady Winter. Eu lhe disse que nem ela nem o senhor estavam em casa, mas ele se recusa a ir embora.

– Ah! Quem é? – Simon perguntou, aprumando-se.

– Parece ser um cigano. – O mordomo pigarreou.

– Faça-o entrar – Simon pediu, disfarçando a surpresa.

Simon precisou de pouco tempo para guardar os documentos confidenciais que estavam sobre a escrivaninha. Em seguida, sentou-se e esperou pelo jovem de cabelos escuros, que não tardou a se apresentar em seu escritório.

– Onde está lady Winter? – o rapaz indagou, com os ombros e o queixo denunciando sua determinação obstinada de obter aquilo pelo qual viera até ali.

Simon recostou-se em sua cadeira.

– Ela está viajando pela Europa, foi o que me disseram.

– A senhorita Benbridge está com ela? Como posso encontrá-las? Você tem a direção das duas? – o rapaz quis saber.

– Qual é o seu nome?

– Colin Mitchell.

– Bem, senhor Mitchell, gostaria de um drinque? – Simon ficou de pé e se moveu até a fila de garrafas enfileiradas na mesa em frente à janela.

– Não.

Ocultando um sorriso, Simon verteu dois dedos de conhaque num copo, deu meia-volta e apoiou o quadril no console. Mitchell não saiu do lugar, examinando o recinto com o olhar e detendo-se vez ou outra sobre alguns objetos, com os olhos semicerrados. Buscando pistas para as respostas que procurava. Ele era um jovem de constituição esbelta e exoticamente atraente. Simon imaginou que as mulheres o considerassem fascinante.

– O que você fará se encontrar a bela Amélia?– , Simon perguntou. – Trabalhar na cocheira? Cuidar dos cavalos?

Mitchell arregalou os olhos.

– Sim, eu sei quem você é, ainda que tenham me dito que estava morto.– Simon ergueu o copo e virou o conteúdo. Sentiu-se aquecido, e sorriu. – Então você pretende trabalhar como subalterno dela, desejando-a de longe? Ou talvez espere rolar com Amélia sobre o feno sempre que possível, até que ela se case ou fique grávida de seu filho.

Simon aprumou-se e deixou de lado o copo, protegendo-se do esperado – mas surpreendentemente forte – soco que o jogou no chão. Ele e o garoto atracaram-se em combate, socando-se sobre uma mesinha e quebrando as estatuetas de porcelana que a enfeitavam.

Não demorou muito para Simon conseguir vantagem na luta. O tempo teria sido mais curto se ele não ficasse tão preocupado em machucar o rapaz.

– Chega! – Simon ordenou. – Escute-me. – Ele não falou mais de modo arrastado; naquele momento, seu tom era muito sério.

Mitchell estacou, mas sua expressão continuou sendo de fúria.

– Nunca mais fale de Amélia dessa maneira!

Pondo-se de pé, Simon estendeu a mão para ajudar o jovem a se erguer.

– Só estou mostrando o óbvio. Você não tem nada. Nada a oferecer, nada para sustentá-la, nenhum título para lhe dar prestígio.

A tensão na expressão de Mitchell denunciou seu ódio pela verdade

– Eu sei de tudo isso.

– Ótimo. – Simon endireitou sua roupa e reocupou seu assento atrás da escrivaninha. – Agora, e se eu me oferecer para ajudá-lo a adquirir o que você precisa para se tornar digno dela: dinheiro, uma casa adequada, talvez até mesmo um título de algum país distante, que combinaria com os traços físicos transmitidos por sua origem?

– Como? – Mitchell ficou paralisado, com o olhar se estreitando em ávido interesse.

– Estou envolvido em certas... atividades que podem ser facilitadas por um jovem com seu potencial. Fiquei sabendo de seu arrojado quase resgate

da senhorita Benbridge. Com a modelagem correta, você poderia ser um grande trunfo para mim. – Simon sorriu. – Eu não faria essa oferta para qualquer um. Assim, considere-se afortunado.

– Por que eu? – Mitchell indagou, desconfiado, e não sem um pouco de desdém.

Ele era um pouco cético, o que Simon considerou excelente. Um garoto totalmente ingênuo seria imprestável.

– Você não me conhece, nem sabe do que sou capaz.

Simon manteve seu olhar firme.

– Sei bem os obstáculos que um homem superará por uma mulher de quem ele gosta muito.

– Eu amo Amélia.

– Sim. Ao ponto de tentar obtê-la a todo custo. Preciso de uma dedicação como essa. Em troca, vou garantir que você se torne um homem de alguns recursos.

– Isso levaria anos. – Mitchell passou a mão pelos cabelos. – Não sei se consigo suportar.

– Dê a vocês mesmos tempo para amadurecer. Permita a Amélia ver o que ela perdeu durante todos esses anos. Então, se ela o quiser, você saberá que Amélia está tomando a decisão com o coração de uma mulher, e não com o de uma menina.

Por um bom tempo, o jovem permaneceu imóvel, com o peso de sua indecisão sendo algo bem tangível.

– Tente – Simon incitou. – Que dano pode advir da iniciativa?

Finalmente, Mitchell respirou fundo e desabou sobre a cadeira diante da escrivaninha.

– Estou ouvindo.

– Excelente! – Simon se recostou, mais relaxado. – Agora, aqui estão minhas ideias...

– Por que você não me disse nada? – Maria perguntou depois que a história terminou, encarando Simon como se ele fosse um estranho.

– Se eu tivesse lhe contado, você teria ocultado a informação de sua irmã? Claro que não. E o segredo não era meu para ser compartilhado – Simon afirmou, gentilmente.

– E quanto à dor e ao sofrimento de Amélia?

– Lastimável, mas não era algo que eu poderia aliviar.

– Você poderia ter me dito que ele estava vivo – Maria sustentou.

– Mitchell tem todo o direito de se tornar digno da estima de Amélia. Não o culpe por perseguir a mulher que ele ama da única maneira disponível para ele. Juro, entendo as motivações de Mitchell muito bem. – Simon fez uma pausa e, em seguida, falou com a voz mais serena: – Além disso, o que o homem fez da vida dele não era de seu interesse.

– É do meu interesse – ergueu-se uma voz por trás dele. – Agora que afeta a senhorita Benbridge.

Em sua cadeira, Maria virou-se e encarou o homem que se aproximava.

– Lorde Ware – ela saudou, com o coração disparado.

O conde estava trajado de maneira informal, de um modo como Maria jamais vira. Mas a tensão no corpo dele denunciava que o lazer estava distante de sua mente. Seus cabelos escuros não se achavam enfeitados, exceto por uma fita em sua nuca, e ele usava botas, em vez de sapatos com saltos.

– Esse é o noivo? – a senhorita Rousseau perguntou.

– Milorde – Christopher saudou. – Estou impressionado com sua dedicação.

– Até ela me dizer o contrário, considero o bem-estar da senhorita Benbrige uma de minhas responsabilidades – o conde afirmou, com a expressão séria.

– Eu não me divertia tanto há muito tempo – a francesa afirmou, abrindo um sorriso.

Maria fechou os olhos e friccionou o espaço entre as sobrancelhas. Christopher, parado de pé atrás da mulher, pôs a mão sobre o ombro dela e deu um leve aperto de compaixão.

– Alguém se importaria de me fornecer informações? – Ware arqueou uma sobrancelha.

Maria olhou para Simon, que fez um ar de espanto.

– Como devo expressar isso de maneira delicada?

– Não é necessária nenhuma delicadeza – Ware garantiu. – Não sou ignorante, nem afligido com uma constituição fraca.

– Ele pretende se casar com um membro de nossa família – Christopher assinalou.

– Verdade. – Simon recapitulou os acontecimentos que levaram até aquele momento, omitindo cuidadosamente nomes como o de Eddington, que não podia ser compartilhado.

– Então o homem mascarado era Colin Mitchell? – Ware franziu a testa. – O garoto que a senhorita Benbridge desejou em sua juventude? E ela não sabia que era ele?

– Ela sabe agora – Tim sussurrou.

– Mitchell está conversando com ela enquanto falamos – Christopher explicou.

Depois de escutarem um som surdo, todos se viraram e viram Pietro, parado, boquiaberto, com uma valise caída junto aos seus pés.

– Não é possível! – o cocheiro afirmou, excitado. – Colin está morto.

Maria deu uma olhada em Simon, que recuou, assustado.

– Isso está ficando ainda mais fascinante. – A senhorita Rousseau sorriu mais largo.

– Você é uma criatura desprezível – Simon vociferou.

Erguendo os olhos na direção de Christopher, Maria sinalizou sua intenção de se pôr de pé, e ele recuou.

– Quero ir ver como as coisas estão progredindo.

– Não é preciso – ele murmurou, com o olhar posto além de Maria.

Todas as cabeças se viraram na direção do corredor que levava à sala de jantar privativa. Amélia apareceu com os olhos e o nariz avermelhados e os cabelos desgrenhados; a imagem de uma beleza torturada e de um coração partido.

Mitchell surgiu logo atrás de Amélia, e a visão dele espantou Maria, assim como todos que o viram. Elegantemente trajado e altivo na atitude, Colin não guardava vestígios de servidão em sua figura. Era um homem muito bonito, com olhos escuros e sensuais, emoldurados por cílios espessos e longos, e uma boca voluptuosa enquadrada por um maxilar firme e determinado. Ele também parecia arrasado e seriamente magoado, e Maria sentiu compaixão pelos dois.

– Amélia... – A fala arrastada e elaborada de Ware denotava preocupação.

O olhar de Amélia encontrou o de Ware, e os olhos dela se encheram de lágrimas. Um rosnado baixinho saiu do peito do conde.

– Colin. – A clara agonia de Pietro aprofundou o trauma das revelações do dia.

Desatenta devido aos diversos acontecimentos, Maria não previu a intenção de Ware até ele se aproximar em silêncio de Mitchell e perguntar:

– Você se considera um cavalheiro?

– Sim – Mitchell respondeu, tenso.

Ware jogou uma luva aos pés de Mitchell.

– Então, eu exijo uma satisfação.

– Eu lhe darei.

– Meu Deus! – Maria murmurou.

Christopher saiu de perto da mulher, colocou-se ao lado do conde e disse:

– Ficarei honrado em servir como seu padrinho no duelo, milorde.

– Obrigado .– Ware meneou a cabeça.

– Eu servirei como padrinho de Mitchell. – E Simon se juntou a eles.

– Não! – Amélia gritou, com um olhar de horror lançado na direção dos homens, que apresentavam expressões implacáveis. – Isso é um absurdo.

Maria a afastou.

– Você não pode interceder.

– Por quê? Isso não é necessário.

– É, Amélia.

– Tenho uma casa em Bristol – Ware revelou. – Sugiro que o duelo seja ali. Nossa plateia será composta daqueles em quem confiamos.

Mitchell concordou com um gesto de cabeça.

– Bristol era meu destino. Assim, a localização também é conveniente para mim.

– Eu provoquei isso. – Amélia olhava suplicante para Maria. – Meu egoísmo levou a esse fim. Como posso impedi-lo?

– O que está feito, está feito – Maria disse.

– Quero ir com eles.

– Não seria sensato.

Christopher se virou para ela, e Maria percebeu pela expressão do marido que ele discordava de sua opinião. Ela não entendeu a razão pela qual ele queria que elas fossem, mas poderia descobrir os motivos mais tarde. De todo jeito, Maria confiava nele cegamente, e sabia que a primeira preocupação do marido era sempre em favor da saúde e da felicidade.

– Eu quero ir – Amélia repetiu, com mais energia.

– Quieta! – Maria disse em voz baixa. – Podemos discutir isso num banho quente e na troca de roupas.

Amélia fez que sim, e as irmãs se afastaram para pedir água quente e uma banheira. Com todos concentrados nos próprios pensamentos, ninguém percebeu o homem que ocupava um assento num canto afastado e pouco iluminado. Ele atraiu ainda menos atenção quando deixou o lugar.

Do lado de fora da estalagem, Jacques puxou a aba de seu chapéu para baixo e rumou na direção da carruagem parada a uma curta distância.

Jacques abriu a porta e olhou o interior.

– Mitchell acabou de ser desafiado a um duelo.

Cartland sorriu.

– Entre e conte-me tudo.

14.

AMÉLIA JAMAIS DEIXOU DE SE SURPREENDER COM o fato de um homem tão cheio de vida e impossível de ignorar como Christopher St. John poder passar despercebido quando optava por isso. De certo modo, ela nem sequer percebeu que ele dividiu o mesmo assento com Maria quando viajaram para Bristol. Christopher se manteve calado enquanto ela desabafava, e Amélia se sentiu grata pelo silêncio dele. Poucas pessoas acreditariam que o notório criminoso poderia tolerar horas de lamentações de uma mulher chorosa a respeito do amor, mas ele tolerou e bem.

– Você disse para Mitchell que não gostaria de voltar a vê-lo? – Maria perguntou, amavelmente.

– Até Ware desafiá-lo, fora essa a minha intenção – Amélia respondeu, por trás do lenço que segurava no nariz. Na véspera, ela se recusara a comentar a respeito de qualquer coisa no caminho para Swindon. Apenas nesse dia julgou-se capaz de falar sobre Colin sem chorar copiosamente. – Seremos mais felizes separados.

– Você não parece mais feliz.

– Serei, assim como Colin será, pelo resto de minha vida. – Ela suspirou. – Ninguém pode ser feliz fingindo, dia após dia, ser alguém que não é.

– Talvez ele não esteja fingindo – Maria sugeriu com cuidado.

– Independente disso, o novo Colin possui as mesmas dúvidas que o antigo. Apesar de tudo o que realizou, ainda acredita que Ware era a melhor opção até alguns dias atrás. Ele continua a tomar decisões que envolvem meu bem-estar sem me consultar. Tive o suficiente desse tratamento em minha infância.

– Está deixando que seu passado perturbe seu presente, Amélia.

– Você defende as ações dele? – Amélia arregalou os olhos. – Como pode? Não consigo achar nada de bom no que ele fez. Colin é rico, sim, isso está evidente na qualidade de tudo o que possui. Mas se eu aceitar que minha mágoa e meu desgosto, provenientes das atitudes intransigentes dele, podem ser ignorados, estarei pondo um preço no meu amor, e não posso tolerar isso.

– Não defendo as ações dele – Maria murmurou. – No entanto, acredito que Colin a ama e que achou que estava fazendo o melhor para você. Também acredito que você o ama. Sem dúvida, há algo bom nisso.

Amélia passou a mão sobre a saia e olhou pela janela. Atrás deles, Colin viajava em sua carruagem com Jacques, Quinn e a senhorita Rousseau. Ware encabeçava a procissão em sua carruagem. Amélia estava presa entre os dois, simbólica e literalmente.

– Cheguei à conclusão de que a paixão não é como os poetas nos fizeram crer. – Amélia suspirou.

Houve um som de engasgo suspeito vindo do assento oposto, mas quando Amélia lançou um olhar para St. John, a expressão dele era de impassibilidade deliberada.

– Isso tudo é muito sério – Amélia sustentou. – Antes dessas últimas semanas, minha vida estava em ordem e tranquila. Meu sossego era completo. Ware estava contente, assim como vocês. Colin também tinha uma vida na qual progredia de acordo com seus planos. Agora nossas vidas estão um caos. Você não tem ideia de como me dói perceber que minha semelhança com lorde Welton é mais do que superficial.

– Amélia, isso é um completo absurdo – Maria afirmou, severa.

– Acha mesmo? Eu não fiz exatamente o que ele faria? Não me dediquei somente a meu próprio prazer? – Amélia fez um gesto negativo com a cabeça. – Preferiria ser uma mulher que vive para o dever do que uma que vive para a própria satisfação. Ao menos, eu teria boa reputação.

– Você está exausta. – Maria a fitava, preocupada. – Tem sido uma longa jornada, e a estalagem em Swindon era sofrível, mas estamos quase em Bristol, e, então, você poderá descansar por um dia ou dois.

– Antes ou depois do duelo? – Amélia perguntou com irritação.

– Boneca...

Um grito distante foi ouvido do lado de fora e, em seguida, a carruagem fez uma curva. Inclinando-se para a frente, Amélia olhou pela janela e viu um caminho longo e bem cuidado, vazio, terminando numa entrada circular adornada com uma fonte central de tamanho considerável. A mansão mais à frente era de tirar o fôlego, com colunas elegantes e um grande pórtico ladeado por canteiros de flores, abundantes e alegres.

A fila de carruagens se movimentou até parar diante dos degraus da entrada, e a porta principal se abriu, permitindo a saída de uma verdadeira multidão de empregados uniformizados. St. John saltou primeiro da carruagem. Em seguida, ele ajudou Maria e Amélia a desembarcarem sobre o caminho coberto com pedregulhos.

– Bem-vindos! – Ware disse, quando se juntou a eles. Sua boca se curvou num meio sorriso libertino quando levou a mão enluvada de Amélia aos lábios. Ele se mostrava elegante com sua calça azul-clara e o casaco da mesma cor de seus olhos.

O sorriso tenso que Amélia retornou expressou uma apreciação verdadeira do encanto de Ware.

– Sua casa é encantadora, milorde – Maria segredou.

– Obrigado. Espero que você a considere ainda mais encantadora quando estiver em seu interior.

Ao mesmo tempo, eles se viraram para observar a carruagem de Colin. Amélia se preparou para resistir à expressão dele, esperando que Colin a olharia como fizera durante todo o dia anterior, ou seja, com súplica em seus olhos escuros.

Infelizmente, nenhuma preparação da sua parte poderia ter mitigado o efeito que Colin produzia sobre ela quando ele saltou de sua carruagem e se aproximou com passos largos e sensuais. Homem dos infernos! Colin sempre se movimentara com uma graça viril, que a deixava arrepiada. Naquele momento, quando Amélia sabia quão bem aquela sexualidade latente se convertia na cama, a reação era pior.

Amélia desviou o olhar numa tentativa de ocultar a atração irresistível que experimentava.

– Milorde. – A voz de Colin, sempre suave, soou rude pela óbvia antipatia. – Se alguém puder me fornecer gentilmente a localização da estalagem mais próxima, seguirei meu caminho. O senhor Quinn voltará mais tarde para fazer os arranjos necessários.

– Gostaria que você permanecesse aqui. – A afirmação de Ware espantou a todos.

Amélia olhou para Ware boquiaberta.

– Isso é impossível – Colin protestou.

– Por quê? – Ware desafiou.

– Tenho meus motivos – Colin respondeu, tenso.

– O que houve? – St. John quis saber, com uma nota em sua entonação alertando Amélia. Pelo jeito, ele notara algo no diálogo que ela não percebera. – Deixe-me ajudá-los.

– Não será necessário – Colin afirmou, formalmente. – Mantenha a senhorita Benbridge em segurança. Essa é toda a ajuda que peço.

– Se você está em perigo, prefiro que fique por perto. Talvez também devêssemos permanecer na estalagem – Maria sugeriu.

– Por favor – Ware disse em seu habitual modo arrastado de falar, contido como sempre. – Todos estarão mais seguros aqui do que em um lugar público, com movimento frequente.

– St. John, se você puder me conceder um minuto de seu tempo... – Colin pediu.

St. John fez que sim com a cabeça. Os dois se afastaram alguns metros e conversaram em voz muito baixa para não serem ouvidos. Ficaram mais animados, e a conversa se tornou mais inflamada.

– O que está havendo? – Amélia indagou a Maria.

– Gostaria de saber.

– Deixe que a senhora Barney lhe mostre seus aposentos. – Ware gesticulou para a governanta, que esperava no degrau inferior com um sorriso gentil.

– Quero saber o que está acontecendo – Amélia afirmou.

– Sei que você quer. – Ware colocou a mão na parte inferior das costas de Amélia e a conduziu na direção da mansão. – E prometo lhe contar tudo assim que eu souber.

– De verdade? – Amélia ergueu os olhos para observar Ware.

– É claro. Alguma vez menti para você?

Amélia captou a mensagem. *Eu não sou Mitchell,* dizia. *Sempre lhe falei a verdade.* Agradecida, Amélia ofereceu a Ware um sorriso vacilante. Maria se juntou à irmã, e, juntas, seguiram a senhora Barney na direção da casa.

Colin percebeu lorde Ware conduzir Amélia rumo à mansão e lutou contra o impulso de arrancá-la à força dali. Era insuportável vê-la com outro homem. Consumia-o como se ele tivesse ingerido ácido, queimando, picando e deixando um buraco imenso.

– Acho que você deveria ficar – St. John disse, desviando a atenção de Colin da partida de Amélia.

– Você não entende – Colin sustentou. – Fomos seguidos desde que deixamos Reading. Se eu mantiver distância da senhorita Benbridge, afastarei o perigo dela.

– Exceto se ela estiver disposta a segui-lo novamente – St. John observou. – Então, ela ficará ainda mais vulnerável do que se permanecesse aqui.

– Maldição! Não pensei nisso. – Erguendo a mão até a parte posterior do pescoço, Colin friccionou o músculo contraído que o afligia. – No estado de ânimo atual dela, não creio que Amélia queira se meter em apuros.

– Mas você não pode ter certeza, nem eu posso. Portanto, acho que é melhor pecarmos por excesso de cautela.

– Você não consegue detê-la de algum modo? – Colin perguntou. – Cartland não pode se aproximar de Amélia de nenhuma maneira. Se ele suspeitar do quanto ela significa para mim, irá se aproveitar de Amélia.

– Você foi capaz de detê-la? Não espere milagres de mim. – St. John sorriu. – Minha mulher é considerada a mais letal da Inglaterra, e ela ensinou à irmã tudo o que sabe. Amélia é capaz de empunhar armas contra o melhor dos homens, e consegue atirar uma faca melhor do que ninguém, mesmo eu. Se Amélia decidir segui-lo, ela achará um jeito.

Colin piscou e, em seguida, soltou um suspiro de resignação.

– Por incrível que pareça, não fico tão surpreso com essa revelação como deveria ficar.

– Gostaria de ter conhecido a mãe dela. Deve ter sido uma mulher extraordinária.

– Não tenho tempo de ser sociável – Colin resmungou. – Deve ser o caçador ou a presa, e este último papel não serve para mim.

– Entendo – St. John afirmou.

– Gostaria que a senhorita Rousseau acreditasse no testemunho de Jacques a respeito dos acontecimentos daquela noite, mas ela se recusa. Não consigo entender por quê. Por que rejeitá-lo tão completamente? Como Lysette pode confiar na palavra de Cartland acima da de qualquer outra pessoa?

– Não sei o que ela procura, mas darei a você todo o apoio que precisar. Há pouca coisa que requer sua atenção hoje à noite. Deixe que meus homens comecem a busca na cidade. Você pode reiniciar isso amanhã. Acho que uma noite de vida familiar tranquilizará Amélia o suficiente para impedi-la de correr atrás de você.

A ideia de passar uma noite familiar na companhia de Amélia e de lorde Ware era um suplício sem igual.

– Você vai ficar? – o conde perguntou, aproximando-se deles. – Os aposentos estão sendo preparados para você e seus acompanhantes.

– Obrigado – foi tudo o que Colin conseguiu dizer. – Falarei com os demais. – Virou-se e se afastou.

St. John observou Colin caminhar, notando a rigidez da postura dele e a raiva evidente do passo.

– Ele ama Amélia.

– Eu sei.

Virando a cabeça, St. John encontrou o conde observando Mitchell com um olhar semicerrado.

– Sei por que acho que ele deveria ficar. Não consigo entender por que você quer que ele fique.

– Nossas diferenças ficarão mais evidentes numa comparação direta – Ware explicou. – Sou a melhor opção para Amélia. Se eu duvidasse disso por um instante, me colocaria de lado. Quero a felicidade dela acima de tudo. Não creio que ele seja capaz de dar isso para ela.

– Colin é um adversário temível no desafio à frente. Ele viveu de expedientes e de sua espada por muitos anos.

– Não sou desprovido de habilidades, não obstante a maneira civilizada pela qual eu as adquiri – o conde afirmou, tranquilo.

St. John concordou com um gesto de cabeça e se conformou com a insistência de Ware para entrarem na casa. Tim supervisionava a retirada dos baús da carruagem. Mitchell estava ao lado de Quinn, que ajudava a sorridente senhorita Rousseau a descer da carruagem deles.

De sua parte, St. John se perguntava se outros homens passariam por tais dificuldades na tentativa de se casar com uma irmã mais nova. Com um gesto negativo de cabeça, ele subiu a escadaria e se dirigiu diretamente à suíte onde sabia que encontraria sua mulher. Juntos, eles criariam as estratégias para os próximos dias.

Chistopher sorriu com a ideia.

De banho tomado, vestida, mas trêmula interiormente, Amélia saiu do quarto e pegou o longo corredor. Maria pedira para que a irmã tirasse um cochilo antes do chá da tarde, mas Amélia não conseguiu dormir. O que ela sentiu foi ânsia de perambular, esticar as pernas, respirar ar puro e limpar a mente. Quando criança, ela aprendera que uma caminhada ligeira era capaz de aliviar muitas aflições, e, naquele momento, sentia grande necessidade daquilo.

– Amélia?

Ela se deteve ao ouvir seu nome. Virando-se, deparou com lorde Ware saindo de um quarto. Ela fez uma reverência e o cumprimentou:

– Milorde...

Ware direcionou o olhar para as botas de caminhada de Amélia.

– Posso acompanhá-la?

Por um instante, Amélia considerou proferir uma objeção amável, mas pensou melhor a respeito. Por mais que quisesse ficar a sós com seus pensamentos, Ware merecia uma explicação e uma oportunidade de puni-la, se ele assim quisesse.

– Ficaria honrada.

Ware deu um sorriso encantador e se aproximou dela. Estava vestido como um aristocrata rural, e a aparência mais informal caía bem nele. O que a fez lembrar do encontro dos dois em Lincolnshire, e o sorriso que Amélia devolveu para ele foi autêntico.

– Como você fica encantadora quando sorri... – Ware murmurou.

– É porque você está muito bonito.

Assim que Ware levou a mão de Amélia aos lábios, ele dirigiu seu olhar para além dela, e viu Mitchell no fim do corredor, observando-os com uma expressão furiosa. Depois de colocar a mão de Amélia em torno de seu braço, Ware a conduziu para longe, na direção da escadaria, que os levaria para o andar inferior e para o jardim dos fundos.

O conde sentiu Mitchell fuzilando-o com o olhar ao longo de todo o caminho.

Colin observou o tratamento que lorde Ware dispensou a Amélia sentindo algo muito parecido a uma fúria sangrenta, que o assustou.

Ele não era capaz de suportar aquilo.

– Você deve achar alguma coisa para se ocupar, *mon ami* – Jacques afirmou, surpreendendo Colin com sua inesperada aparência tranquila. – Acabará agindo de forma lamentável se continuar pensando nela sem parar.

– Sempre pensei nela sem parar – Colin revelou. – Não conheço outro jeito de viver.

– A senhorita Benbridge precisa de um tempo. Admiro sua coragem de dar esse tempo a ela.

– Não é coragem. Simplesmente não quero matar um homem diante dela.

– *Alors*... Você precisa se distrair com algum afazer.

Colin fez que sim. Ele ficara naquele estado quando encontrou inesperadamente Amélia com Ware. Forçava-se a desviar o olhar do lugar onde o casal tinha estado alguns momentos atrás.

– Essa era minha intenção. Eu estava a sua procura.

– O que quer eu faça? – o francês indagou.

– Não posso ir para a cidade. Há certa preocupação de que a senhorita Benbridge vá atrás de mim. Embora ache isso muito improvável, o pedido é válido. Portanto, devo ficar aqui, por ora.

– Entendo.

– St. John está mandando um homem para reunir aqueles que trabalham para ele em Bristol. Vá e oriente a busca. Diga-lhes o que procurar, o que esperar. Se você achar algo importante, mande para mim.

Jacques respondeu afirmativamente com um movimento de cabeça e partiu de imediato. O francês pegou a escadaria principal, enquanto Colin preferiu a dos criados, que terminava na cozinha. Ele ignorou os olhares surpresos, saiu pela porta de serviço e caminhou na direção da cocheira.

Cada passo que Colin dava ficava mais pesado. Seu coração batia acelerado ante a confrontação iminente, que o afetaria quase tão profundamente quanto a que teve com Amélia.

Ele entrou na cocheira em silêncio e respirou fundo, sentindo os cheiros do feno e dos cavalos, tão familiares quanto reconfortantes.

Os diversos animais bufaram e se mexeram agitados quando sentiram o cheiro de Colin. Passando os olhos pelo recinto, ele procurou o alojamento do cavalariço. Colin vacilou quando encontrou a entrada. Um homem estava apoiado contra o batente, observando-o com uma expressão furiosa, magoada.

Os anos foram generosos com Pietro. Com exceção de uma barriga um tanto proeminente, o restante de seu corpo continuava em boa forma. Fios grisalhos se destacavam nos cabelos e na barba, mas sua pele era lisa e sem rugas.

– Tio... – Colin disse, com a garganta apertada de tristeza e afeição.

– Meu único sobrinho está morto – Pietro afirmou com frieza.

– Senti sua falta. – Colin recuou ante o repúdio.

– Mentira! Você permitiu que eu achasse que estava morto.

– Recebi a chance de uma vida diferente. – Colin estendeu a mão num pedido silencioso de compreensão. – Era pegar ou largar, tio. Não havia outra opção.

– E quanto a mim? – Pietro reclamou, aprumando-se. – Minha dor? Não era nada para você?

– Acha que eu não sofri? – Colin retrucou, magoado pela condenação de outra pessoa que ele amava. – Eu podia ter morrido.

– Por que você fez isso?– Pietro adiantou-se. – Tentei entender o que o faria agir assim, mas não consegui.

– Eu não tinha nada para oferecer antes. Nenhuma maneira de criar uma vida de conforto para aqueles que amava.

– Vida de conforto? O único desconforto em minha vida foi meu luto por você.

– E a libertação do trabalho? – Colin desafiou. – Por exemplo, uma vida de viagens e descobertas? Posso lhe oferecer essas coisas agora.

A angústia tomou conta da expressão de Pietro.

– Sou um homem simples, Colin. Um teto sobre minha cabeça... comida... família. É tudo o que preciso para ser feliz.

– Gostaria que minhas necessidades fossem tão simples. – Colin se deslocou até a baia mais próxima. – Preciso de Amélia para ser feliz, e essa foi a única maneira que consegui conceber de tê-la para mim.

– Colin... – Pietro suspirou. – Você ainda a ama.

– Não tenho ideia de como não amá-la. Esse amor está arraigado em mim; é uma parte de mim tanto quanto meus cabelos e a cor de minha pele.

Pietro se juntou ao sobrinho na porta da baia.

– Eu deveria tê-lo criado no campo. Então você não iria querer coisas que estão além de seu alcance.

Colin sorriu e olhou para o tio.

– Amélia e eu teríamos nos encontrado em algum lugar, em algum momento.

– Esse é seu sangue cigano falando.

– Sim, é.

Houve um longo silêncio, com cada um tentando achar a coisa certa para dizer.

– Há quanto tempo você está na Inglaterra? – Pietro perguntou, enfim.

– Algumas semanas.

– Há algumas semanas, e você não veio me ver? – Pietro fez um gesto negativo com a cabeça. – Acho que não o conheço. O garoto que criei se preocupava mais com o sentimento dos outros.

Sofrendo com a dor que infligira, Colin estendeu a mão e a pôs sobre o ombro do tio.

– Se o meu amor está desencaminhado, não se deve à falta dele em relação a você, mas, sim, pelo excesso dele por Amélia. Eu teria feito qualquer coisa, ido a qualquer lugar, para me tornar digno dela.

– Pelo visto, você alcançou o que almejou – Pietro afirmou, sereno. – Suas roupas e sua carruagem são refinadas.

– Parecem um desperdício agora. Amélia está tão indignada quanto você. Não sei se ela vai me perdoar, e, se isso não acontecer, tudo estará perdido.

– Nem tudo. Você sempre terá a mim ao seu lado.

As lágrimas começaram a rolar pelo rosto de Colin. Com movimentos abruptos, ele as enxugava. Seu tio olhou para ele por um momento e, em seguida, respirou fundo e o abraçou.

– Há ainda algo do Colin de antigamente em você – Pietro afirmou com a voz rouca.

– Sinto muito pela dor que causei – Colin sussurrou, com um nó na garganta. – Só vi o fim, e não o meio. Quis tudo e, agora, não tenho nada.

– Não se dê por vencido ainda. Você trabalhou muito duro. – Pietro recuou um passo.

– O senhor é capaz de me perdoar?– Se Colin conseguisse reconquistar o amor do tio, talvez houvesse a possibilidade de conseguir reconquistar o amor de Amélia.

– Talvez. – Pietro forçou um riso. – Tenho seis cavalos para cuidar.

– Estou ao seu dispor – Colin disse, com a boca torta de ironia.

– Venha! – Pietro pôs o braço em torno dos ombros do sobrinho e o conduziu para os alojamentos dos cavalariços. – Você vai precisar trocar de roupa.

– Posso comprar outras se esta estragar.

– Quão rico você é?

– Obscenamente.

Pietro assobiou.

– Conte-me como você fez isso.

– Claro. – Colin sorriu. – Temos tempo.

O sol se punha, e o jantar estava sendo preparado. Os convidados de Ware comeriam mais cedo naquela noite do que em Londres. Em seguida, iriam para a sala, procurando ignorar a tensão que se acumulava em todo canto.

Sem dúvida, seria desagradável, mas Ware entendia as correntes emocionais subterrâneas que afetavam a todos, exceto ele. Ware gostava muito de Amélia, e a considerava a noiva mais adequada para suas necessidades. Essa era sua única ligação com todo o resto.

– Mitchell ficou aqui – ele informou Amélia, enquanto andavam pelo jardim dos fundos.

– Ah...

Ela olhou bem à frente. Com um suspiro, Ware se deteve, o que a forçou a fazer o mesmo.

– Fale comigo, Amélia. O diálogo sempre foi o ponto forte de nossa amizade.

Com um sorriso vacilante, ela virou o corpo para encará-lo.

– Sinto muito ter feito isso com você. Se eu pudesse voltar atrás e modificar os acontecimentos da última semana, faria isso. Voltaria anos; e teria casado com você há muito tempo.

– Sério? – Ware a puxou para mais perto, e pousou de leve as mãos sobre os lábios dela.

Atrás de Amélia, uma profusão de rosas em escalada abraçava uma passagem arcada que conduzia a uma lagoa. Frutos de dente-de-leão eram levados pela brisa, criando um fundo encantador para uma mulher encantadora.

– Sim. Todos esses anos, lamentei a morte dele, e ele estava por aí, prosperando. – Um resmungo escapou de Amélia. – Colin achou muito fácil me abandonar. Estou cheia de ser abandonada. Primeiro, meu pai; agora, Colin.

Amélia começou a andar, com suas longas pernas se movendo com uma elegância ágil e determinada.

– Eu nunca a deixei – Ware afirmou, destacando o que ele sabia ser seu ponto forte. – Gosto muito de sua companhia. Há poucas pessoas neste mundo a quem aprecio tanto.

– Sei disso. Obrigada. Eu o amo por isso. – Amélia esboçou um sorriso breve. – Isso foi o que me fez decidir. Você será leal e me apoiará. Não procura ser alguém que não é. Você me inspira a ser decente e me comportar de maneira condizente com uma dama. Nós mantemos um relacionamento amigável.

Ware franziu a testa, em reflexão.

– Amélia, gostaria de discutir suas ideias sobre decência e conduta com mais detalhes. Perdoe-me, mas acho bastante estranho mencionar essas características pessoais como sendo as mais atraentes. Eu achava que nossa amizade e facilidade de associação a atrairiam mais.

Amélia se deteve, com a saia verde-clara assentando delicadamente em torno de seus pés.

– Consegui entender algo nesse últimos dias, Ware. Tenho tendências imprudentes, da mesma forma que Welton tinha. Preciso de um ambiente estável para reprimir esses impulsos egoístas.

– E eu proporciono esse ambiente.

– Sim. Sim, você proporciona – Amélia afirmou, sorrindo.

– Sei... – Ware esfregou a mão no queixo. – E Mitchell inspira sua natureza imprudente?

– "Estimula" seria uma seleção vocabular mais apropriada. Mas sim, ele me inspira.

– Entendo. – Ware sorriu com ironia. – A função dele parece mais divertida do que a minha.

– Ware! – Ela pareceu ofendida, o que o fez achar graça.

– Desculpe, amor. Tenho de ser honesto. Num instante, você diz que eu não procuro ser alguém que não sou; em oposição, presumo, ao senhor Mitchell. Então, no instante seguinte, você afirma que inibo a parte de sua natureza da qual você não se orgulha. Isso não é procurar ser alguém que você não é... de certo modo?

O tremor no queixo de Amélia denunciou sua perturbação. Ela pôs as mãos sobre os quadris e perguntou:

– Você quer que eu fique com ele? É isso o que está dizendo?

– Não. – Todos os traços de alegria abandonaram Ware, e ele expôs as emoções que mantinha disfarçadas. – Não acho que ele seja o homem para você. Não acho que ele a mereça. Não acredito que Mitchell possa proporcionar uma vida capaz de satisfazê-la. Mas isso não significa que desejo viver com apenas metade de você.

– Está zangado?

– Não com você, Amélia – Ware afirmou com a voz rouca, estendendo a mão para ela de novo. Ele a agarrou pelos cotovelos e a trouxe para mais perto. – Mas posso acabar ficando, e não quero isso. Ressinto-me de que só posso ter um lado seu. Se você me escolher, Amélia, poderei fazê-la feliz. A questão em aberto é se você pode me fazer feliz. E gostaria de saber se isso será possível, uma vez que estou sempre esperando pelo retorno daquela menina precoce, que me pediu para beijá-la.

– Ware...

Amélia segurou o rosto dele, e Ware tocou o nariz no dela, respirando o aroma doce de madressilva tão característico de Amélia.

– Eu não o mereço – Amélia murmurou.

– Não foi isso o que Mitchell falou para você? – Ware mudou de posição para abraçá-la inteiramente. – Eu a deixarei agora. Tenho arranjos a fazer, e você precisa de tempo para pensar.

– Não quero que você duele com Mitchell.

– É muito tarde para desistir, Amélia. Mas não será um duelo de morte. Ao primeiro sangue, ele será encerrado. – Ware a soltou.

– Obrigada.

Ware limpou a lágrima solitária que cobria o rosto dela, e recuou.

– Estou sempre à sua disposição. Não hesite em me procurar se precisar.

Amélia fez que sim com um gesto de cabeça, e viu Ware dar meia-volta e se encaminhar para a mansão. Quando ele desapareceu de sua visão, ela deu uma olhada ao redor, sentindo-se perdida e sozinha. Ninguém sabia como sentiu-se, o quão profundamente machucada estava em consequência da reaparição de Colin depois de tantos anos.

Amélia se acalmou, com o coração batendo de modo hesitante por um momento ante uma súbita compreensão.

Havia uma pessoa que amava Colin tanto quanto ela. Uma pessoa que ficou igualmente devastada por causa da traição dele.

Sabendo que Pietro também precisaria de consolo, Amélia ergueu um pouco a saia e correu na direção da cocheira.

15.

FRANÇOIS DEPARDUE ASSUMIU UMA EXPRESSÃO vagamente entediada quando entrou na estalagem em Bristol. Pegou a escada para os quartos de hóspedes e bateu na porta apropriada. Um grito de permissão para entrar foi ouvido do interior, e ele respondeu abrindo a porta e entrando no quarto.

– E então? – Cartland perguntou, ansioso, erguendo o olhar dos mapas que espalhara pela mesinha redonda.

Foi com grande esforço que François deu uma resposta irritada. A cada dia que passava, antipatizava mais com a insolência e arrogância dos ingleses. Ele discutira com seus superiores e lhes pedira que mantivessem Cartland em custódia até ele conseguir averiguar quem era o verdadeiro culpado pelo assassinato de Leroux, mas em vão.

Se ele estiver mentindo, eles disseram, *ele estará bem perto para você eliminá-lo.*

Eles insistiram que Cartland devia se juntar à investigação, e o inglês assumiu imediatamente que estava no comando. Cartland era um investigador excelente e um matador ainda melhor, mas essas habilidades eram mitigadas por sua crença equivocada em sua própria superioridade.

– Parece que Mitchell ficará hospedado na residência de lorde Ware. A mansão está sob forte vigilância. Suponho que isso se deva à presença de Christopher St. John.

Cartland sorriu.

– O conde deve temer que Mitchell fuja como o covarde que é antes da realização do duelo.

– É o que você diz – François afirmou.

– Acho que a presença da senhorita Rousseau estragou seu caráter. – Cartland assumiu uma expressão sombria.

Lysette. François sorriu ao pensar nela. Outrora, ela foi inofensiva, mas ele e seus homens asseguraram que Lysette nunca voltaria a ser inocente ou inofensiva. À parte seu sincero desejo da aplicação da justiça em relação ao assassino de Leroux, o único prazer de François nessa missão miserável era a possibilidade de vir a cruzar o caminho de Lysette de novo.

Na expectativa, o sangue de François ferveu. Lysette brigaria com ele, como sempre, e ela melhorava a cada encontro. Quanto mais ela resistia a ele, mais ele gostava. Naquele momento em que o Illuminés, em nome de quem ela trabalhava, a incumbiu de assegurar que Cartland ou Mitchell pagassem pela morte de Leroux, François imaginou que o domínio inevitável do corpo de Lysette seria muito mais prazeroso.

Talvez o Illuminés achasse que ele acolheria positivamente a ajuda deles, mas François não gostava de ser contrariado, muito menos derrotado; e era assim que ele, naquele momento, enxergava a interferência do grupo.

– Você tem alguma sugestão de como devemos proceder? – François quis saber.

– Talvez possamos distrair a maior parte dos guardas, usando-me como isca. Então, seremos capazes de atacar a mansão e matar Mitchell.

– Mas isso não me dirá quem é o culpado, certo?

Pondo-se de pé, Cartland vociferou:

– Sem dúvida, sou inocente. Caso contrário, não teriam me enviado para encontrar Mitchell!

– Por que, então, a senhorita Rousseau está aqui? – François perguntou com um sorriso. – Acha que ela só está presente para observar e apoiar meus esforços? Sem dúvida, você não é tão estúpido. Foi bem planejado mandar você comigo e Quinn com ela. Nada foi deixado nas mãos do destino. Você crê que seu espião... – François apontou para o homem atarracado, no canto, com um movimento do queixo. – ...lhe dá uma vantagem, mas está enganado.

– O que sugere que façamos? – Cartland indagou, ansioso.

François ponderou por um instante e, então, disse:

– Mitchell irá duelar por causa de uma mulher. Talvez ela seja a chave para a confissão dele.

– Você cogita sequestrar a cunhada de St. John? – Cartland ficou pálido. – Enlouqueceu?!

– Certamente ele não pode ser tão temível quanto dizem – François zombou.

– Você não tem ideia. – Então, a expressão de Cartland assumiu a aparência de astuta determinação. – Por outro lado... talvez você tenha razão. – Sorriu, presunçoso. – Pensarei em um jeito. Dê-me um tempo.

François assentiu, mas por dentro fazia seus próprios planos.

– Muito bem. Vou comer alguma coisa no salão. Quer vir comigo?

– Não. Nós dois temos muito trabalho para fazer.

– Como queira.

Cartland viu Depardue sair do quarto com um olhar interrogativo.

– Ele está se tornando mais um problema do que uma solução – Cartland murmurou. – Visto que matá-lo está fora de questão, devemos achar outra maneira de dirigir o homem para sua recompensa.

– Mande-o capturar a garota, então – Jacques respondeu, sossegado. – Como foi ideia dele, ele não deverá objetar.

Abrindo um sorriso, Cartland considerou a beleza do plano. Se Mitchell ou St. John cuidassem de Depardue por ele, isso só reforçaria seus próprios protestos de inocência.

– Você pode conseguir acesso à mansão para François?

– *Mais oui.*

– Excelente!

Amélia encontrou Pietro conduzindo um cavalo pela rédea da estrebaria para o pátio da cocheira. Por um longo momento, ela ficou admirada da semelhança dele com Colin. Com as lembranças de seu amor de infância presas no passado, ela não percebera isso antes. Naquele momento, vira

Colin como um homem, e as semelhanças eram inevitáveis e angustiantes. As lágrimas brotaram de seus olhos e, embora Amélia tentasse impedi-las de jorrar, eram abundantes e embaçaram sua visão. Ela as enxugou com muita raiva.

– Senhorita Benbridge.– Pietro olhou para ela com compaixão. – Dói. Eu sei.

Amélia concordou com um gesto de cabeça.

– Como o senhor está se sentindo?

– Com raiva – ele admitiu. – Mas agradecido por tê-lo de volta. Se a senhorita ainda ama o garoto que ele era, talvez sinta o mesmo.

– Estou contente que ele esteja vivo – Amélia revelou. – Há algo de que o senhor precise?

– É gentil de sua parte pensar em mim neste momento. – Pietro sorriu. – Posso ver por que ele gosta tanto de você.

Amélia ruborizou ante o amável elogio.

– Ele a amou por muito tempo, senhorita Benbridge. – A voz grave e com leve sotaque de Pietro a acalmou, ainda que as palavras dele não. – Desde o início, tentei desencorajá-lo, mas meu sobrinho não escutou. Acho que diz muito que vocês dois se preocupem tanto um com o outro depois de todos esses anos separados.

– Isso não muda o fato de que ele se sente inferior a mim, ou que eu não goste da pessoa que me tornei tentando convencê-lo de seu valor – Amélia afirmou, com a respiração oscilante.

Pietro a observou por algum tempo.

– A senhorita me ajudaria?

– É claro. – Amélia aproximou-se dele. – Do que o senhor precisa?

– Pode levar este cavalo até a cocheira para mim? Tenho alguns mais para cuidar antes de o sol se pôr.

Amélia pegou as rédeas oferecidas. O sorriso que Pietro lhe deu foi estranho, mas, naquele momento, tudo na vida dela parecia estranho.

– Obrigado. – E Pietro afastou-se.

Amélia se virou e caminhou na direção da porta aberta da cocheira. No momento em que ela entrou, percebeu a intenção de Pietro. Ela se deteve, numa mistura de surpresa e volúpia volátil.

Colin trabalhava de costas para Amélia, mas sua identidade era inquestionável. O tronco estava nu, as pernas cobertas com uma calça grosseira e puída, e os pés calçados com botas lustradas. Enquanto ele passava uma escova sobre os flancos de um cavalo, seus poderosos músculos se contraíam e flexionavam sob a pele coberta de suor.

O súbito ataque das lembranças de sua mocidade quase puseram Amélia de joelhos. A visão dos arranhões deixados por suas unhas na carne morena dele adicionaram um apelo carnal ao belo corpo de Colin.

Depois de algum tempo, Colin se deteve, com a respiração arfante. Ele virou a cabeça e logo a avistou.

– Amélia... – Colin se endireitou e girou, expondo o peito que ela tinha venerado com as mãos e a boca.

Meu Deus, ele era divino. Tão belo e viril. Colin fez o coração de Amélia disparar.

– Você está sozinha? – ele perguntou.

– Totalmente.

Colin vacilou, mas deu um passo na direção dela.

– Por favor, não chegue mais perto – Amélia pediu.

Colin obedeceu, tenso.

– Fale comigo.

– O que há para dizer? Escutei seus motivos. Entendi por que você agiu do jeito como agiu.

– Há esperança para nós?

Amélia fez que não.

A angústia tomou conta de Colin.

– Olhe para mim. – A voz dele soou entrecortada. – Olhe onde estamos. É onde eu estaria se não tivesse ido embora: cuidando dos cavalos de St. John, enquanto você levaria sua vida numa mansão em que eu não teria permissão para entrar. Como poderíamos ficar juntos? Diga-me.

Amélia tapou a boca para conter um soluço de choro.

– E se eu me desfizer de tudo? – As palavras dele foram ditas com um desespero que partiu o coração dela. – E se eu reassumisse meu lugar como criado de sua casa? Você iria me querer?

– Droga! Por que você tem de mudar a si mesmo para se adaptar a mim, Colin? Por que não pode ser simplesmente quem você é?!

– Esse é quem eu sou! – Colin abriu bem os braços. – Esse é o homem em que me transformei, mas ainda não é o que você quer.

– Que importa o que eu quero? – Ela andou com gravidade na direção dele. – E o que você quer?

– Eu quero você!

– Então por que foi tão rápido em sair do meu lado? Se você me quer, lute por mim. Mas faça isso por si, e não por mim.

Amélia empurrou as rédeas para ele.

Colin pegou a mão dela e a segurou.

– Eu te amo.

– Não o suficiente – Amélia sussurrou, livrando-se com um puxão. Em seguida, virou-se e saiu correndo da cocheira, alvoraçada.

Colin ficou a observá-la por um longo tempo, tentando pensar no que mais poderia fazer, no que mais poderia dizer para reconquistar o amor de Amélia. Ele tinha feito tudo; e perdido tudo...

Um forma escura preencheu a entrada da cocheira, e Colin reprimiu suas emoções turbulentas.

– St. John...

O pirata contemplou Colin com um olhar sagaz.

– Havia uma cavaleiro solitário numa colina próxima. Ele está sendo seguido enquanto volta para a cidade.

– Obrigado.

– O jantar será servido em breve.

– Acho que não vou conseguir suportar. – Colin ficou transtornado só de pensar na fachada que teria de usar enquanto Ware exigia publicamente direitos sobre Amélia.

– Pedirei desculpas por você, então.

– Eu lhe devo muito.

St. John hesitou um instante e, em seguida, deu mais um passo para o interior da cocheira.

– Você teve alguma vez o infortúnio de conhecer lorde Welton?

– Uma vez. Rapidamente.

– Do que se lembra a respeito dele? Alguma impressão que o tenha marcado?

Colin procurou se lembrar daquele dia muito tempo atrás.

– Recordo-me de que ele não tinha calor humano.

– Nada parecido com a senhorita Benbridge.

– Nada, nada.

– No entanto, ela parece achar que eles são criaturas parecidas – St. John afirmou. – Ou, no mínimo, ela é capaz de se tornar mais parecida. Qualquer iniciativa que ela toma que é movida por desejos e não pela razão é uma fraqueza suspeita.

Colin digeriu a informação com cuidado. Com ele, Amélia era uma criatura de paixão. Sempre foi. Mas eles se separaram na ocasião em que ela tomara conhecimento da natureza traiçoeira de seu pai. Sem dúvida, a revelação da maldade de Welton a teria transformado, alterado Amélia de alguma maneira. Em seu coração, Colin tentava cortejar a garota de antigamente, mas ela não era mais aquela mesma garota. Ele teria de levar aquilo em consideração.

– Ware é uma escolha razoável – Colin afirmou, mas não achava mais que o conde fosse a melhor escolha.

A vitalidade de Amélia vinha do fogo de paixão dentro dela. Precisava ser alimentado, como seria com Colin, e não apagado pelo decoro que a alta sociedade exigiria da mulher de Ware.

– Sim, ele é – St. John concordou.

O pirata saiu tão discretamente quanto entrou, deixando Colin com muita coisa para refletir.

Durante o jantar, Amélia se comportou de modo ausente, consciente do fato de que Colin fazia a refeição em seu quarto. A discussão na cocheira não lhe saía da cabeça.

Ela era uma companhia que não dava retorno, falando pouco e lançando uma nuvem negra sobre o humor já sombrio de todos os comensais. Apesar do esforço, não conseguia se esquecer da visão de Colin trabalhando na cocheira; o cargo que ele talvez ainda ocupasse se tivesse permanecido em seu emprego. Foi uma revelação chocante, e ela não sabia o que pensar disso.

Amélia se retirou cedo para seu quarto, esperando que a exaustão cobrasse seu preço, mas o destino não foi tão misericordioso. Incapaz de dormir, passou muitas horas rolando na cama. Finalmente, desistiu e se levantou. Vestiu o robe sobre a camisola, saiu do quarto e se dirigiu para a biblioteca.

Era tarde, e todos estavam deitados, deixando a imensa mansão só para ela. Na casa de St. John, muitas vezes Amélia perambulava à noite, confortando-se no silêncio e na solidão tão recordativos de sua mocidade. No caminho até a biblioteca, sua imaginação vagueou, criando histórias em sua mente, com a memória selecionando diversos trechos de seus livros favoritos.

A porta da biblioteca estava entreaberta, com a luz cintilante do fogo da lareira denunciando a presença de alguém ali dentro. Um arrepio percorreu todo seu corpo, incitando-a a desistir da ideia de leitura e a voltar para a segurança de sua cama. Ela ponderou por um instante, analisando o que deveria fazer.

Desde que Colin retornara à sua vida, Amélia vinha agindo com descaso imprudente em relação a tudo, exceto às suas próprias necessidades e desejos. A correlação com seu pai não podia ser ignorada. Provavelmente era Ware quem se encontrava na biblioteca, e sua presença lhe daria chão e mitigaria a profusão de emoções com a qual ela não sabia lidar.

Amélia empurrou a porta.

Entrando em silêncio, ela percebeu um braço apoiado sobre o lado da *bergère* e uma mão segurando uma taça de cristal num ângulo descuidado. A partir da tez mais escura da pele, Amélia soube que tinha conjeturado incorretamente a identidade do ocupante, mas não recuou. Algo na maneira como a taça estava segura a alarmou. O líquido cor de âmbar dentro estava inclinado perigosamente perto da borda, ameaçando cair no tapete.

O recinto se encontrava aquecido e confortável, com as paredes ocupadas inteiramente por estantes repletas de livros e objetos muito caros. Móveis estofados e mesinhas se espalhavam pelo espaço. A biblioteca era realmente utilizada, não sendo tão só uma exibição ostentosa de riqueza. Apesar do confronto iminente e inevitável com o homem sentado na poltrona, os cheiros do papel pergaminho e do couro tiveram um efeito calmante sobre ela.

Amélia contornou o encosto da poltrona e encontrou Colin esparramado no assento, com os pés calçados com botas apoiados num escabelo, e sem casaco e colete. Com os olhos semicerrados, ele olhou para Amélia com uma expressão indiferente e levou a taça até a boca. Havia um arranhão perto de sua sobrancelha e um rastro de sangue seco debaixo dele.

– O que aconteceu? – Amélia perguntou, baixinho. – Como você se feriu?

– Não se aproxime – Colin disse, num tom grave e áspero. – Estou num lugar escuro, Amélia, e bebi mais do que devia. Não sei dizer o que faria se você chegasse mais perto.

No braço de madeira entalhado de uma cadeira próxima estavam o casaco, o colete e as armas dele: um espadim e um punhal.

– Aonde você foi?

– Ainda tenho de ir. – Colin virou a cabeça e observou o fogo da lareira.

Amélia percebeu tristeza e desespero nas palavras dele e sentiu dor no coração. Por ele e por ela.

– Fico feliz que você não tenha saído.

– Sério? – Colin a fitou. À luz do fogo bruxuleante, seus olhos escuros revelavam indiferença. – Eu não.

– O que você poderia fazer nesse estado?

Colin deu de ombros.

– Não tenho motivo para fugir de Cartland. Tenho de enfrentá-lo e poupar todas as pessoas do risco criado pela minha presença.

– Sua vida é o motivo – Amélia protestou. – Você pode acabar morrendo.

– Sem a esperança de tê-la, talvez esse destino seja misericordioso. – Colin esboçou um sorriso amargo.

– Colin! Como pode dizer isso?! – Amélia cobriu a boca e segurou as lágrimas que brotaram em seus olhos.

– Vá embora! Não sou uma companhia adequada.

– Tenho medo de deixá-lo. – O que Amélia temia era que ele fizesse o que ameaçava e ela se rendesse.

– Não, não tem. Você já me deixou, lembra?

Amélia quase disse algo a mais, mas o mau humor de Colin a manteve calada. Algumas vezes ela testemunhara St. John num estado de ânimo parecido, e sempre se espantava com a firmeza de Maria em cuidar dele quando o via tão angustiado.

Ele precisa de mim, Maria dizia.

Era evidente que Colin também precisava de apoio. E Amélia se distanciara dele, o que o deixara somente com uma garrafa de bebida como consolo.

Amélia se aproximou, erguendo uma ponta do robe até a boca para umedecê-la. Então, levantou o queixo de Colin com uma das mãos e usou a outra para remover o sangue. Ele permaneceu imóvel, com o olhar atento. A tensão que tomou conta de Colin também se estendeu a ela, deixando ofegante a respiração dos dois.

Com um resmungo ansioso, Colin virou a cabeça e pressionou a boca sobre a pele sensível do pulso dela. Amélia ficou petrificada, incapaz de se mexer quando a língua dele a acariciou.

A taça caiu sobre o tapete com um baque suave e, em seguida, Colin ficou sobre ela, abraçando-a com seu corpanzil e a puxando para o chão.

– Eu quero você.– A boca aberta e quente dele se moveu, ávida, sobre a carne macia do pescoço dela.

– Colin...

Sentir um homem potencialmente excitado de mais de um metro e oitenta de altura inflamou a paixão dela.

– Não devemos...

– Nada pode nos deter. – Colin abriu as metades do robe de Amélia e segurou um seio por sobre a camisola. – Você é minha.

O olhar de Amélia se dirigiu para a porta que deixara aberta quando entrou.

– A porta, Colin...

A boca dele envolveu o bico do seio através da camisola. Amélia ofegou e agarrou com força os cabelos dele.

– Lembra-se daquela noite? – Colin sussurrou. – Lembra-se de como entrei em você? Lembra-se de quão fundo... de como eu a preenchi?

Amélia tremeu de desejo, ardente e latejante. Os dedos dele puxaram com força seu mamilo, criando ondas de prazer ao longo de seu corpo.

– Colin...

Então, ele a beijou na boca, inundando os sentidos de Amélia com o gosto do conhaque e do tempero exótico que era singularmente dele. Ela gemeu de prazer, sugando a língua impetuosa dele num esforço desesperado de absorvê-lo ainda mais.

Amélia sentiu as mãos de Colin sobre as coxas. O ar frio noturno sobre a pele febril denunciou o levantamento de sua camisola. Quando todo seu corpo se contraiu na expectativa do toque dele, Amélia soltou um gemido. O joelho de Colin se intrometeu entre os dela, afastando suas pernas uma da outra. Desavergonhada, ela consentiu, dando-lhe acesso à carne latejante de seu sexo.

Colin ergueu a cabeça e a observou quando segurou o sexo dela em sua mão.

– Você está molhada por mim – ele disse, quase sem fôlego, e enfiou dois dedos dentro de Amélia, que se curvou num prazer indefeso. – Você foi feita para mim.

A sensação dele ali, no lugar em que ela tanto o desejava, era intensa demais. Abraçando-o, Amélia pediu, ofegante:

– Entre em mim, me preencha.

O olhar de Colin turvou-se, com as íris tragadas pelas pupilas dilatadas.

– Há muita coisa que posso fazer para o seu corpo, Amélia. Tantas maneiras de dar prazer. Devo lhe mostrar o que você perderá quando nos deixarmos?

– Você me deixou primeiro.

– Eu voltei. – O tom sedutor dele contrastou com a dor que ela percebeu na sua expressão. – Você vai voltar? Se eu a amar bem o suficiente... se eu viciar seu corpo no meu... voltará para mim?

Colin a beijou de novo, sua respiração com aroma de conhaque. Seus dedos avançavam e recuavam, mergulhando no sexo apertado dela, desenvolvendo o ardor de Amélia com delicada habilidade. Era intensamente íntimo, mas de uma maneira distinta da outra, de antes. As emoções que eles revelavam não eram esperança e prazer, mas, sim, desespero e dor.

– Tudo teria valido a pena se houvesse alguma chance de você poder me amar de novo – Colin afirmou com um sussurro entrecortado.

– Eu nunca parei. – Amélia chorava baixinho. – Falta de amor por você não é o problema.

– Meu maior pesar é que pode ser que eu não seja suficiente para você, apesar de todos os meus esforços.

Amélia virou a cabeça e o beijou, sem vontade de discutir novamente a respeito das diferenças entre os dois. Colin aceitou o beijo dela com real desespero, com o coração batendo tão forte que ela podia escutá-lo. Ao mesmo tempo, os ombros flexionaram sob o toque dela, com os músculos trabalhando para impelir seus dedos no sexo ansioso e completamente molhado dela. Amélia soltou um fraco gemido de rendição e volúpia.

O som o afetou. Amélia sentiu isso. O garoto ferido de seu passado deu lugar ao homem determinado de seu presente. A desesperança se transformou em domínio; o desespero se converteu em desejo. Quando a cabeça de Colin se ergueu, e ele voltou a encontrar o olhar dela, ele tinha fogo nos olhos.

– Se ao menos você pudesse ver o que eu vejo – Colin murmurou, tirando os dedos com delicadeza de dentro do sexo dela, para deslizá-los através do clitóris de Amélia com um toque ágil e experiente.

Amélia respirou com dificuldade, erguendo involuntariamente os quadris, num esforço para aumentar a pressão da fricção provocante dele.

– Sempre com fome. – Colin sorriu. – Sempre apaixonada. Você arde por mim, Amélia, como se tivesse sangue cigano correndo em suas veias.

Colin mordeu o queixo de Amélia e, em seguida, lambeu o pescoço dela, até alcançar o decote da camisola. Ele se moveu, ficando de joelhos e pairando sobre ela de uma maneira que a fez se sentir violada. Amélia permaneceu estendida sob ele, com as roupas em desordem. A luxúria da posição de Amélia só aumentou o ardor dela, deixando-a ainda mais quente e mais atrevida.

Colin ergueu-lhe a camisola, cada vez mais alto, até os bicos retesados dos seios serem beijados pelo ar e, depois, pela boca dele. A língua de Colin era um instrumento de prazer e agonia. Com lambida suave sobre o mamilo rígido, Amélia agarrou os cabelos dele e o puxou para mais perto.

Colin. O belo e exótico Colin estava fazendo amor com ela como Amélia nunca sonhara. Ela era incapaz de resistir a ele. A necessidade e o desejo dele se conectavam com os dela, libertando-a de suas inibições e tornando-a uma suplicante desejosa das demandas dele.

– Que lindos seios – Colin elogiou, beijando o vale entre eles. Segurou a carne intumescida com a mão, massageando-a com delicadeza. – Você é tão doce e suave. Posso me perder em você por dias... semanas...

A ideia de ser a receptora da força plena dos desejos dele era tão excitante quanto o toque, e Amélia pegou a mão de Colin, com a necessidade de ter um orgasmo se tornando uma ânsia violenta.

– Por favor...

Colin mordeu-lhe o mamilo, provocando um suspiro de surpresa. Então, ele se moveu para baixo, para circundar o umbigo dela com a ponta da língua.

– Ainda não.

– Agora – Amélia implorou. – Por favor... agora.

Colin se elevou para uma posição de joelhos, deixando-a despojada de seu calor e toque. Ele sorriu ante o protesto de Amélia, revelando as covinhas devassas que ela sempre amara.

A camisa dele estava erguida, expondo o peito e o abdome esculpidos que davam água na boca de Amélia. A pela era bronzeada e esticada firmemente sobre uma musculatura muito definida. Ela adorava o corpo de Colin. Sempre adorara. Amélia gostava muito da maneira como o trabalho duro o tornou forte e poderoso.

– A maneira como você olha para mim vai nos manter acordados a noite toda – Colin afirmou.

Ele estendeu a mão até alcançar a braguilha da calça e liberou seu membro ereto. Qualquer argumento razoável que Amélia pudesse ter morreu naquele momento; cada uma de suas células estava focada tão somente no homem a sua frente.

Colin era uma fantasia sensual ressuscitada, com seu tronco brilhante exposto até a cintura e seu membro grosso e guloso curvando-se para cima em imponente atração.

Lambendo os lábios, Amélia sentou-se e procurou o membro.

– Amélia... – O tom de voz dele era de advertência, mas Colin não se mexeu para detê-la quando ela se inclinou para satisfazer sua boca gulosa.

– Só para experimentar – Amélia sussurrou, com água na boca. – Só para experimentar.

A língua dela roçou através do pequeno orifício na parte mais alta do membro.

A pele era mais macia do que qualquer coisa que ela já houvesse tocado antes, e o gosto dele, picante e primitivamente másculo, era afrodisíaco. Com um gemido, Amélia circundou a cabeça dilatada e resplandecente com a boca e deu uma sugada vacilante.

– Meu Deus – Colin gemeu, sentindo arrepios, e segurou a parte posterior da cabeça de Amélia.

Incentivada pela reação dele e com um desejo louco de tê-lo à mercê, Amélia inclinou ainda mais a cabeça e lambeu a extensão latejante do membro, da cabeça até a extremidade inferior. A ponta da língua seguiu o caminho de uma grande veia latejante. Ela lambia sem parar, provando a essência espessa do desejo dele.

Colin tinha certeza de que morreria do prazer que Amélia lhe concedia com tanto entusiasmo. Ela parecia perdida no ato, menos concentrada nele e mais no próprio deleite. Seu belo rosto estava enrubescido, seus olhos verdes, vidrados de excitação, seus lábios, avermelhados e dilatados, agarrando firme seu pênis.

– Sim – ele murmurou, enquanto ela gemia e sugava com força. – Sua boca é o paraíso... Mais fundo... Assim...

Colin tremia, ardia, respirava com dificuldade. A visão de seu membro deslizando num vaivém dentro da boca de Amélia o estava enlouquecendo. Uma hora atrás, ele pensara que nunca mais voltaria a tocá-la, nunca mais a seguraria, nunca mais sentiria o calor e a umidade dela em volta de seu membro. Perder toda a esperança só para ver aquilo: sua braguilha aberta, seu membro inchado e pulsando de desejo, e Amélia... o amor de sua vida... atendendo sua volúpia com tal fervor apaixonado.

– Meu amor... Não vou aguentar...– A voz dele estava tão gutural que Colin mal entendia o que dizia.

Mas Amélia entendeu. Ela captou o significado. Colin sentiu na maneira pela qual ela o tocou, viu na maneira como o observou.

– Goze. – A mão de Amélia se fechou em torno do membro dele e começou a bombeá-lo, puxando para trás os testículos e fazendo as coxas dele tremerem com a intensidade de seu clímax em ascensão.

Colin praguejou, com a tensão na espinha penosamente aguda.

– Eu vou inundá-la... Droga!

A boca desejosa de Amélia procurou a cabeça pulsante do membro de Colin numa carícia ardente de sucção úmida e faminta. Colin sentiu o ar lhe faltar, sua visão obscureceu, e seus dedos se contraíram.

Colin se mexia apenas por instinto. Seus quadris se moviam num vaivém frenético, fazendo seu membro deslizar dentro da boca de Amélia, quase alcançando a garganta dela. Amélia gemeu numa súplica sensual, com a vibração zunindo por toda a extensão da ereção de Colin e liberando o orgasmo dele.

Colin rosnou quando gozou, com seus membro lançando jatos abundantes de esperma. Apesar do coração disparado e da respiração ofegante, ele escutou o choramingo sedutor e a voracidade desesperada dela. Ele ainda continuou bombeando o membro na profundeza da boca de Amélia até a exaustão completa.

Amélia soltou o membro de Colin com uma última e prolongada sucção, ficando com a boca lustrosa com o sêmen dele. Colin a encarou, embriagado, com os pensamentos perdidos numa bruma induzida pelo orgasmo. Seu coração, porém, estava mais vivo que nunca.

Colin achara mesmo que o sexo abrandaria seu amor por Amélia, deixando-o mais controlável? Naquele momento, ele a amava mais do que nunca, com um abandono imprudente, intenso.

Perdê-la? *Jamais.*

Empurrando-a para trás, Colin escorregou para baixo. Ele separou as coxas de Amélia com as mãos e enterrou o rosto no paraíso escorregadio e úmido do sexo resplandecente dela. Colin a lambeu e, depois, acariciou e mordiscou-lhe o clitóris.

– Colin! – Amélia gritou, com a voz repleta de um prazer surpreso e constrangido.

Ele sorriu-lhe e, em seguida, beijou-a com intensidade, virando a cabeça para introduzir a língua dentro da fenda minúscula e estreita feita para reter seu membro. O sabor dela o inebriou, o viciou.

– Não... Por favor.

Havia algo na voz dela, um sinal de pânico que o fez erguer a cabeça. Ao contemplá-la, Colin viu a expressão selvagem dela e perguntou:

– O que foi?

– Por favor, pare.

Colin percebeu o rubor no rosto dela e o tremor das coxas em suas mãos. Ela estava desesperadamente excitada, mas o detinha.

– Por quê?

– Não consigo pensar...

Razão. Pensamento consciente. Ela queria. Servi-lo dava poder a ela. Ser servida por ele tirava esse poder.

– Você pensa demais – Colin afirmou, rouco. – Entregue os pontos. Libere a mulher que me levou para a cama dela sem se importar com nada nem ninguém.

– Você quer muito... – Amélia disse, contorcendo-se sob ele.

– Sim – Colin murmurou. – Você inteira. Cada pedaço…

Naquele momento, Colin estava dando-lhe prazer com a boca e a língua, comendo-a, bebendo-a, aspirando o cheiro primal do sexo de Amélia. Em resposta, a fome inata que ele sentiu por ela despertou e cresceu, endurecendo seu membro como se ela não tivesse acabado de esvaziá-lo.

Amélia se contorceu sob Colin, arranhando os ombros dele, implorando por misericórdia com uma voz tomada de pura volúpia feminina. Ela estava à beira de um penhasco escarpado que a apavorava, e ele, empurrando-a, não lhe dando clemência, não lhe dando espaço para fugir.

A língua de Colin era um instrumento de prazer torturante, fustigando e vibrando. Os lábios dele circundavam o clitóris dela, sugando e puxando. E os barulhos que ele fazia: o estalo úmido, o rugido surdo e contínuo, os gemidos de necessidade que a deixavam mais escorregadia e mais quente.

Colin exigia uma resposta dela, forçava-a, convertia-a numa criatura de desejo, necessidade e falta desesperada.

– Não... Não... Não... – Amélia ofegava, com os dedos entrelaçados nos cabelos dele e puxando-o para mais perto.

Assim, Colin não poderia deixá-la de novo.

Ele segurou as nádegas de Amélia e a suspendeu, mudando o ângulo, separando as coxas dela ainda mais, para que ele pudesse fazer qualquer coisa. Colin impeliu sua língua dura e rápida na fenda em contração, e Amélia gozou intensamente, com os braços caindo, pesados, sobre o chão, e as unhas arranhando o tapete.

– Colin!

Amélia estava devastada, destruída. Mas Colin não tinha acabado. Antes de ela conseguir recuperar o fôlego, ele estava sobre ela, dentro dela, socando fundo todo seu membro grosso e comprido.

– Sim. – Colin gemeu, deslizando os braços sob os ombros dela, mantendo-a no lugar enquanto dava estocadas com graça lasciva. – Meu Deus... Você é maravilhosa!

Ofegante, contorcendo-se, Amélia aceitou a posse de Colin com cobiça voraz. Ele segurou o pescoço dela com uma das mãos e os quadris com a outra, prendendo-a, dominando-a, possuindo-a, marcando-a como sua.

– Minha. – Colin deslizou dentro dela num vaivém, com um movimento sem pressa dos quadris.

Com o rosto corado e coberto de suor, uma expressão ao mesmo tempo de angústia e prazer tomou conta dele. Era um momento intensamente erótico. Íntimo.

Colin estava fazendo amor com ela. Sentia-se vivo nos braços dela, no corpo dela, sussurrando palavras de amor e desejo, tornando realidade os sonhos que Amélia achara estarem mortos para sempre.

Mais uma vez, a tensão cresceu e se acumulou, fazendo-a se contrair em torno do membro ereto e ondular ao longo da extensão dele. Colin praguejou e gemeu. Amélia sentiu a fricção da cintura da calça dele entre suas coxas, escutou o som das botas dele empurrando a trama do tapete, percebeu que ele ainda estava parcialmente vestido, da mesma forma que ela.

A imagem na mente dela da aparência deles – ela com o robe aberto e a camisola erguida; ele com botas e a calça baixada só o suficiente para liberar seu belo membro, os dois entrelaçados no chão num ato sexual – levou-a ao orgasmo.

– Uau! – Colin a observava com um sorriso selvagem de posse, estendendo o prazer dela até Amélia achar que aquilo poderia matá-la.

A sensação foi inacreditável, arrepiando todo o corpo de Amélia.

Então, Colin buscou seu próprio prazer. Amélia e ele se entreolharam. As pernas dela envolveram os quadris em movimento de Colin. As mãos dela pegaram na cintura dele, puxando-o.

O ritmo de Colin se acelerou. Amélia sentiu o orgasmo dele chegando, que irrompeu em jorros de líquido espesso dentro dela, anunciado pelo gemido entrecortado e prolongado dele e pelos tremores lancinantes e convulsivos.

– Meu Deus! – Colin respirava com dificuldade, esfregando seu osso do quadril contra o clitóris inchado e muito sensível dela, fazendo Amélia gozar de novo.

Colin cobriu o corpo dela com um prazer que penetrou no coração e na alma de Amélia. Tornando-os uma coisa só.

– Meu amor – Colin disse, tomando fôlego e esfregando o corpanzil contra o corpo dela, banhando-a com o cheiro de sua pele. – Não quero soltá-la. Você é minha...

Amélia impediu novas palavras com um beijo desesperado.

16.

AMÉLIA ACORDOU COM UMA MÃO SOBRE SUA *boca. Muito assustada, ela lutou contra seu agressor, cravando as unhas no pulso dele.*

– Pare!

Amélia obedeceu, com os olhos arregalados e o coração disparado, enquanto sua mente confusa e sonolenta se conscientizava de Colin se assomando sobre ela no escuro.

– Escute-me – ele disse, com o olhar fixo nas janelas. – Há homens do lado de fora. Uma dúzia, no mínimo. Não sei quem são, mas não são homens de seu pai.

Amélia sacudiu a cabeça para livrar a boca:

– O quê?

– Os cavalos me acordaram quando os homens passaram pela cocheira. – Colin recuou e puxou a colcha dela para descobri-la. – Vim aqui para pegá-la.

Envergonhada de ser vista só com sua camisola, Amélia pegou a colcha para se cobrir de novo.

Colin tornou a descobri-la.

– Vamos! – ele disse, de modo urgente.

– Do que está falando? – ela perguntou com um murmúrio zangado.

– Você confia em mim? – Os olhos escuros de Colin brilharam no escuro.

– Claro.

– Então faça o que eu digo, e deixe as perguntas para depois.

Amélia não tinha ideia do que estava acontecendo, mas sabia que ele não brincava. Respirando fundo, ela assentiu e saiu da cama.

O quarto estava iluminado só pela luz da lua, que entrava pela janela. Os longos cabelos de Amélia se projetaram sobre suas costas numa trança espessa e oscilante, e Colin a pegou, acariciando-a entre os dedos.

– Vista alguma coisa – Colin pediu. – Rápido.

Com passos apressados, Amélia seguiu até o biombo situado no canto, colocou-se atrás dele e tirou a camisola. Em seguida, pôs a camisa e o vestido que usara mais cedo.

– Rápido!

– Não consigo fechar as costas. Preciso de minha criada.

Colin estendeu a mão por atrás do biombo e segurou o cotovelo de Amélia, puxando-a e arrastando-a para a porta.

– Meus pés estão descalços!

– Não temos tempo. – Abrindo a porta do quarto, Colin saiu com ela para o corredor.

Estava muito escuro. Amélia não conseguia enxergar quase nada, mas escutou vozes masculinas.

– O que está havendo?

Movendo-se com grande ligeireza, Colin virou-se e cobriu a boca de Amélia outra vez.

Assustada, Amélia precisou de alguns instantes para entender. Então, ela fez um gesto de cabeça, concordando em ficar em silêncio.

Colin saiu do corredor com passos silenciosos, entrelaçando a mão dela na dele. Por algum motivo, apesar de Amélia estar descalça, a tábua do assoalho sob ela rangeu, não rangendo sob as botas de Colin. Ele ficou paralisado de susto, e ela também. Abaixo deles, as vozes que Amélia escutara silenciaram. Parecia que a casa prendia a respiração. Esperando.

Colin pôs seu dedo sobre os lábios, num pedido de silêncio. Em seguida, ele a levantou e a colocou sobre seu ombro. O que se seguiu ficou obscuro.

Pendurada de cabeça para baixo, Amélia se sentiu desorientada e incapaz de compreender como Colin conseguiu carregá-la do quarto do segundo andar para o andar inferior. Então, um grito foi ouvido no andar superior quando descobriram a ausência dela. Em seguida, Colin e Amélia escutaram passos ressoantes acima deles. Colin xingou baixinho e correu, sacudindo-a tanto que os dentes dela doeram. Além disso, a trança chicoteava as pernas dele com tanta força, que ela teve medo de machucá-lo. Os braços de Amélia envolveram os quadris dele, e o ritmo de Colin se acelerou.

Eles saíram pela porta principal e desceram os degraus da escadaria.

Mais gritos. Mais correria. As espadas se confrontaram, e os gritos da senhorita Pool atravessaram a noite.

– Ali está ela! – alguém gritou.

O chão passou depressa sob ela.

– Por ali!

A voz de Benny soou como música aos ouvidos dela. Colin mudou de direção. Erguendo a cabeça, Amélia vislumbrou seus perseguidores, e, em seguida, mais homens os interceptaram; alguns, ela reconheceu, outros, não. Com isso, Colin e Amélia ganharam um tempo precioso, e, logo, ela não via ninguém no encalço deles.

Um momento depois, Amélia estava de pé. De olhos arregalados, olhou ao redor para recuperar seu senso de orientação, e encontrou Benny montado num cavalo e Colin em outro.

– Amélia! – Colin estendeu a mão para ela. Com a outra, segurou as rédeas com habilidade.

Amélia deu a mão para ele, e Colin a puxou para cima, para o dorso do cavalo. Colin incitou o animal. Então, eles partiram, galopando pela noite.

Amélia se segurou com firmeza em Colin, com o corpo sacudindo devido aos impactos. Mas isso não durou muito. Exatamente quando eles alcançaram a estrada, um tiro ressoou, ecoando através da escuridão. Colin foi atingido e urrou. Ela gritou como se todo seu mundo tivesse desmoronado.

Escorregando, caindo...

Amélia acordou com uma mão sobre sua boca e um sussurro em seu ouvido:

– Não fale nada... Alguém está na casa.

A voz de Colin a ancorou no ambiente parcialmente escuro. No espaço de diversos batimentos cardíacos, o horror e o medo do sonho vívido se prolongaram. Então, a sensação do corpo de Colin às suas costas e de seus braços fortes em torno dela proporcionou um bem-estar muito necessário.

A consciência chegou devagar. Amélia notou as molduras elaboradas no teto e sentiu o veludo sob sua panturrilha.

Eles se achavam no sofá da biblioteca. Pela aparência do fogo na lareira – agora reduzido a meras brasas –, ela dormira por, no mínimo, duas horas.

Virando-se para Colin, Amélia o encarou e pressionou a boca no ouvido dele.

– Quem será? – ela murmurou.

Colin balançou a cabeça negativamente, com os olhos escuros resplandecendo.

Amélia ficou quieta, absorvendo a tensão do corpo dele. Então, escutou o som de um pé calçado com bota pisando no piso de madeira.

Botas. Naquela hora.

O coração dela começou a bater mais rápido. Ao contrário do sonho, naquele momento era Colin quem se achava em perigo.

Colin deu um beijo rápido nela. Então, deslizou em silêncio até a beira do sofá. De joelhos, abotoou a calça e vestiu a camisa. Em seguida, estendeu a mão para pegar seu espadim.

Amélia também deslizou até o chão e fechou o robe.

– Tranque a porta quando eu sair – Colin murmurou, tirando o espadim da bainha com lentidão para evitar qualquer ruído.

Meneando a cabeça, Amélia engatinhou até onde um brilho fraco e mortiço denunciou o punho cravado com joias do punhal dele, situado sobre o colete e o casaco de Colin. No momento em que a mão de Amélia pegou o punhal, ele estava atrás dela.

– Não – Colin disse.

– Confie em mim. – Amélia virou a cabeça e o beijou.

– Minha sanidade mental depende de sua segurança, Amélia – Colin disse, tenso.

– Acha que eu me sinto de maneira diferente a seu respeito? – Amélia tocou o rosto dele com a mão trêmula, traçando a débil linha que marcava o ponto onde uma covinha aparecia quando ele estava feliz. – Fique tranquilo. Minha irmã é a Viúva Invernal.

Houve uma longa pausa, durante a qual Colin refletiu sobre o que Amélia dissera.

– Deixe-me ajudar – Amélia pediu, em voz baixa. – Como poderemos avançar juntos algum dia se você sempre me deixa para trás?

Amélia sabia como a ideia de tê-la em perigo o atormentava, pois ela sentia o mesmo por ele.

Enfim, Colin concordou com um movimento de cabeça. Com um beijo ligeiro, Amélia tirou o punhal de sua bainha.

– Eu te amo. – As palavras foram ditas bem baixinho, com a boca dele encostada na dela.

Amélia ergueu a mão de Colin e a beijou.

Colin se afastou de Amélia e se dirigiu para a porta. Em algum momento, enquanto ela dormia, ele a trancara. Naquele momento, Colin girou a maçaneta e entreabriu a porta, só o suficiente para ver o corredor. As dobradiças bem engraxadas não fizeram barulho.

Num piscar de olhos, Colin desapareceu. Amélia contou até dez e, então, saiu atrás dele.

Fortalecida pela sensação do punhal na mão, Amélia se moveu com cuidado na direção da escada. O som do vento soprando e o canto noturno de uma coruja a assentaram ao momento. Ela respirou fundo, com as emoções suprimidas pelo instinto de sobrevivência e pela necessidade de proteger Colin.

Houve um súbito silêncio, como se a casa segurasse a respiração, e, então, ela escutou um som: um passo furtivo bem próximo.

Amélia se deteve, agachando-se na escuridão.

Um tiro; apenas um.

À sua direita, um movimento chamou sua atenção. Segurando o punhal, Amélia se preparou para o ataque. Seu braço estava firme, e seus nervos, tensos, mas controláveis. Ela jamais matara alguém antes, mas, se isso fosse necessário, agiria antes e enfrentaria as consequências depois.

Amélia se concentrou num fraco raio de luz da lua situado no degrau inferior. Embora não houvesse nenhum som discernível de progresso, ela sentiu o intruso se movendo mais perto daquele minúsculo raio de luz.

Mais perto... mais perto...

De repente, Colin avançou. Amélia soube que era ele pelo branco da camisa, quando a luz da lua o tornou visível. Ele se chocou com um corpo tão bem oculto pelas sombras que Amélia foi incapaz de ver seu contorno. Um barulho sonoro anunciou a colisão das duas figuras contra um objeto quebrável.

Amélia se pôs em movimento. Cruzando o corredor, ela alcançou a parede oposta, melhorando a chance de um ataque bem-sucedido. Estava muito escuro para identificar uma forma ou a outra. Com ambas as figuras entrelaçadas numa massa de braços e pernas, ela só podia rezar.

Misericordiosamente, uma porta se abriu no andar superior. Amélia conteve um soluço de alívio. Uma luz lançada por um lampião foi iluminação suficiente para revelar uma lâmina muito curta para ser o espadim de Colin. Amélia recuou seu braço e lançou o punhal, pondo peso no arremesso tantas vezes praticado.

Logo em seguida, escutou-se um grunhido de dor. A faca que tinha visado Colin caiu com estrépito sobre o assoalho.

St. John desceu correndo a escada com uma pistola numa das mãos e um lampião na outra. Maria vinha logo atrás dele segurando um florete.

A luz iluminou o salão, revelando o alvo de Amélia. Segurando o peito, o intruso estava de joelhos. O punho do punhal projetava-se entre suas mãos. Ele balançou morbidamente por um longo momento e, então, caiu para a frente.

– Nossa! – Colin sussurrou, correndo para o lado de Amélia. – Que precisão!

– Excelente, Amélia! – St. John afirmou com muito orgulho, com o olhar fixo no corpo que jazia aos seus pés.

– Que diabos está acontecendo aqui? – Ware perguntou, descendo a escada.

Quinn e a senhorita Rousseau logo se juntaram ao grupo.

– Depardue. – Lysette se agachou e pôs a mão no ombro dele. – *Comment te sens-tu?*

Depardue gemeu baixinho e abriu os olhos.

– Lysette...

Ela estendeu a mão na direção do punhal e o retirou do corpo dele. Em seguida, voltou a apunhalá-lo; naquele momento, no coração.

O som da lâmina roçando uma costela e o grito agudo e curto de Depardue produziram em Amélia um violento tremor.

– Meu Deus! – ela gritou, sentindo-se mal.

O braço de Lysette se ergueu e desceu de novo. Quinn a puxou com força pelas costas, e o punhal se soltou da mão dela, caindo no chão.

– Basta! Você o matou.

Então, a senhorita Rousseau proferiu palavrões em francês com tanta veemência que Amélia deu um passo involuntário para trás. Em seguida, a francesa deu um tapa no rosto do cadáver.

A exibição deixou todos em um silêncio aturdido por algum tempo.

Meneando a cabeça, St. John pigarreou.

– Bem... Esse aí já não é mais uma ameaça. No entanto, devem haver mais alguns deles. Duvido que esse homem tenha vindo sozinho.

– Vou procurar no andar inferior. – Colin olhou para Amélia. – Vá para o seu quarto. Tranque a porta.

Amélia fez que sim. A visão do homem morto e a poça de sangue aos seu pés revolveram seu estômago. Naquele momento, quando a ajuda estava à mão, o pleno efeito de suas ações começaram a se infiltrar em sua consciência.

– Encontrei algo.

Todos os olhares se viraram na direção do salão, de onde Tim apareceu, carregando Jacques pelo cangote.

– Ele estava rastejando do lado de fora – o gigante revelou.

Ninguém pôde deixar de notar o estado inteiramente alinhado do francês.

– Eu não estava "rastejando" – Jacques protestou.

– Acho que ele deixou aquele ali entrar. – Tim indicou Depardue com um gesto de queixo.

– Temos um traidor em nosso meio? – St. John questionou, ameaçador.

Um calafrio percorreu a espinha de Amélia.

– *Ça alors!* – a senhorita Rousseau exclamou, erguendo as mãos, uma delas coberta de sangue. – Estamos perdendo tempo com ele enquanto pode ser que haja outros homens do lado de fora?

Tim olhou para St. John.

– Pegamos mais três, sem incluir esses dois.

– Vamos interrogar todos eles, então – Colin afirmou com decisão. – Alguém nos revelará algo importante.

– *Absurde.* – A senhorita Rousseau bufou.

– O que a senhorita sugere? – Simon perguntou com exagerada polidez. – Torturá-lo bem devagar durante muitos dias? Isso satisfaria melhor sua volúpia por sangue?

– Por que perder seu tempo? Mate-o – Lysette afirmou com indiferença.

– Vagabunda! – Jacques gritou. – Ela trabalha para mim! – Tentava se livrar das mãos de Tim. – Eu, ao menos, posso testemunhar a inocência de Mitchell no caso do assassinato de Leroux. Ele não tem nada de valor.

– Desculpe. Você disse que vocês trabalham juntos? – Colin indagou.

– Cale a boca! – a senhorita Rousseau gritou.

O sorriso de Jacques foi maliciosamente triunfante.

– Acho que devemos separá-los – Colin sugeriu.

St. John fez que sim com um gesto de cabeça.

– Eu cuidarei de Lysette – Simon afirmou, decidido.

Quando a francesa tremeu com aparente apreensão, Amélia desviou o olhar e lutou contra um arroubo de simpatia pela mulher.

– Venha, boneca. – Maria entrelaçou o braço no dela. – Vamos pegar chá e bebidas para os homens. Temos uma longa noite pela frente.

Colin encarou o homem que achava que era seu amigo, procurando compreender toda a trama que estava sendo explicada a ele.

– Você estava trabalhando com a senhorita Rousseau desde o início? Antes de você encontrá-la na estalagem há alguns dias?

Jacques confirmou com um gesto de cabeça. Estava amarrado numa cadeira dourada no escritório de Ware.

– Nós não nos conhecemos na estalagem. Eu já a conhecia.

– Mas vocês agiram como se tivessem acabado de se conhecer – Simon sustentou.

Como a senhorita Rousseau se revelou muito obstinada em manter seu silêncio, Simon a deixou amarrada e vigiada no quarto de visita, e se juntou ao restante do grupo no interrogatório do homem que conspirou com ela.

– Porque tínhamos de fazer com que vocês acreditassem que essa questão era a respeito de Cartland e do assassinato de Leroux – Jacques explicou.

– E não é a respeito disso? – St. John se mostrava intrigado.

– Não. O Illuminés procurava encerrar suas inquirições e atividades na França, que têm ficado cada vez mais problemáticas. Fui enviado para descobrir a identidade do superior de vocês.

Colin ficou paralisado.

– O Illuminés? – Ele ouvira falar de uma sociedade secreta de membros "iluminados" que tentavam obter poder por meio de canais ocultos, mas os boatos não eram comprovados. Até aquele momento. – O que eles têm a ver com Leroux?

– Nada disso tem a ver com Leroux – Jacques afirmou de maneira brusca. – Na verdade, o assassinato de Leroux por Cartland foi uma complicação.

– Como assim? – Simon se sentou no sofá. Vestido com seu roupão e segurando um charuto, ele parecia um homem despreocupado, o que definitivamente não era o caso.

– O Illuminés descobriu que Mitchell estava voltando para a Inglaterra – Jacques revelou. – Reservei um camarote a bordo do mesmo navio com a intenção de travar amizade com ele na viagem. Esperava-se que nossa ligação acabasse levando à descoberta da identidade do homem para quem vocês trabalham aqui, na Inglaterra. Segui Mitchell durante a noite em que zarparíamos, e me aproveitei da oportunidade que se apresentou para mim. Utilizei a situação para desenvolver uma amizade com Mitchell.

– Fascinante – St. John murmurou.

– E quanto a Lysette? – Simon quis saber.

– Mitchell era meu alvo – Jacques disse. – Você era o dela. O Illuminés não gosta de deixar nada ao acaso.

– Sem dúvida – Colin resmungou sua frustração. – E quanto a hoje à noite? Que papel Depardue desempenhou?

– Ele era o responsável por descobrir a verdade acerca da morte de Leroux, que é uma questão pessoal para o agente-geral.

– Então, ainda sou procurado na França – Colin deduziu. – E alguém deve pagar pela morte de Leroux. Minha situação aflitiva não mudou. O que mudou foi simplesmente o seu papel nisso, bem como o da senhorita Rousseau.

– Sim. – Jacques deu um sorriso amargo.

– E agora Depardue está morto.

– Não lamente esse desfecho, *mon ami*. Como a senhorita Rousseau pode atestar, ele estava longe de ser um homem honrado. Eu nunca permitiria que você sofresse por causa dos crimes dele. Assegurei-lhe isso desde o início.

– Mas você permitiu a entrada de Depardue em minha casa – Ware assinalou. – Por quê?

– Cartland o enviou para achar a senhorita Benbridge – Jacques explicou. – Concordei em ajudá-lo, mas minha intenção era não deixá-lo alcançar êxito. Tinha a expectativa de ser a pessoa que o "descobriria" e o mataria. Com isso, Mitchell passaria a confiar ainda mais em mim.

– Não entendo. – St. John se aproximou. – Por que Cartland confia em você?

– Por causa de Depardue. Quando Mitchell e eu ainda estávamos em Londres, procurei por Cartland. Achei Depardue e lhe disse que trabalhava com Lysette para prender o assassino de Leroux. O envolvimento de Lysette deixou Depardue desconfiado. Isso criou uma abertura com Cartland, que precisava de um apoio francês alternativo, pois Depardue não confiava nele.

– Onde Cartland está agora? – Colin quis saber.

– Na estalagem, esperando notícias.

Colin olhou para Quinn, que se pôs de pé.

– Vou me trocar rapidamente – Quinn afirmou.

– Eu também irei – St. John disse.

– Eu ficarei aqui com as mulheres. – Então, Ware sorriu. – Embora duvide que elas precisem de minha proteção.

Colin deixou o recinto e se dirigiu para a biblioteca com passos largos. Quinn seguiu ao lado dele.

– Parece que sua prova está à mão – o irlandês disse.

– Sim. Até que enfim. – O coração de Colin estava disparado. A divisão separando-o de Amélia ainda existia, mas ele era capaz de sentir o cheiro da sessão de amor ainda em sua pele, e aquilo lhe dava esperança.

Ela o amava. O resto viria com o tempo.

Colin e Quinn pegaram caminhos distintos perto da escada, e Colin voltou à biblioteca para apanhar suas coisas. Sua mão se fechou em torno da bainha vazia que costumava guardar seu punhal, e ele se lembrou do momento em que Amélia viera em seu auxílio. Naquele dia, mais cedo, ele achara impossível amá-la mais do que já amava. Naquele momento, percebeu que estava apaixonado por ela de novo. Pela mulher que Amélia se tornara.

Pela primeira vez, Colin teve certeza absoluta de que não havia nenhum outro homem no mundo melhor para Amélia. E, mesmo se existisse, ele que se danasse. Ela lhe pertencia. Com perseverança, Colin poderia convencê-la a acreditar nisso também.

Determinado, vestiu suas roupas e deixou a biblioteca.

Encontrou Ware parado ao pé da escada, observando o lugar onde o cadáver de Depardue estivera deitado havia não muito tempo. Naquele momento, o local já estava limpo e arrumado, mas Colin suspeitava que a lembrança assombraria o conde pelos próximos anos.

Ao som dos passos, Ware virou a cabeça e percebeu a aproximação de Colin.

– Se você capturar Cartland, não terá mais outros negócios aqui – Ware afirmou, tenso. – Exceto um.

– Vamos duelar ao amanhecer? – Colin sugeriu. O duelo era mais um obstáculo para seu futuro com Amélia, e ele queria resolver aquilo o mais rápido possível. – Nós dois ficamos acordados durante a noite. Nenhuma vantagem para nenhum de nós.

– Talvez você tenha de lutar por um longo tempo ou volte ferido – o conde afirmou, severo. – Mas, se nada disso acontecer, concordo em duelar ao amanhecer.

Colin fez uma reverência e se apressou na direção da cocheira, estimulado pela ideia de que o sol poderia nascer e trazer uma vida inteiramente nova para ele.

St. John o esperava com alguns homens. Quinn apareceu pouco depois.

Em meia hora, um grupo de mais de dez cavaleiros seguia a caminho da cidade.

17.

CARTLAND ESCUTOU O SOM DE DIVERSOS PÉS calçados com botas se aproximando de seu quarto e pegou a pistola que estava na mesa diante dele. Enviar Depardue acompanhado de quatro homens foi uma aposta que ele teria preferido evitar, mas, às vezes, tais riscos colhem as maiores recompensas.

Empunhando a arma, Cartland esperou pela batida na porta e, então, gritou para seu homem entrar. A porta se abriu, e ele entrou, bastante apressado.

– Não tenho certeza – o homem afirmou. – Talvez eu esteja sendo excessivamente cauteloso, mas um grupo de três cavalheiros armados até os dentes entrou na taverna.

Cartland enfiou a arma na cintura e pegou o casaco.

– Melhor ser cauteloso do que imprudente. – Ele ainda pegou o espadim e se dirigiu rápido para a porta. – Os outros estão embaixo?

– Sim, e dois na cocheira.

– Excelente. Venha comigo.

Movendo-se com passos largos e rápidos, Cartland procurou a saída pela escada de serviço. Bem em frente ficava a porta dos fundos, mas ele virou à esquerda, passou pela cozinha e se dirigiu para a porta de entrega. Sempre valia a pena tomar cuidado.

A porta estava entreaberta, deixando que a brisa noturna refrescasse a cozinha muito quente. A escuridão era quase total, minorada pela luz do luar. Ele correu na direção da ruela, para ter mais chance de escapar em caso de armadilha.

Ali, Cartland se sentiu mais seguro. Até ouvir o grunhido de dor do lacaio que corria pouco atrás dele.

Surpreso, Cartland tropeçou no cascalho solto. Ele se virou com um olhar selvagem e perscrutador, e sacou sua pistola.

– Que bom revê-lo! – Mitchell gritou.

A luz da lua iluminou a ruela e o corpo de bruços no chão com o punho do punhal projetando-se de suas costas. O lacaio gemeu e se contorceu, totalmente fora de combate.

– Você! – Cartland falou às pressas, incapaz de ver o homem que o caçava.

– Eu – Mitchell se mantinha protegido pela escuridão.

O eco criado pelas construções ao redor dificultava determinar a localização de Mitchell.

Enquanto isso, Cartland, ao ar livre, estava bem visível. Brandindo sua arma, ele disse:

– Os franceses não acreditarão que eu sou o culpado. Eles confiam em mim.

– Permita-me discordar.

Ao escutar um barulho à esquerda, Cartland disparou naquela direção. Quando uma pedra grande e redonda rolou pelo ligeiro declive e parou perto de sua bota, Cartland entendeu que fora enganado. Se não estivesse tão apavorado, teria reconhecido o ruído. Com o coração na mão, ele estava paralisado de terror.

A risada de Mitchell encheu a noite. Então, o cigano apareceu em meio à agitação de uma capa ondulante, como a aparição de um fantasma. Em cada mão, tinha uma arma. Uma delas era uma pistola, o que deixava Cartland sem opções além da morte ou da rendição. A arma de Cartland, inútil e fumegante, caiu de seus dedos sem forças e alcançou o chão da ruela.

– Eu posso ajudá-lo – Cartland afirmou sem demora. – Posso testemunhar a seu favor e limpar seu nome.

O branco dos dentes de Mitchell resplandeceu na escuridão.

– Sim, você vai. Você voltará para a França e pagará pelos seus crimes.

Amélia acordou sobressaltada pouco antes do amanhecer. Seu coração estava aos pulos, como se ela tivesse corrido uma grande distância, mas não conseguia entender o motivo.

Ficou deitada por algum tempo, observando o dossel acima dela. Seu olhar prolongou-se sobre as franjas douradas que emolduravam os cantos. Ela tentava controlar sua palpitação concentrando-se em cada respiração.

Então, escutou um barulho inconfundível que a encheu de medo: o som de espadas em choque do lado de fora da casa.

Por um instante, Amélia temeu que os homens não tivessem alcançado êxito na captura de Cartland, mas a falta de gritos e confusão afastou esse pensamento.

O duelo!

Amélia gritou, chamando sua criada, enquanto se levantava de um salto da cama:

– Anne!

Correndo até a janela, Amélia abriu bem as cortinas, praguejando e vendo o céu pálido cinzento.

Ela se dirigiu com passos apressados até o armário e tirou um xale.

– Anne!

A porta se abriu, e ela se virou num átimo.

– Por que você não me acordou antes? Maria!

– Amélia...

O tom de compaixão na voz de Maria provocou arrepios em Amélia.

– Não! – ela murmurou, e passou correndo pela irmã rumo ao corredor.

– Boneca! Espere!

Mas Amélia não esperou. Ela correu com todas as forças que tinha, quase indo de encontro a uma arrumadeira, antes de fazer a curva e pegar a escada. Quando se aproximou do andar inferior, o som inconfundível de floretes em choque a petrificou. Amélia estava quase na porta-janela que levava ao terraço dos fundos e ao gramado quando foi pega num abraço e contida. Tentou gritar, mas foi impedida pela forte mão sobre sua boca.

– Sinto muito – Tim murmurou. – Não posso deixar que você seja uma distração enquanto lutam.

Amélia tremeu violentamente ante a ideia de Colin ou Ware se ferir. Debatendo-se como uma desvairada, ela tentava se livrar dos braços de Tim, mas nem mesmo homens adultos conseguiam sobrepujar o gigante.

Enquanto os sons do duelo prosseguiam, as lágrimas rolavam abundantes pelas faces de Amélia. Cada choque de metal contra metal a atingia como uma bofetada, fazendo-a se sacudir nos braços de Tim. Ele praguejava e encostava seu rosto no dela, murmurando coisas para acalmá-la, mas nada conseguia aliviar sua aflição.

Então... o silêncio.

Amélia ficou paralisada de medo.

Em seguida, Tim a conduziu para uma janela próxima e a abriu um pouco. Uma brisa fria e úmida soprou através da pequena fresta, e Amélia tiritou.

A voz de Colin chegou aos ouvidos dela, repleta de amargor:

– Você é o melhor homem. É a escolha adequada. Você foi leal e verdadeiro com ela. Ao contrário de minha posição social, sua riqueza e seu título são tradicionais. Você pode dar coisas para ela que eu não posso.

Amélia se pendurou, hesitante, nos braços de Tim, soluçando em silêncio.

– Mais importante, a afeição de Amélia por mim não é algo que ela aceita, ao passo que abraça com gratidão o futuro dela com você.

A cabeça de Amélia se virou para o lado, e o rosto encharcado de lágrimas foi de encontro ao coração trovejante de Tim.

Colin a estava abandonando, como fizera tanta vezes antes.

Tim tirou a mão da boca de Amélia.

– Solte-me – ela pediu, com o espírito em frangalhos. – Não vou sair.

Tim a obedeceu, e Amélia começou a se afastar.

– Boneca? – Maria esperava no pé da escada com os braços bem abertos.

Amélia caminhou com gratidão na direção da irmã, com os joelhos cada vez mais fracos, o que forçou as duas a se sentarem no degrau inferior.

– Eu tinha esperança – Amélia murmurou, arrasada como não se sentia desde a vez em que acreditou que Colin morrera. – Odeio-me por ter tido esperança. Por que não consigo aprender com o passado? Aqueles que amo não ficam em minha vida. Todos me abandonam. Todos. Exceto você... Só você fica...

– Não fale mais nada... Você está exausta.

Os braços fortes de Tim ergueram Amélia. Ela se apoiou no peito dele, e Tim a conduziu para o quarto, com Maria a reboque.

Colin se endireitou depois da reverência, com seus olhos encontrando os de Ware, enquanto o conde imitava seus movimentos. Ele sentiu o sangue escorrendo do ferimento leve provocado pela lâmina de Ware, mas não se importou. Ware teve aquela satisfação, mas era a única que teria, pois Colin pretendia ficar com as benesses.

– No entanto, independente de tudo que o recomenda, milorde, só admito a derrota em relação ao duelo. Não em relação à senhorita Benbridge. O afeto mais profundo dela é por mim, como sempre. E acredito que meus sentimentos por ela são bastante evidentes para todos.

– Por que, então, você a abandonou por tantos anos? – o conde zombou.

– Não tenho como mudar o passado. Mas posso lhe assegurar que, de agora em diante, nada neste mundo poderá tirá-la de mim.

Os olhos azuis de Ware quase se fecharam, e uma grande tensão tomou conta do espaço. Então, o canto da boca do conde se ergueu.

– Talvez você não seja o homem que pensei que fosse.

– Talvez não.

Eles se curvaram em reverência mais uma vez e, em seguida, deixaram o gramado. Os dois tomaram rumos distintos, como suas vidas, naquele momento, tomariam.

Amélia passou a meia hora seguinte – ou foi uma hora? – entorpecida. Maria a obrigou a tomar um chá e também uma grande dose de láudano.

– Isso vai acalmá-la – Maria sussurrou.

– Vão embora! – Amélia estapeou as muitas mãos que procuravam confortá-la.

– Vou ler em silêncio e mandar sua criada sair – Maria afirmou.

– Não. Vá embora também.

No fim, Amélia ficou sozinha e caiu no sono induzido pela droga.

Desafortunadamente, o alívio não durou muito. Passado pouco tempo, outra mão afastou os cachos de cabelo do rosto dela.

– Acho que só tenho a mim mesmo para culpar por sua falta de fé.

A voz de Colin roçou através da pele dela como uma carícia palpável. Amélia rolou na direção dele, estendendo as mãos. Ele as pegou e as apertou.

– Você tem de dormir direto durante toda a manhã – Colin murmurou, afastando as cobertas. – Quero poupá-la de qualquer possibilidade de sofrimento.

Ele ergueu Amélia e a deitou sobre seu peito quente e firme. O cheiro da pele de Colin, tão único e tão atraentemente masculino, incitou-a a enterrar seu rosto riscado por lágrimas em sua gravata.

Amélia não teve muita consciência de ser carregada. Parecia que eles desceram uma escada e, então, o ar fresco atingiu sua pele, fazendo-a tremer.

– Há um cobertor em minha carruagem – Colin disse. – Um minuto mais, e você voltará a se sentir confortável.

Um momento depois, Amélia foi colocada dentro da carruagem, que partiu com um balanço brusco pelo caminho de cascalho. Colin colocou Amélia sobre seu colo, mantendo-a aquecida. As lágrimas corriam pelo seu rosto, e ela rezava para jamais acordar daquele sonho maravilhoso.

Colin pressionou a boca contra a testa dela.

– Durma.

Narcotizada pelo láudano, Amélia dormiu.

A interrupção do movimento despertou Amélia. Piscando, ela lutou contra os vestígios do sono.

– Os cavalos estão cansados, e eu, quase morrendo de fome. – A voz grave de Colin a tirou da semiconsciência e a levou à percepção plena num instante.

O duelo...

Ao tentar se endireitar, o alto da cabeça de Amélia bateu contra o queixo de Colin, e os dois gritaram de dor.

– Ai, droga! – Colin ajeitou Amélia de novo em seu colo, como se ela não pesasse nada.

De olhos arregalados, Amélia captou os acabamentos de luxo da carruagem de Colin e, em seguida, apoiou-se na janela. Eles estavam no pátio do que parecia ser uma estalagem.

Amélia olhou para ele e o viu esfregando o queixo.

– Onde estamos?

– Em nosso caminho.

– Para onde?

– Para nos casarmos.

– O quê?! – Amélia exclamou, muito surpresa.

O sorriso de Colin revelou suas covinhas e trouxe à sua memória o garoto por quem ela tanto se apaixonara.

– Você disse que não teríamos esperança de seguir adiante juntos se eu sempre a deixasse para trás. Como eu não tinha mais nenhum motivo para desfrutar da hospitalidade de lorde Ware, era o momento de nós partirmos.

Amélia o encarou por um instante, tentando captar o que ele estava dizendo.

– Não entendo. Vocês não duelaram neste amanhecer?

– Sim, duelamos.

– Ele não venceu? Você não disse que ele era o melhor homem? Meu Deus, estou enlouquecendo?

– Sim, sim e não. – Com o braço em torno da cintura de Amélia, Colin a trouxe para mais perto. – Eu permiti que Ware me ferisse primeiro. Ele tinha esse direito. Quando eu a tomei como mulher, você ainda era dele.

Amélia abriu a boca para protestar, e Colin a tapou com seus dedos.

– Deixe-me terminar.

Amélia o encarou, absorvendo a súbita gravidade refletida na expressão de Colin. Então, ela concordou com um gesto de cabeça e se livrou do abraço dele, movendo-se para o assento oposto, para que pudesse pensar adequadamente.

Foi quando Amélia notou que estava vestida com sua camisola. De sua parte, Colin usava um belo conjunto de veludo verde-escuro. Amélia ainda tinha dificuldade de correlacionar o Colin diante dela com o Colin de antigamente, mas, não obstante, não sentia nenhuma dificuldade em amá-lo. A visão dele a enchia de prazer, como sempre.

– Não faz sentido negar que Ware pode lhe oferecer coisas que eu não posso – Colin afirmou, com seus olhos escuros a observá-la com uma mistura de amor e determinação. – Isso é o que você ouviu por acaso esta manhã. No entanto, consegui entender que isso não me importa.

– Você não se importa? – Amélia levou a mão ao peito em alvoroço.

– Não, não me importo. – Colin cruzou os braços, revelando os músculos poderosos que ela achava infinitamente excitantes. – Eu te amo. Eu te quero. Que se danem todas as outras considerações.

– Colin…

– Roubei você, Amélia. Fugi com você, exatamente como sempre quis fazer. – Colin sorriu de novo. – Daqui a duas semanas, você e eu seremos marido e mulher.

– Não tenho nenhuma voz nessa questão?

– Você pode dizer "sim" se quiser. Caso contrário, você não terá voz.

Amélia esboçou um grande sorriso, mesmo com as lágrimas começando a cair.

Colin se inclinou para a frente e apoiou os cotovelos nos joelhos.

– Diga-me que são lágrimas de felicidade.

– Colin... – Amélia deu um suspiro de dúvida. – Como posso dizer "sim"? Descartar Ware de modo tão insensível, para meu próprio prazer, é exatamente o tipo de comportamento em que meu pai se sobressaía. Onde ficará meu respeito próprio se eu agir de forma tão egoísta? Talvez eu até cultive um ressentimento em relação a você por me induzir a essa conduta tão imprudente.

– Amélia.... – Colin se aprumou. – Se eu lhe dissesse que Ware só quer sua felicidade, isso poderia aliviar suas preocupação e incitar seu consentimento, mas não é isso o que quero.

Amélia expressou desagrado por meio do olhar.

– Sim, nós estamos agindo com impetuosidade. Sim, estamos aproveitando o momento e o nosso amor sem nos importarmos com o mundo. Eis quem nós somos. Essa é a nossa afinidade. Você e eu não somos gente que reprime o prazer.

– As pessoas não podem viver dessa maneira.

– Sim, Amélia, elas podem. Desde que ao fazer isso não causem dor aos outros. – A voz de Colin ganhou mais paixão, prendendo a atenção dela. – Ware não a ama; não como eu. E você não ama Ware. Também desconfio que você não *se* ama como deveria. Você me acusou de me moldar a algo que não sou, mas você é culpada do mesmo delito. Procura se moldar a uma mulher de decoro e respeito, mas isso não é quem você é! Não se envergonhe das facetas em você que eu tanto gosto.

– Welton era um homem terrível – Amélia afirmou. – Não quero ser como ele.

– Você nunca será. – Colin tomou as mãos dela. – Você está cheia do amor pela vida e pela família. Seu pai estava cheio de amor só por si mesmo. Duas coisas muito diferentes.

– Ware...

– Ware sabe o que estou fazendo. Ele poderia ter nos detido se quisesse, mas não quis. Independentemente disso, estou tentando mudar a mim mesmo para merecê-la. Estou acolhendo esse dia e você, e abrindo mão de todo o resto. É assustador, sim. Sairemos das gaiolas que criamos para nós mesmos e nos aventurarmos pelo desconhecido. Mas teremos um ao outro.

Gaiolas. Amélia fora engaiolada por muito tempo; uma parte dela odiando as restrições, e a outra, grata que a reprimissem de ser muito parecida com Welton.

– Você me conhece muito bem, Colin.

– Sim, eu a conheço melhor do que ninguém. Você me disse para acreditar que eu era digno de você. Agora é a sua vez de acreditar que é digna de mim. Confie que você está livre de qualquer falha de caráter de que seu pai padecia. Confie que sou bastante inteligente para amar uma mulher maravilhosa.

Colin beijou a mão dela.

– Dê o salto comigo, Amélia. Estou me agarrando ao nosso amor com ambas as mãos. Faça o mesmo. Aceite sua natureza selvagem e me acompanhe. Seja livre comigo. Seremos mais felizes assim.

Amélia o observou por algum tempo, com a visão anuviada pelas lágrimas. Em seguida, ela se lançou nos braços dele.

– Sim! – murmurou, com o rosto colado no dele. – Sejamos livres!

Christopher, Simon e Ware estavam entretidos numa discussão quando Maria irrompeu no recinto com uma carta na mão.

Os três homens se puseram de pé de imediato. Christopher e Simon se aproximaram dela com certo ar de espanto. Ware se manteve impassível.

– Achei isso em cima do travesseiro de Amélia! Mitchell fugiu com ela!

– Como disse? – Simon perguntou, surpreso.

– Sério? – Christopher arqueou uma sobrancelha.

– Ele diz que pretende se casar com ela. – Maria olhou para a carta, para lê-la de novo. – Eles já estão indo em direção ao norte.

– Devemos nos apressar, ou vamos perder o casamento – Ware disse.

– Você sabia?! – Maria perguntou, encarando-o com os olhos arregalados.

– Eu esperava – Ware corrigiu. – Estou feliz de ver que o homem entendeu tudo, enfim.

– Bem, não percamos tempo. – Christopher pegou o cotovelo de Maria e a virou de volta na direção da porta. – Temos de fazer as malas. Tim poderá vigiar a senhorita Rousseau e Jacques em nossa ausência.

– Norte – Simon sussurrou. – Posso ir em sua carruagem, milorde?

– Sem dúvida.

Ainda achando difícil de acreditar, Maria dirigiu o olhar para Ware.

– Essa é uma ocasião feliz, senhora St. John – Ware afirmou. – Você deveria estar sorrindo como eu.

– Sim, milorde.

Maria contemplou o marido, que concordou com um movimento de cabeça. Com isso, ela abriu um largo sorriso. Em seguida, ergueu um pouco a saia e saiu correndo atrás do marido.

Epílogo

– VAMOS ZARPAR EM ALGUMAS HORAS – SIMON afirmou, tocando com os dedos a borla de uma almofada multicolorida. – Meus baús e meu criado estão a bordo, e Lysette está seguramente presa em meu camarote.

Quinn estava sentado na sala da nova casa de Colin, em Londres. Era um recinto grande, belamente decorado em tons de azul-claro e dourado. Por todo o espaço, Amélia adicionara toques coloridos da herança dele: almofadas envolvidas por capas deslumbrantes, estatuetas entalhadas e tigelas repletas de bijuterias ciganas dadas para eles como presente de casamento por Pietro. O estilo era fora de moda e seria considerado horrivelmente desprovido de graça por muitos, mas os dois adoravam o espaço e passavam muito tempo ali, abraçados.

Aceite quem você é, Amélia dissera, com uma nova confiança que o estimulou muito. Ela também vinha aceitando seu lado imprudente, que lutara para conter por tanto tempo. O medo de se tornar muito parecida com o pai desapareceu, da mesma forma que o medo de Colin de ser indigno dela não tinha mais o poder de ditar as ações dele.

Colin reclinou-se em sua poltrona e perguntou para Quinn:

– Os franceses concordam em soltar seus homens em troca do retorno da senhorita Rousseau e de Cartland?

– E de Jacques. Eles também o querem. Mas estou levando só Lysette comigo por enquanto. Eles só vão ter os outros dois de volta depois que eu tiver certeza de que honrarão o acordo.

– Não o invejo por essa viagem. – Colin meneou a cabeça. – Não consigo imaginar a senhorita Rousseau como uma prisioneira muito bem comportada.

– Ela é desprezível, mas estou gostando muito de toda a coisa.

– Porque você é um grosseirão – Colin afirmou, rindo. – Quando voltará?

– Não tenho certeza. – Quinn deu de ombros. – Possivelmente depois de me assegurar que os outros foram soltos. Ou quem sabe nem mesmo então. Talvez eu viaje um pouco.

– Você é bom para seus homens, Quinn. É um atributo que sempre admirei em sua pessoa.

– Eles não são mais meus homens. Eu pedi demissão. – Fez que sim com um gesto de cabeça ante o ar de espanto de Colin. – É verdade. Meu trabalho para Eddington foi divertido por um tempo, mas agora devo achar novas maneiras de me divertir.

– Como por exemplo?

– Algum tipo de encrenca vai aparecer – Quinn sorriu com ironia. – Vê-lo com seus ornamentos noturnos me faz lembrar que uma vida de indulgência social não é para mim. Iria me entediar muitíssimo.

– Não com a mulher certa.

Quinn jogou a cabeça para trás e gargalhou; um som rico e pleno que fez Colin sorrir.

– Mesmo quando estava louco de amor por Maria, felizmente nunca pensei em tal absurdo. – Quinn se pôs de pé.

Colin também se levantou, ruborizando timidamente.

– Um dia, espero lembrá-lo de suas objeções e vê-lo se arrepender do que disse.

– Ah! Esse dia está muito longe, meu amigo. Creio que nenhum de nós viverá o suficiente para vê-lo.

Quando Quinn se virou para deixar o recinto, Colin sentiu mais do que uma pontada de tristeza. Quinn era um errante por natureza; portanto, eles se veriam com muito menos frequência. Depois de tudo o que sofreram e viveram juntos, Colin o considerava um irmão, e sentiria sua falta de forma compatível.

– Adeus, meu amigo. – Quinn deu um tapinha nas costas de Colin quando alcançaram o vestíbulo. – Espero que você tenha muitas alegrias e muitos filhos de seu casamento.

– Também desejo que você seja feliz.

Quinn tocou a testa numa continência e, então, partiu, para encontrar sua próxima aventura.

Colin encarou a porta principal fechada por algum tempo.

– Querido?

O murmúrio rouco de Amélia enviou uma onda de calor através da pele de Colin.

Ele se virou para encará-la com um sorriso, encontrando-a parada no alto da escada, vestida apenas com um robe. Os cabelos dela estavam penteados de modo belo e complicado, com diamantes cintilantes entrelaçados entre as mechas.

– Você ainda tem de se vestir? – Colin quis saber.

– Estava quase pronta.

– Para mim, não está parecendo.

– Tive de parar quando Anne me trouxe os toques finais para o meu conjunto... e a peça final do seu.

– Como? – Colin abriu um sorriso. Conhecia bem aquela expressão de travessura sedutora dela.

Amélia ergueu com graça o braço esquerdo, com a esmeralda de sua aliança de casamento brilhando sob a luz das velas do candelabro do vestíbulo. Seus dedos delicados se encontravam cobertos por um cetim preto lustroso e balançavam uma máscara branca familiar.

Cada músculo do corpo de Colin se retesou.

– Se você quiser, poderemos ir ao baile de máscaras como planejamos – Amélia sussurrou. – Sei que você leva algum tempo para se vestir.

Colin andou a passos largos rumo à escada.

– Levaria um tempo consideravelmente menor para eu me desvestir – ele murmurou.

– Gostaria que você usasse isto.

– Coloco-a por um motivo.

– Malvado.

Subindo dois degraus de cada vez, Colin alcançou Amélia rapidamente, saboreando a sensação do corpo macio e liberto dela pressionado ao seu.

– Sou malvado? É você, condessa Montoya, que me seduz e me afasta da obrigação social séria, levando-me a uma noite de celebração licenciosa.

– Não consigo resistir. – Amélia pôs a máscara no rosto, e Colin prendeu as fitas. – Sou apaixonada por você.

– Ceda ao desejo. – Colin beijou-lhe o pescoço. – Eu lhe suplico.

Amélia sorriu com alegria e amor. Naquele momento, aquilo preencheu o coração de Colin, e ao longo de muitas horas, na sequência. Junto com outros sons, igualmente maravilhosos.

IRRESISTÍVEL

QUANTO MAIS LONGA A ESPERA...

Sete anos antes, às vésperas de seu casamento, Jessica testemunhou sem querer uma cena íntima protagonizada por um casal, ao ar livre. Ainda que se sentisse estranha naquela posição de *voyeur*, ela ficou magnetizada, sem conseguir sair do lugar. Mesmo sem compreender os motivos, ela se viu completamente excitada, e a cena com aquele homem povoou seus sonhos por muito tempo: Alistair era o nome dele.

Durante os anos de um casamento sem grandes marcos, a imagem de Alistair continuou alimentando a imaginação de Jessica, provocando sonhos e fantasias que ela não ousava contar para ninguém.

...MAIOR A RECOMPENSA

Agora Jess passava por momentos decisivos. Viajar para o Caribe a fim de recomeçar a vida parecia ser a melhor coisa a fazer. Tendo perdido o marido um ano antes, decide fazer a viagem e acaba encontrando Alistair no mesmo cruzeiro.... E os sete anos de prazeres negados pareciam agora detidos apenas por algumas finas camadas de seda... e a certeza de que já haviam esperado o bastante.

Seduction

Morgan é criadora e apresentadora de um talk-show sobre sexo e relacionamentos, uma profissional bem-sucedida, mas vive tensa com as pautas de seu programa, cada vez mais escassas e passíveis de cair no lugar-comum. Com tantos programas abordando o assunto, ser original não é tarefa fácil. Enquanto busca uma nova pauta, ela ouve falar sobre clubes de sexo e enxerga aí um tema extraordinário para um programa especial.

Pela internet, ela acaba conhecendo um especialista no assunto, que atende pelo codinome de Mestre J. Ele se apresenta a ela com toda a sua postura de dominação viril, construindo já com sua entrevistadora uma relação dominação/submissão. E o que parecia apenas o assunto de um programa desabrocha em desejos que nem mesmo Morgan sabia que possuía.

Mas então surgem outros elementos. Mestre J já a conhecia e está se aproximando dela por outros motivos. Morgan não sabe que pode estar no meio de uma situação que envolve vingança. Mas algumas coisas não podem ser controladas, e novos sentimentos começam a surgir. Acerto de contas, decepções, paixão e desejos ardentes tornam-se cada vez mais intensos... e a vida deles nunca mais será a mesma!

Intenso
foi impresso em São Paulo/SP pela Gráfica Araguaia,
para a Editora Lafonte Ltda., em agosto de 2013.